雙生戀情密不可分
KOI WA FUTAGO DE WARIKIRENAI
2
高村資本
SHIHON TAKAMURA
[插畫]
あるみっく
白崎 純
[Shirosaki Jhun]
搖擺在初戀和前女友之間，優柔寡斷的次文化男子。
「稍微告訴我一點又有什麼關係？我超想聽男生的戀愛八卦。」
U0045763
雨宮慈衣菜
[Amamiya Shiena]
英文組一年級，琉實的朋友。外型亮眼的潮妹，兼職模特兒，父母是服裝設計師。課業成績逼近不及格線，不知為何拜託純當她的家庭教師。

KOI WA FUTAGO DE
WARIKIRENAI

TABLE OF CONTENTS

「我可沒說出去喔。」
「妳會和白崎在樓梯間卿卿我我的，對吧？我們早就發現你們在交往了！」
「別說了別說了！我真的受不了！要死！不行了！」
淺野麗良
[Asano Reira]
籃球社一年級，琉實的摯友。在戀愛方面經驗豐富，有男友。
櫻田可南子
[Sakurada Kanako]
籃球社一年級。很會照顧人的好人，在隊伍裡很會帶動氣氛。
神宮寺琉實
[Jinguji Rumi]
神宮寺家的雙胞胎姊姊。和純分手後兩人有段時間很生硬，不過最近又開始有互動，再次變得要好。

「喂！
妳討好人的方式
會不會太隨便了？
別看我這樣，
我好歹也有自知之明，
知道自己很麻煩！」
「對不起喔，
我不會再挑釁妳了，
妳好好休息吧。」
神宮寺那織
[Jinguji Naori]
神宮寺家的雙胞胎妹妹。來勢洶洶地想拿下全年級第一並向純告白……不過最近心情有點糟。
龜嵩璃久須
[Kamedake Ririsu]
那織的摯友，綽號是「社長」。挑釁技術高超，專攻那織的毒舌高手。

雙生戀情密不可分

KOI WA FUTAGO DE WARIKIRENAI

2

高村資本
SHIHON TAKAMURA

[插畫]
あるみっく

Kadokawa Fantastic Novels

序章

TITLE PROLOGUE

（神宮寺那織）

根本沒什麼大不了。

我的時代終於如此靜默地展開，一切都按照我的計畫進行。儘管如此，就算只有現在也好，我想沉浸在安心的喜悅中。我終於也可以細細品味這份愉悅，都不知道究竟忍耐了多久。

先天下之憂而憂，後天下之樂而樂。

馬基維利曾說過，人的腦袋分成三種。第一種，很了解自我能力；第二種，能理解他人的了解；第三種，既不了解自己的能力，也不了解他人的力量。第一種極其優秀，第二種也相當優異，至於第三種則相當無能——無須多言，我是第一種腦袋。

其證據就是，我十分輕易地置眾人於下。哼哼！

第一次定期測驗個人成績單上，寫著綜合排名第一的文字。

不過與此同時，我也知道了一項悲傷的事實：我明明花了比平時更多的時間在解題上，然而我放下筆的時間，卻仍舊比班上任何人都還要早。

序章 PROLOGUE

早知如此，我之前正常考試就好了！

我至今為止努力拚速度解題的辛勞到底算什麼！

不不不，冷靜點。沉靜下來仔細想想。正因為有競速破關的那段日子，我的解題速度——思考速度才上升。所謂的進步就是更加效率化。那段日子並不是白費，一切都是努力的恩賜，絕對不是什麼宛如賽之河原堆石子那般徒勞無功。

「老師，考得如何？老師這次考試的成績每一科分數都很異常，相信第一名也——」

這時候，社長探頭瞄了瞄我的成績單。「哇！哇喔！妳終於辦到了呢！真厲害、真厲害！」

「對吧？我可是第一名喔！快誇我、快誇我！」

沒錯，我可是很厲害的，以我的能力做得到。

「哎呀，真的讓我老實地覺得妳很厲害！畢竟妳有好幾科是滿分。雖然很不甘心，不過看到這個排名我也認了。這次換我請客啊……我的錢要被貪婪的敗北女角給搶走了……」

不小心聽到我的排名，班上同學不禁「神宮寺同學考第一嗎？」、「好厲害！」、「神宮寺同學頭腦真聰明！」、「這下白崎的天下也結束了」地說著，一個個喧囂吵鬧地來稱讚我。

沒錯沒錯！多稱讚一點！把我給捧上天！

我擱筆的速度可是比你們幾個還早，還是考到了這種成績喔！

再多稱讚我一點吧！我可是擁有看穿正確解答之力——燃犀之見的人！

不過話說回來，大家應該沒有聽到「貪婪的敗北女角」這句話吧？我唯獨擔心這一點。

「別這樣啦～我會很不好意思。」我誇張地刻意擺了擺手。

接著，我與傳送冷漠視線的德雷克和多米諾樂團——淺野麗良對上了視線。

她那個「又來了」的神情是怎樣？有什麼意見嗎？我想做什麼是我的自由吧？有什麼關係？又沒給妳添麻煩！別用那種帶有憐憫意味的眼神看我。

我這可不是心機重，只是為了能夠進行圓滑的溝通往來自我犧牲罷了。這些舉動可是讓我捨身灑血般疼痛！妳轉過去啦！

無視麗良，我開口：「既然大家都這麼說，那我就去給純看看好了……」

我微微歪了歪頭，露出仰望的角度，表現出是因為大家鼓譟，迫於無奈之下的模樣當藉口。這一點很重要。

我一邊沐浴在各位同學「喔～去炫耀吧！」、「好想看白崎同學不甘心的表情」、「這下我們六班就完全贏過五班了」等等稱讚中，走向了純的班級。

通過聯絡走廊，我來到五班。

有些遲疑地打開門，我看到還有些零星的學生留在教室裡。大概是換過座位，純坐在窗邊最後面的位子托著腮幫子，散發出一種在思考些什麼的氣質。琉實的位子在哪裡呢？我這麼想著一邊看了看，發現她坐在中央列的中間位子滑手機，桌上放了一個SPALDING的後背包。我找琉實沒事，就不特別提她了。

比起她，重要的是那個男人。從那一臉憂鬱的神情來看，他肯定大受打擊、重重受挫了吧。我想也是，我想也是。我懂，我懂。不過你沒有必要悲傷，只不過是我稍微比你優秀了一丁點兒罷了。

好了，要是有個萬一，優秀的我會負責養你，所以你就別在意了吧。別在意喔。

……還是算了，勞動對我來說是不可能的任務。抱歉，撤回前言，還是你養我吧。

「嗨嗨，白崎同學，你的段考排名如何？成績單發下來了吧？」

純一臉厭煩地抬起頭。嗯嗯嗯，不甘心都滲透出來了呢。

「嗯？排名？我這次也是第一啊。」

什麼？

「等……等……等……等一下下……你第一名？咦？給我看成績單！」

我搶走他從抽屜中拿出的成績單，上面寫著綜合排名第一名。

同分並列第一？什麼跟什麼啊！這也太莫名其妙了。

「妳又考得如何?」琉實從一旁插嘴。

什麼啦!吵死了,別老愛插手管事,妳不用過來沒關係,我現在根本顧不了妳!要我一一說明也很麻煩,於是我沉默地將成績單遞給琉實,好讓她閉嘴。我現在沒有心情應付琉實。我可不容許這種事發生,這種劇情實在太無厘頭了。

為什麼我不是第一名!

琉實在一旁喃喃自語道:「哇,第一名。哪像我才二十九名而已……」

誰理妳!我哪有空理會第二十九名的人!

「喂!你剛剛那陰鬱的表情是怎樣?那個表情完全不是拿第一名的表情啊!我看你是騙我吧?竟敢欺騙我……竟敢欺騙本小姐!」

沒想到竟然被外行演員欺騙,實是大意,這是我一生的疏忽!竟然搞這種陰險的把戲!DATURA!(註:那織的口頭禪,源自村上龍《寄物櫃的嬰孩》,象徵毒與破壞)

「什麼啊?妳這完全是在找碴吧?只是因為弓道社的前輩來找我,向我提議『要不要來弓道社?現在加入也不嫌晚』,而我在思考要怎麼辦而已。」

純的身體轉向我的方向,繼續說道:「話說回來,妳也考第一嗎?恭喜,我果然敵不過認真起來的——」

「如此玩弄我的身心,你可別以為能獲得原諒!我要告你!」

序章 PROLOGUE

我從琉實手上抽回成績單，跑出了教室。

虧我這次有自信絕不會輸，虧我以為自己肯定贏了！唉……啊——真是的！

「等等。」

我聽到純的聲音，不過我無視了他。我沒心情回應他。

「那織。」他叫著我的名字，接著——從後面抓住了我的手腕。

「妳是怎麼了？」

我扭動手想甩開他，純卻更加用力握緊。

什麼啦、什麼啦！你別管我！「好痛，你放手。」

「妳為什麼那麼生氣？」

「因為，我拿下第一名之後就要……——但是這種結果，我就什麼都不能做了！」

我轉過頭，緊緊盯著純的雙眼。別用那種眼神看我！會讓我覺得自己很悲慘！

「因為你不想要聽到我向你告白——因為你會感到困擾……所以為了不讓這件事情發生，你才會拚了命努力讀書吧？你肯定覺得我活該吧！快點放開我！」

我覺得自己講的話可真是狗屁不通。我委身於衝動之中，脫口說出原本不打算說出口的話。這根本就是遷怒，只是因為事情不如自己預想，才會把這份沮喪發洩在他身上罷了。我不想要這樣。太過雜亂無章，一點也不符合我的作風。算我拜託你，現在就別管我了吧！我不想再說更多不必要的話了。

「為什麼會變成這樣啊？還不是妳說要認真起來，我才會比平時更加認真去應考。我們以往不都一直是這樣切磋的嗎？」

純放鬆了表情一邊搔了搔頭，接著放開了我的手。

「而且要是我放水，妳也會罵我吧？」

「……嗯，是這樣沒錯啦……可是——」

「和我之前說的一樣，就算現在妳表明心意，我也沒辦法回應妳，但這不代表我和琉實會有什麼發展——這樣不行嗎？」

我很清楚純不會回應我。

縱使如此也沒關係，就算只是白費力氣也無妨——我希望他能對我產生更深的興趣。

純當初的告白並非出於正當，於是我重置了一切。我想要在重置過的這段關係中率先做出行動。現在可不是以前那種關係了——那種只有我什麼都做不了的關係。

「真的？你不會瞞著我偷跑？」

「不會。」

「真讓人無法信服，只出一張嘴誰都會。你若想要我相信你，就在這裡緊緊抱住我。」

「妳……妳突然說什麼傻話？在這種地方——」

我知道有閒雜人等在，知道剛剛路過的學生正在一旁看著我們。因為這裡可是橫跨大樓中空處的聯絡走廊正中央。

正因為如此啊。

「那就算了，我回——」在我話說完之前，便被緊緊抱住。

嗯！沒想到他竟然真的願意緊緊抱住我，雖然確實是我誘導他這麼做的，不過——好高興，超級開心。為了不讓他看到我因喜悅而鬆懈的表情，我將臉靠向純的肩頭。雖然他的力氣沒有像之前擁抱我時那麼用力，不過就算只是形式，他仍然抱緊了我。各位！你們快看吶！用力吸取男生衣服上的氣味，感覺那香氣充滿了肺。這是我從小便熟悉的芬芳。

我真的好喜歡這個味道。

「喂，你有看到嗎？」走在附近的學生在說些什麼。我聽到了女生的聲音。

「那是白崎對吧？」男生的聲音傳來。「另一個人是……神宮寺嗎？」

「這樣可以了嗎？」放開我的純一邊撇過臉說道。

嗳，你的耳朵都紅了喔？該不會是害羞了？啊啊，討厭！真是可愛。

再一下下就好——不，我不要求更多，現在這樣就夠了。滿足感爆炸。

我的視野角落瞥見一個短髮女生，正好從教室裡走出來。

這個時機簡直像是算計過一般。我確實有一點點想造成這種結局啦。沒錯，這也是我刻意設計的。

「結束了？會不會太短？太快的男人會被討厭喔。啊，不過就算速度太快，只要用次數彌補——」

「妳夠了喔。」純輕輕敲了敲我的腦袋。「要是被人亂傳怎麼辦？」

你也不用敲我吧！只不過是女生可愛又惹人疼惜的玩笑話而已，你好好承接下來嘛，很沒有器量耶。不過看到他聽到我這種話會做出反應，讓我稍微有點放心。真令人欲罷不能。

不過話說回來，純和教授到底把女生的頭當什麼了！雖然他們一個個的行為都讓我想罵DATURA，但是就一個遲鈍男來說，這次他的觀察力挺細微的。

「倒不如說被亂傳正是我的目的……大概啦。嘿嘿！」

「……嘿什麼嘿！妳別以為自己裝可愛就能獲得原諒！」

「啊，你覺得我可愛啊？『嘿嘿』可真管用，以後我就積極採用吧。」

「隨便妳。」純不禁單手按著頭，嘆出一口放棄的嘆息。

真拿你沒轍，我就解放你吧。今天我就到此打住，先饒過你一命，你可要感激我喔。

滿足了。我獲得了極致無比的滿足感。在其他學生（路人）來來去去之間，僅有短短一瞬，我獨占了他。而且還是在琉實的面前。不錯，非常地不錯，真是出色的戰果。

「嗯，我會照做的。話說回來，關於剛剛那件事——」

「什麼？妳在說哪件事？」

「就是社團要怎麼辦那件事。你可不能加入社團喔。」

我可不允許你放學後不陪我。開什麼玩笑？你的時間怎麼能莫名被社團活動占據？而且你剛剛說的「弓道社前輩」肯定是女生吧？那就更不行了。真要說的話，其實今天放學後的時間，我原本也——算了，畢竟才剛決定今天要放你一馬。我決定來捉弄社長玩。

「我已經滿足了，你可以回教室嘍。去去去，閃邊涼快去。」

「妳……真的很不受拘束呢。」

我想要獨自享受餘韻！真是的，這麼不解風情。

「群眾圍觀之下的擁抱很不錯喔！讓我打起精神了！謝謝你！」

我的臉上堆滿笑容，乖乖道謝後便回到了教室。不懂怎麼道別的對象只有警察就夠了（註：美國推理小說家瑞蒙．錢德勒的著作《漫長的告別》一書結尾，馬羅在內心自白道：「我還沒有想出跟警察道別的方法」）。純在這方面相當乾脆，十分讓人感激。好喜歡他。

我帶著喜孜孜的心情，拉開教室的門板，班上同學便一窩蜂地「白崎露出了什麼樣的表情？」、「神宮寺同學，白崎同學看起來很不甘心嗎？」連珠炮般不停詢問我。我們學校有兩個升學班，這似乎讓他們產生了競爭意識。超級無敵麻煩，簡直像魔法學校的宿舍似的。

雖然我完全沒有什麼班級歸屬感，不過讓我說一句吧。抱歉了，各位同學。

「他也是第一名，我們同分並列第一。虧大家這麼為我加油，真是對不起。」

我全神貫注表現出可愛，並些微抬高聲調。這樣的處理方式，簡直要讓人以為我是祕密警察(蓋世太保)。我可不會讓人發現馬腳。

「虧我還以為這次能贏過他！」、「不過光是作了場牙城被攻陷的夢也不錯」、「是啊，總之是贏過坂口了吧？」聽到大家這麼說著，我一邊說「我下次一定會加油」來安撫他們，一邊坐回自己的位子。看！這正是完美的進退應對。

「虧妳還意氣風發地跑去，真是遺憾。不管過了多久，老師妳都無法完美勝利呢，雖然這樣也很好，畢竟很符合敗北女角，不過真令人難過。要我幫妳驅邪嗎？要幫妳燒香拜拜？就是說啊！我們下次去一趟神社吧！我一直很想做一次護摩火供呢。」

社長一邊坐到我隔壁的座位，一臉開心地這麼說完後，緊接著又小聲地加上「臨、兵、鬥、者、皆、陣、列、在、前」。別唸什麼九字護身法！我才沒被惡靈附身！

吵死了、吵死了！

「我才不去做什麼護摩火供！還有別唸什麼九字護身法，也不准叫我敗北女角。」

為了不被班上同學聽到，我用盡全力小聲責備她。這個臭小鬼！

「咦？可是妳就是敗北女角沒錯吧？妳的腦袋不要緊嗎？是不是變不正常了？」

社長一邊摸著我的頭，一如往常地毒舌道：「妳的不正常是天生的才對，對不起喔。」

「住嘴！妳把我當什麼了！妳最近對我的態度很過分耶。」

「愛之深責之切啦。畢竟我是害羞的人，沒辦法坦率地表達自我情感呀。所以為了吸引妳的注意，才會說這種壞心眼的話。」

「妳是害羞的人，沒辦法坦率表達自我情感……？明明那麼執拗地一直踩人家的痛處，妳哪來的臉找這種藉口？」

「一直踩痛處……？也就是說，對於自己的痛處被踩到這一點，妳是有自覺的？意思就是妳承認自己是敗北女角了？對不起喔，老師，一直到剛剛為止，我還以為妳沒有這份自知之明——不過既然妳有自覺的話，那麼論點就不一樣了。」

「妳老是這樣自顧自地講別人是敗北女角、唯獨最可愛的角色不會被選上、看到人失戀而哭泣的模樣會讓妳怦然心動之類的話。那麼我就來教教妳這個世界有多麼無情吧。聽好了，可愛可是置於一切之上的！在現實中，可愛的人最終會獲勝！事情可不會稱妳的心、如妳的意。今天的我可有別於平常！」

我揮開社長的手，在她耳邊報告了戰果：「（剛剛我在眾人圍觀的聯絡走廊上被他抱住了喔！這下可會緋聞四起呢，真傷腦筋呀～怎麼辦好呢～）」

沒被觀察到的事實等同於不存在。

正因為如此，透過讓更多人認知到這件事情，此事便會成為嚴峻的事實。

就算獨自一人提倡日心說，這種觀念也不會廣為人知吧？就是因為受審議，才會擴散開來。

「喔喔！不愧是不惜使用色誘之計的敗北女角！這正是暖被老師啊！」

「不准叫我暖被老師！我想表達的是——」

「妳先做好了對策，對吧？不過這點程度就感到滿意，真是不符妳的作風。」

「妳太天真了，社長。我怎麼可能會毫無對策地行動？這種親密行為更需要日積月累。套用在我們身上，因為單純曝光效應，事到如今擁抱根本就不痛不癢，刺激和感情也敵不過適應，並不是一股腦地給與他衝擊就可行。所以必須巧妙地用計，需要用更加高明的戰術——」

「只有我覺得妳越是辯解，越增添敗北女角感嗎～我認為像妳這樣到處動小手腳的角色，基本上都沒辦法獲得回報。戀愛劇到最後，不都是純粹的女生被選上嗎？也可以說那種性格比較擁有女主角的格調吧。這麼說起來，被逼上絕路的反派角色，很常會滔滔不絕地說出自己的戰術呢。」

社長轉向窗戶方向。大概是和坐在窗邊的女生對到了視線，社長小小地揮了揮手。看到她揮手的同學也回應了揮手，並連帶對我露出笑容。我迫於無奈只得回應。

唉，這個小黃毛丫頭！每次都這樣，一直叫別人是敗北女角！

「所以我們剛剛在聊什麼？」

社長拿下眼鏡，用毛巾質地的手帕擦拭鏡片。

這是什麼接受委託的偵探動作？還是說妳是做筆錄的刑警？

「已經夠了。」我不管社長了！

「咦？生氣氣了？氣噗噗了嗎？哎喲、哎喲！」社長一邊說著，戳了戳我的臉頰。

「喂，別戳了！討厭，少隨隨便便摸我。」

「妳的臉頰軟趴趴的，摸起來可真是舒服！」

「不准說我軟趴趴！我今天禁止妳去社團，我要處罰妳陪我！」

※　※　※

（白崎純）

我們學校不會將測驗成績張貼在布告欄上。不僅是因為處在這個對個人隱私較嚴謹的時代潮流，也因為我們是私立學校，監護人的意見很受重視，所以頂多只有在發考卷回來時，教職員把班上第一名是誰之類的情報很刻意地說溜嘴。

不過我的成績是眾所皆知。「白崎純」這個名字與我本人，大家都認得。

而那對雙胞胎也同樣廣受同年級人們認知。

這樣的我們在放學後的走廊上做出那種事——這一點完全是我搞砸了。

實在不妙。不知道到底被多少學生看到那一幕。

要是有奇怪的傳聞四起該怎麼辦……這就是所謂的後悔莫及。若是交往中的情侶就另當別論，但是我和那織並沒有交往。真不知道什麼時候會出現莫須有的傳聞，還有針對傳聞的探詢。

啊啊，肯定很麻煩。明天真想請假。那織也真是的，逕自會錯意還自顧自地生氣，再加上還指責我騙她又是怎樣……不，若要說我騙她，我還真的有騙她的成分在。

那時候我情急之下說了什麼弓道社的前輩，不過我其實是在思考她們兩人的事。

這個月是她們兩人的生日。

我怎能說出這件事——關於我在思考要送她們什麼禮物的事情。

我的背靠上扶手，嘆出一口大大的氣，彷彿要呼出全身的空氣一般。

被那織擺了一道。看到她露出那種表情說那種話，我也只能那麼做了。我十分清楚自己很膚淺，不過我並沒有其他選擇。畢竟煩惱這麼多，我還是想盡力實現那兩人的願望，也會想要幫上她們的忙。

正因為同時也存在我無法回應的願望，我才會想要盡力去做自己做得到的事——不過，什麼叫「倒不如說被亂傳正是我的目的……大概啦。嘿嘿！」啊？

看到她露出孩子般的笑容這麼說，我怎麼可能認真生氣。

琉實和那織……要我從中選一，我根本做不到。無論哪一方對我來說都很重要，且兩人都很可愛，和我形同家人。我確實和琉實交往過，不過當時和現在的狀況大有不同。

我抬起頭，視線和幾位看著我的學生對上。事到如今就算慌了手腳也太遲了，不管怎麼想都太遲了。我轉念這麼思考也不過瞬間——其他班級的男生拍了拍我的肩，說了句「白崎終於也做好覺悟了嗎？」，跟在他身後的男生碎唸著「虧我是妹妹推的說～」，甚至還說了句「竟然選妹妹，開什麼玩笑！都是你害我虧損一週份的學餐」。不過至少我還認得這些人，這算是點救贖——但你們竟然拿別人來下賭注。

等等得想個藉口跟他們解釋才行。我並不是第一次被開這類型的玩笑，所以應該還能應付……但是這次的事件，感覺沒辦法輕易開脫呢。

唉，我很討厭因為這種事引人注目。不對，應該沒有喜歡這種情況的人吧……

事已至此一切都太遲了。在這種地方瞎扯淡也無濟於事，我還是認命快點回教室吧——我猛然離開了扶手，接著便感應到殺氣。某位同學狠狠瞪著我。有句話叫齜牙裂嘴，用這句話來形容那張臉還太溫吞了。

那是——一張充滿殺氣的表情。

穿著衣服的殺意聚集體大步大步走向了我。

——狠抓！

我的手臂被殺意抓住。冰涼的觸感緩緩擴散到全身。

「剛剛那是怎樣？」

就算是我也感覺得出來，現下的狀況不容我裝蒜。

「那是那織她——」

「過來。」琉實打斷了我的話，拉著我走了起來。

在附近的女同學們「也就是他選了妹妹？」、「看琉實的反應，應該沒錯吧？」、「琉實好可憐喔」、「優柔寡斷到這種程度，可稱得上是才華了」、「就算他頭腦再聰慧，那樣也太扯了。換作是我無法接受」地你一言我一語，並對我投以輕蔑的言語及視線。

這是怎樣！根本已經流言四起了！

像剛剛那些男生的那種反應，我還能當玩笑打發他們；但是現在這種討論法是很嚴肅的。雖然我也曾被女生揶揄過幾次自己和雙胞胎的關係，不過那是像男生在打鬧的感覺——並不是這種認真的氛圍。

我關閉了聽覺。我聽不到。我聽不到那類話語。

算我拜託你們，把剛剛看到的都忘了吧。拜託至少不要說出口——琉實穿過了走廊，走向了樓梯，接著往上爬……停在通往屋頂的老地方。

琉實站在比我高一階的地方回頭，發出來的聲音卻很低沉：

「剛剛那是怎樣?你是什麼意思?」

「……那織叫我在現場緊緊抱住她……我迫於無奈……」

「什麼?迫於無奈是怎樣?」

這種認真的語氣真的好可怕。

我的舉動確實太過輕率，我也很後悔，不用特地要我反省——

「你會不會對那織太好了一點?你老是這樣，都只有那織一個人占盡便宜……」

她的聲音軟弱，越說越氣餒，手的力道也漸漸放輕。

「我呢?」

「啊?」

「啊什麼啊!……也就是說……我也要!」

妳別一邊撇開眼，還紅著臉對我怒吼。

「到底是依照什麼邏輯，才會變成這樣……」

「不用在意那種細節……喂，快點……抱住我。我社團要遲到了。」

啊啊，真是的!別露出那種表情!別用那種眼神看我!

「在這裡就不會有人看到了吧?所以說……好嗎?你就當是在為我加油。」

我莫可奈何地環過琉實的腰，把她抱了過來。一個階梯的高度差，讓我和琉實的頭更靠近彼此。琉實被拉向我耳邊的嘴不禁呼出氣息，輕撫著我的耳廓。她的手觸碰著我的側腰，輕撫肋骨的指尖讓我感到有些搔癢。

「接下來，我們就要參加全國了。」彼此臉頰輕觸，琉實喃喃說出口。

「我知道。妳肯定會贏的，妳已經升回常規球員了吧？」

「是常規沒錯，不過我還變成先發了。」

「先發不等於常規嗎？」

「我們社團的常規球員，是包含了先發球員在內，一定會出場比賽的球員。也就是說，常規球員涵蓋了先發球員，剩下的人坐板凳。還在國中部的時候，我沒怎麼聽過這種稱呼方式，所以或許只有我們社團會這麼稱呼吧。話說回來，我之前不是有說過嗎？」

「抱歉，我可能真的聽過。」

「你明明會記一些無聊的事。」

「無論如何，這就代表妳的實力獲得了認同吧？恭喜妳。」

「謝謝。」

「不要緊，妳一定能贏的。妳的賣點就在於正式比賽時很穩，對吧？」

「嗯。」

「星期日我會去為妳加油，妳可別第一回合就輸喔。」

「嗯……嗳。」

琉實露出了央求的眼神，緊緊盯著我。

「嗯？」

我假裝沒有察覺到這一點。

「……還是算了。」

「什麼啦。」

「沒有，沒什麼。」

我捧著琉實的頭，說了句「練習加油」後，離開了她的身子。

我和琉實的交情並沒有淺到看不出來她有話想說。只是我認為那句話，對現在的我們來說是不適當的。現在不是表露戀慕的時機。

所以……這是我作為朋友的鼓勵。

「對了，去社團之前我有點事要說。」

「什麼？」

「那個啊，你知道雨宮慈衣菜這個人吧？」

雨宮慈衣菜？啊啊，那個像時髦潮妹的人，屬於華麗又顯眼的類型。雖然我沒和她說過話，不過有聽說過她在當模特兒之類的八卦。我對她只有這點程度的認知。

「就是那個很顯眼的人吧？怎麼了？」

「那個……我有件事要跟你說——」

※ ※ ※

（神宮寺琉實）

雖然看到他和那織相擁的時候讓我感到心浮氣躁，不過我的心情現在很好，狀況也很棒。純的體格並不健壯，不過男生的身體果然很硬，有種骨頭很結實的感覺，總之我很久沒有體會到那種觸感了。雖然只是稍微抱了他一下，應該說是被擁抱了一下，光是這樣就能給我活力。實在單純到連自己都想笑，不過純真的是我的定心丸。話說回來，我們在學校裡相擁了呢……明明沒有在交往。

這點程度……嗯，算安全上壘。畢竟先出招的人可是那織。

這就算了。慈衣菜的事我會不會提得太突然？不過反正他都會拒絕，詳細情形之後再說就好了吧。我實在不認為純會接受麻煩事。

全體練習結束後，一年級生聚集起來進行各自練習時，傳來一聲球體撞擊的「磅」巨響。這不是反彈地面的聲音。我慌張地回頭，看到和麗良進行練習的櫻田可南子捂著臉蹲了下來。

「可南子！沒事吧？」麗良問道。

緊跟在跑向可南子的麗良之後，我也跑向了她。

「怎麼了？」

「可南子漏接了我的傳球——」

麗良一臉愧疚地說著，可南子接續了她的話：

「……麗良沒有錯，是我發了呆——」

血滴落地面。一滴……兩滴……

血液從可南子的指縫間溢出並滴落。

「可南子，妳流鼻血了，快低頭！」我一邊按著可南子想上仰的頭，為了避免血流到喉嚨，讓她面朝下。總之先去保健室，還要拿毛巾。「麗良，毛巾！」

「我知道了。」

聽到騷動的學姊和其他成員聚集了過來，她們面露擔心地「可南子，沒事吧？」、「快來個人拿可以擦的東西來！」你一言我一語說著，我用較大的音量對她們說了一聲「我帶她去保健室！」後，接過麗良遞來的毛巾，將其交給可南子。白色的毛巾漸漸染紅。

「琉實，交給妳了。這邊我們會處理。」

身為隊長的飯田學姊說道，並給出指示要其他隊員擦地板。

「麻煩學姊了。來，可南子走吧！」

「抱歉，我自己去就好，琉實回去練習——」

「傻瓜！妳在說什麼傻話？」

「琉實，我也去。」麗良摟過可南子的肩。「可南子，真的很抱歉。」

「……！這……不是麗良的錯……」可南子哭了出來。

在前往保健室的途中，可南子一直不斷重複「對不起」和「都是我的錯」這兩句話。這陣子，可南子有時會發呆，每當我看到她發呆就會提醒她「一直發呆小心會受傷喔？好了，妳振作點」，結果竟然——真令人不甘心。

到了保健室後，老師邊用濕毛巾擦血，並稍微碰了碰可南子的鼻子。

「好痛！」

「很痛嗎？抱歉，我想確認一下軟骨有沒有大礙。」

老師說完，又伸手輕輕觸碰可南子的鼻子。

「骨頭姑且看起來沒問題，臉部也沒有擦傷，可以放心了。只要繼續捏著鼻子，血就會慢慢止住，妳再忍耐一下吧。還好可愛的臉沒受傷呢。」

看到兩人的互動，我不禁和麗良面面相覷，並呼出長長一口氣。麗良也認為是自己的錯，一顆心肯定七上八下的。還好可南子的臉沒有其他擦傷，真的太好了。

「真對不起妳們兩個。」

可南子帶著鼻音道歉。

「我才是，抱歉。」

我輕輕拍了拍麗良的肩，蹲到可南子腳邊。

「可南子，妳最近是怎麼了？」

我努力不散發出責備人的態度，全力表現溫柔。

「……琉實……抱歉。」她好不容易不哭了，然而此時淚水再度滾落可南子的臉頰。

這樣啊，她還很在意啊。

「那件事情，我不是已經說過不要緊了嗎？妳別在意了。」

「要我不在意……我根本做不到。上一次大賽，都是我害妳沒辦法出場的，對吧？我當然會覺得自己有責任……」

我輕輕把手覆到可南子頭上，溫柔地說：「這不是可南子的錯。我不覺得是妳有絆到我，畢竟我也覺得自己沒有看清四周，對此我有自知之明。最重要的是，還好當時沒有讓可南子受傷。」

前陣子我手腕的扭傷，就是在練習比賽中受到的傷。當時我一直被身為敵方隊伍的可南子盯防——從國中時期就擔任副社長的可南子，非常了解我的球風，她是和我一起擠身到關東大賽的重要夥伴。她的身高嬌小，雖然是愛哭鬼，不過是個強悍且速攻不可或缺的可靠前鋒。

當時的練習比賽也因為麗良和可南子在敵隊，讓我不禁熱血了起來。我不想輸給她們。

就在球傳過來的時候——我和可南子絆在一起，跌落地面。

「別說那種話！比起我這種人，妳對隊伍來說——」

「沒有這回事！妳不也是一起努力至今的夥伴嗎？」

「但是妳身為一年級生，就有實力能參加比賽，正因為是一起努力至今的夥伴，也同樣身為一年級生——變得好像我在扯妳後腿，讓我很不甘心。而且我知道，妳受傷之後還是有好好來參加練習，一直在做基礎訓練。看到妳那個模樣……就讓我覺得自己犯下了大錯。」

「做基礎練習是理所當然的，我不可能因為受傷不來參加社團，這一點妳是最清楚的吧？」

「話是這樣沒錯！雖然我明白，但是……妳果然很強呢。」

「妳說什麼傻話啊？不是我很強，而是我們最強吧？」

「就是啊，可南子。琉實根本就是籃球痴，就算受了傷她當然還是會打籃球啊，這和強弱無關，而且妳也不弱。」

喂，籃球痴是什麼意思？竟然趁亂偷損我，麗良這傢伙……妳也差不多吧！

「沒接到傳球打到臉上可是超丟臉喔？妳籃球都打幾年了。」

麗良一邊笑著，一邊揉亂可南子的頭。

「說得對。」可南子終於笑了。「不過麗良，就是妳的控球力不好才會變成這樣。就算我再怎麼發呆，妳也要好好把球傳到我手邊啊。」

「還敢說呢，剛剛不是說不是我的錯嗎？」

「不對，就是妳不好。沒錯，是麗良的控制力不好！妳技術真差。」

「琉實，她好吵喔。」

麗良一邊手指著可南子，並向我求助。

「妳說什麼傻話，這才是平時的可南子嘛。」

聽我這麼一說，麗良捧腹大笑了起來。我也被她影響，不禁笑了出來。

「妳們兩個笑什麼笑！」

我們從以前就很常獲得可南子的幫助。

國中時期，為隊伍的向心力著想，比他人付出更多努力的就是可南子。當隊伍意見分歧時，她總會率先主動成為仲裁角；不用我拜託，她也會幫忙安撫無法出場比賽的成員和學妹。可南子非常會照顧人，雖然有時會有些太過熱心，不過包含這一點在內，她真的有一種媽媽的感覺。

所以說，可南子還是活力過剩一點才叫剛剛好。她不維持這種感覺，可就讓人傷腦筋了。

「我好久沒看到可南子哭了。關東大賽之後就沒看過了吧？」麗良一邊擦去眼角的淚水說道。

「她還哭過更多次吧？畢竟她就是愛哭鬼。」

「琉實！不准妳說我愛哭鬼！唉，害我白煩惱一場，妳要怎麼賠我？」

「好了，小心太亢奮會讓血流更多喔。」麗良在一旁安撫，可南子卻停不下來。

「妳們兩個真教人費心，虧我還這麼煩惱！」

「媽媽，對不起讓妳擔心了。」麗良摸了摸可南子的頭。

「我們很依靠妳喔，女籃的媽媽。」我緊接在麗良話語後頭。

「討厭！別說啦！就是因為妳們會開玩笑叫我媽媽，害學姊們也跟著叫我媽媽！我可不記得自己生了高中生女兒。」

「大家都很喜歡可南子嘛。」

這次我換上了嚴肅的聲調，因為大家是真的都喜歡可南子。

「就只會在這種時候說些好聽話。追根究柢琉實妳——」

「總是逕自橫衝直撞？」麗良接下了可南子的傳球。

怎麼？現在輪到砲轟我？我們不是在聊可南子嗎？

「沒錯！所以只好由我來幫忙踩煞車！真希望她也為配合她的我好好想想，又不是所有人都像琉實一樣是籃球痴——應該說，她根本就是猴子吧？一拿到球就會高興到無法放手的猴子。」

妳很敢說嘛。

當我們談不攏時，總是會這麼做。

「可南子，等等來一對一，十分賽制。輸的人請對方吃明天的學餐，還要限定明天一天的綽號是『猴子』。我們就來確認到底誰是猴子吧！」

這就是我們的做法。

「我就是在指會想出這種點子，正是籃球痴的特徵。」可南子喃喃道，一瞬間露出呆愣的表情，隨後笑著回覆我：「還要附上甜點喔。」

2
KOI WA FUTAGO DE WARIKIRENAI
不可分

高村資本
SHIHON TAKAMURA

[插畫]
あるみっく

雙生戀情密

第一章

TITLE

怎麼樣，白崎同學？你不覺得這個提議很不賴嗎？

（白崎純）

KOI WA FUTACO DE WARIKIRENAI

「白——奇——！」

午休時間，正當我準備要和教授他們一起吃午餐時，我聽到不熟悉的聲音迴盪在教室裡。「喂，雨宮在叫你。話說回來你和那傢伙認識？」雖然注意力被這過大的聲音吸引，不過我完全沒有意識到那是在叫我的名字，一直到教授從旁提醒，才終於知道對方是在叫我過去。

我心裡有些頭緒。那就是昨天放學後，琉實對我說的事。

琉實一臉難以啟齒——再講更明白點，當時她一邊仰望窺伺我的臉色，一邊開口：「我昨天和慈衣菜通了一下電話——她說想要純教她念書。」

聽到這不管以多麼友善的角度去詮釋，感覺都會很麻煩的事情，我本想不多加考慮直接拒絕。但是看了一眼手機的琉實，說了一句「糟糕！社團要遲到了，詳細情形之後再說」便跑掉了。當天晚上我本來想聯絡琉實，不過後來想想，既然都要拒絕，也沒必要專程主動聯絡她，我也不想讓她認為自己對此有興趣，所以什麼都沒做。雖然現在反省自己昨天的作為也有點晚了。畢竟這是琉實負責仲裁的事，本來就應該由她聯絡我——不過事到如今也太遲了，再多說也無濟於事。

「不，我不認識。」我對一臉古怪的教授說，莫可奈何地站了起來——此時，響亮的叫聲又再次響起：「白奇不在嗎——？」

在雨宮附近的女生怯生生地指了指我，班上同學好奇發生了什麼事，視線集中在我身上。

昨天也是這樣，到底是怎樣？我可是隨時隨地都很怕有人說閒話，戰戰兢兢地在過日子耶。我不希望沐浴在更多的目光下了。至少中午時間讓我安穩地吃個午餐吧。

沐浴在班上的好奇心之中，我一邊感到如坐針氈的不適，一邊來到雨宮身邊。

「……嗓門別那麼大。」

到處都有耳目，我壓低了聲量。

「喂，你在的話不能快點回答我嗎？」

雨宮對我的態度表現得滿不在乎，她沒有絲毫降低音量，一邊把玩著長長的金髮還口出不滿，接著轉向了剛才手指向我的女同學，尋求對方的附議：「妳也這麼想吧？」

「呃……嗯，就是啊。」突然被詢問意見的女生給出了曖昧的回應後，立即離開了這裡。

她會感到退縮也不奇怪，畢竟雨宮在我們學校也是屬於異類存在。她的制服裙子很短，領口的鈕釦敞開，還能隱約看見耳朵上戴著類似透明塑膠耳環的東西。而最具特徵的，就是這金髮碧眼的外貌。她似乎是日本與西方人的混血，這樣的外表再加上比較隨意的穿著，更讓人覺得難以親近。而這偏顯眼的容貌，也讓人分辨不出來究竟是素顏還是有化過妝。

無論如何，她是我不想要有來往的類型。

「還有，是『白崎(Shirosaki)』，不是『白奇(Shirozaki)』，不用濁。」

「啊，原來是白崎(Shirosaki)啊，抱歉抱歉。話說回來『不用濁』是什麼意思？」

大家都會這麼說吧？

「意思就是沒有濁音……沒什麼，妳別在意。這不重要，妳到底有什麼——」

「你過來一下！」

雨宮突然抓住我的手，把我拉到了走廊。從她身上傳來一股南國風的甜膩氣味，彷彿誤入雜貨店般，甚至有種空氣瞬間被渲染成粉色的感覺。

「……妳做什麼？」

停在走廊上的雨宮轉了過來——她的臉瞬間靠近了我的耳朵。

「噯，我想你應該有聽小琉說過了，你能教我功課嗎？」

「關於這件事……妳去拜託我以外的——」

「我只是先過來拜託你而已！詳細情形放學後再談！掰！」

不僅打斷別人說話，雨宮還丟下這句話之後迅速離去。

妳這傢伙，給我把話聽到最後——放學後？她說放學後是什麼意思？

和雨宮對話的時間大約短短二十秒。不，那並不叫對話，只是單方面在聽她說話罷了，她根本就不聽我說話。應該說那是有事相求的態度嗎？

我無法釋懷地回到教室，該說是不出所料嗎——教授露出非常不悅的表情瞪著我。我拉開椅子準備坐下，便聽到他不耐煩的咂嘴聲。

「你那是什麼表情啊？別這麼明顯地咂嘴。」

「你也體諒一下教授咂嘴的心情吧。」

坐在教授旁邊的坂口瑞真（我和教授叫他安吾）插嘴道。

「囉唆，要你管。而且為什麼你會在教室吃午餐？給我去學餐啦！」

「我只是覺得偶爾和你們加深交流也不錯。」

「事到如今你說什麼傻話？交什麼流——」

安吾突然搭上了我的肩，小聲地說：「喂，你最後選了妹妹啊？」

竟然連安吾都聽說這件事了嗎……算了，反正肯定只是時間早晚的問題。

「雖然我不知道你聽到什麼版本，不過並不是，我沒有那種意圖。」

「是喔？這樣啊，算了沒差。」

放開了我，安吾開始拆起便利商店便當的外包裝。

他該不會就為了聊這個，才會在教室裡吧——不可能。安吾對我這方面的話題不怎麼感興趣。

我和安吾國中時期曾經同班過，不過若要問是不是以此為契機而變要好，也有點不太一樣。安吾的成績時常名列前茅——國中時期，最高有到第二名。

也就是說，他把我當作競爭對手。安吾只對我的成績有興趣。

過去曾任學生會長的這個男人，就因為這種理由有事沒事跑來纏著我。據本人說明，我和他似乎是龍爭虎鬥。不過安吾這個人就愛耍帥，大概只是因為找到有那麼一回事的成語，才想拿來用而已吧……雖然我也沒什麼資格說他。

這就算了，和某個沒節操的傢伙不同，安吾在男生女生之間都獲得相當高的評價，就連教職員也不例外。畢竟和我不同，他也很積極參與學校活動。

題外話，上學期的班長當然是安吾，順帶一提女生則是琉實。（註：日本一般男女混校的班級通常會選出兩位班級委員，男生一位、女生一位）

「喂，你們兩個偷偷在聊什麼？」

「教授就別在意了，我們在聊私事。話說回來，我很久沒和你們吃午餐了。我不在這裡你們很寂寞吧？」

「還真敢說，反正你肯定是和籃球社的人吵架，所以被排擠了吧？」

安吾挑釁教授、教授挑釁安吾。一如往常的互動。

「別把我和你混為一談。我和某人不同，可有人望了。」

「啊？我才沒有被排擠呢，到了現在我和足球社的人還是很要好。應該說要是我韌帶沒受傷，現在還繼續在踢足球呢。」

這段關於人望怎麼樣的口水戰，我都不知道聽幾次了，不過安吾不會言及受傷的事情。我們都知道教授當時的情況，他之所以能像現在這樣主動拿出來當話題講，也是因為他自己在心裡已經做好了斷了吧。被別人拿來聊和自己主動提起來，兩者之間有大大的差別。

不過現在可不是回想教授過去的時候。吃完午餐之後，趕快去把琉實叫出來吧。早知道會這樣，就算要我主動聯絡，也應該要趁昨天之內把話說清楚才對。唯有這一點讓我打從心底感到懊悔。就算透過琉實也好，我應該要明確地先拒絕對方才對。照雨宮那種感覺來看，她恐怕沒料到我會拒絕。

開什麼玩笑，我才不接受這種麻煩事。若是要教琉實課業，要陪多久我都願意，但是我又不怎麼認識雨宮，我人可沒有好到會願意實現她的願望。

剛剛也是，她根本不需要特地跑到升學班來還把我叫出去才對，真要說的話放學後再找我也行。都是因為那陣騷動，直到現在我都覺得班上同學在偷聽我們的聊天內容，讓我靜不下心來。雖然可能是多慮了。

我不管他們兩人，傳了「吃完飯後有時間嗎？」的ＬＩＮＥ給琉實。

而且追根究柢，為什麼要找我？就算單純是因為我成績好，但我們又沒有打過照面，一般來說不是都會去拜託女生嗎？

「所以你為什麼會被叫出去？要從這裡開始講吧。那個裙衩找你到底有什麼事？」

大概是和安吾互相詆毀到滿意了，一邊撕開飯糰的包裝，教授這麼問道。

還「裙衩」，現在都什麼時代了？真的會拿出來用的傢伙可少見了。

「她要我教她念書。」

教授的動作停了一瞬間。「啊？什麼跟什麼，你們真的沒有交集吧？」

「沒有，我也搞不清楚狀況，我才想問為什麼。」

「她和白崎這類的人……不會有交集的吧。不過這樣不是很好嗎？這種機會可不多喔，對方是那個雨宮對吧？要是我們社員聽到這件事，可是會羨慕到哭的。」

安吾這麼說完，教授便喃喃自語：「我也想哭啊，為什麼都只有這傢伙有甜頭？」

「我既沒和雨宮同班過，也沒有和她參加過一樣的委員會。就算在這方面有過交集，照我們的類型也不會變要好。即使你說這是難得的機會，對我來說這也根本稱不上什麼好機會。所以說教授，別哭了。」

而且我們大概也沒有共通話題，我也沒有義務要教她功課。

「喂，白崎，你走在樓梯或是站在穿堂的時候，可要小心背後喔。」
我口袋裡的手機震動了一下。解鎖後，我只看到她打了「為什麼？」三個字。
我準備要直截了當地把要說的事告訴她。一點開對話框，訊息便接連不斷地傳來。
「發生了什麼事嗎？」
「我人在學餐，沒辦法馬上過去。」
訊息咻啵咻啵地不斷增加。雖然我每次都會想，她為什麼不一次整理好文字再傳訊息，不過從來沒有說出口過。和某位妹妹相比，琉實這樣還算好的。
每次看到那織連續傳了幾則冗長訊息問事情，不久後又會自己打出答案，再接著傳「我解決了，不用你了」的訊息。那織肯定是把和我的聊天紀錄當作備忘錄或輸出思考的地方，但要是我偶爾沒回應她，她還會跟我鬧彆扭。
「雨宮跑來教室，要我教她功課。」
只要這麼回應，琉實應該多少也能了解情況了吧。
「那你想怎麼做？對方可是爆乳喔？」教授的聲音摻雜著不悅的音色，安吾則點頭同意：
「那個尺寸確實不容小覷。」
「不怎麼辦。我怎麼可能接受那麼麻煩的事？這和胸部大不大又沒關係。」
「唉——從容的男人果然不同凡響。哪像我，要是雨宮來拜託我，我肯定馬上接受。若沒有這種機會，我絕對沒辦法和她增進情誼。她看似很隨便，其實防備心很高。」

「既然這樣，還請你務必代替我去教她吧。」

「你說防備心很高，該不會你之前也一如往常想對雨宮告白？」安吾從旁插話。

「我有這麼想——不過早早放棄了。雖然主動攀談她會很正常地回應我，不過她渾身散發出那種『找我有事嗎？』的氣場實在太逼人。大概是因為兼職模特兒，常會遇到想和她套近乎的人接近她吧。當時我完全有種被打發的感覺。」

教授上一秒還遠目凝望，瞬間又死死盯著自己的手看，並以彷彿在臨死邊界吐露對現世依戀般的聲音悲嘆道：「真想好好品味那對雙峰啊。」

也太誇張了吧。就是因為你會做這種舉動，才會被人家批評假仙。

「你被打發掉了？真遜。不過既然是教授也沒辦法，人家會戒備你是理所當然的。話說回來，原來雨宮給人的感覺是這樣啊。我和她說話時感覺都很一般，所以不是很懂。」

「這種事你就不用說了，我又沒問。給我閉嘴打你的籃球，別靠過來。」

「不過教授還是老樣子，涉獵範圍很廣呢，你的行動力真令人感慨。」

沒想到教授竟然曾想要接近雨宮。在他那名為「告白失敗」的櫻花樹下，似乎還埋著很多我不知道的屍體。

「應該說我也想教啊！」教授突然大叫出聲：「快推薦我！我好歹也是升學班的，在學校裡成績也算在前段，應該也有教女生的資格才對！」

「我一直到剛剛都忘記教授也是升學班了。」

安吾搭上了我的話語繼續挑釁：「教授和我們同班來著？」

「你們幾個！我們不是同學嗎！白崎，你真的要推薦我喔？聽到了嗎！」

要是推薦教授，對方好像會懷疑我的人品……雖然就算被雨宮這麼懷疑，對我來說也不痛不癢，只是單純沒有辦法想像教授教別人讀書的模樣。不過我也不能對本人這麼說。

※　※　※

（神宮寺那織）

「吃得下飯嗎？」

社長一邊咬著三明治，把手機放在桌上動手滑著。

「很微妙。我沒食慾，也不想吃便當。」

在打開便當盒的瞬間，一聞到食物混雜在一起的氣味就不行了。我的食慾已離家出走。

「那還真是辛苦……啊，我有止痛藥喔。我記得應該放在書包裡——」

「我剛剛吃過了，沒關係，謝謝妳。我想應該不久就會有效了。」

真的超級不在狀況。我覺得身體十分疲憊，頭也爆炸痛，動也不想動。唉，好懶喔。身體不舒服到讓人好火大。好想早退，好想回家。至少想去保健室躺下來。

「那就來聊點可以提高興致的話題吧。來，我想想……提高興致的話題有什麼？」

「什麼啊？不是妳自己提的嗎？」

我的視線落到蓋上蓋子的便當盒上。果然還是不行，沒有吃飯的心情。我喝了一口無咖啡因的紅茶，將罪惡感和便當一起收了起來。媽媽抱歉，我今天吃不下。

「唔嗯——那麼……妳想要的東西是什麼？」

「嗯？」我趴在桌上，仰望社長的臉。

「只要來幻想想要的東西，應該能轉移一下注意力吧？」

「啊——原來是這樣。我想要的東西啊……沒特別呢。」

「停！妳這樣根本沒辦法轉換心情。」

「等等，我現在馬上想，妳等我一下。嗯……簡單來說是錢。」

總之我想買衣服，想買一套專櫃化妝品，還有稍微昂貴一點的飾品——不能懷抱如此狹小的夢想！嗯，再描繪更大的藍圖吧。為了驅散這氤氳黲黷的心情，這種小家子氣的夢想能量完全不夠！我想想……宏偉的夢想是什麼？啊啊……那個……對了！我想要試試去百貨公司或店家，把架上的東西全部買下來。若是百貨公司的話，就請個推銷人員專門跟著我，然後說些「從這裡到這裡我都要」之類的話……依我家財政狀況來看，根本做不到這種事情。更何況還供給兩個女兒上私立，那就更不可能了。應該說本來就不可能啦。

嗯，果然如此，我想要的東西就是——錢。除此之外沒有了，錢可以解決一切。

只要有了鈔票，未來也會一片光明！

「嗯，就是錢。錢的話可以要多少？現在隨便一估大概百萬以上——」

「等一下，在這短短期間內，妳到底描繪了多大的幻想？」

「我想試試看去百貨公司之類的地方，說『從這裡到這裡我都要』這種話。」

「啊——原來是這樣。雖然也不是不懂妳的心情，不過我沒有這種拜金主義的慾望。我跟老師不同，沒有像妳這種宛如拜金主義化身一般的需求。妳去蟹工船上撈一筆如何？出發，前往白令海！」

「雖然捕蟹或許可以賺不少，不過很明顯不適合我啊！我肯定一下就掉到海裡凍死了，對這一點我有自信。還有，妳說什麼蟹工船！根本滿滿的多喜二感（註：日本作家小林多喜二於一九二九年發表的小說《蟹工船》）！聽好了，我並不是想成為勞工（無產階級）！而是想要成為資本家（資產階級）！話說回來，我覺得妳好像還有點在損我，是我的錯覺嗎？我會錯意？妳用比較的方式提升了自己的好感度吧？彷彿在說『我才不需要那種閃亮亮的東西』一樣，什麼跟什麼？大家不是都會想穿昂貴的服裝嗎？都會想戴個高貴的飾品嘛！都會好奇摸起來的質感如何吧！會在意吧？妳也想穿穿看吧？快給我說妳想穿！」

社長露出不情不願的表情，艱難地開口：「……是的，我想穿穿看。」

「看吧～是不是？這就是妳的真心話。」

「媽媽，我被朋友打壓而不禁屈服了。我扭曲了自己的意見，我真是軟弱的孩子，我讓龜嵩家顏面盡失，對不起。但是我並不後悔，這不過是我體貼朋友的身體狀況，才會佯裝出同意她的模樣罷了。她對我來說是很重要的朋友，若此刻不同意她，恐怕會讓她心情不悅。」

「妳也溢出太多真心話了吧。」

「啊，溢出來了嗎？抱歉抱歉，我沒有意識到。我應該沒有說妳的壞話吧？」

「雖然是沒有直接說……話說回來，真虧妳能毫不害臊地說出這種話。」

「嘿嘿嘿，這是讓虛弱的老師開心之作戰。」社長露出孩子般的笑容。

「若想討我開心，前半部分還真是多餘的不得了。」

既然要討我開心，我只想要「很重要的朋友」這一句就好，如果只有這一句的話就完美了。雖然就社長的性格來看，她不會親切到這種程度，不過這也是社長的可愛之處。對我來說。

「那部分是屬於我想掩飾起來的害羞區塊，麻煩妳別提及。對了對了，我們剛剛聊的話題，就算撇除玩笑，我也認真覺得適當就好。順帶一問，以現實層面來講的話呢？」

「現實層面是什麼意思？界線在哪？」

「唔嗯──假如妳拿到五千圓或一萬圓，妳會買什麼？這個條件如何？」

還真是相當有現實感的金額。呃……會買什麼呢？「衣服或化妝品。」

「我也覺得差不多是這樣。若是我的話，這個嘛……可能是化妝包吧。」

「哪家的？妳有個目標嗎？」

「唔……不覺得這個很可愛嗎？」社長將手機螢幕轉向我。

我就好奇她從剛剛開始一直在看什麼，原來是這麼回事。

「啊啊，我懂，這個好可愛。有種成熟的感覺，卻又有種絕妙的可愛在其中。」

「對吧？這個GELISTA的化妝包很不錯呢，我正好收到網路商城的特價通知……但是這個價格實在讓人無法輕易下手。」

我從社長手上接下手機一看──嗯，確實沒辦法下手。雖然並不是非常昂貴，卻是高中生難以下單的絕妙價位，是屬於央求他人購買型的商品。

「這個價格真是適合用大學生男友的打工費支付。」

「對吧？啊，這個化妝包的話……」

社長講到一半，瞄了一眼我的臉。「如何？有稍微轉移到妳的注意力嗎？」

「我好多了。可能是藥開始奏效了吧，謝謝。」

「看來多少有幫上點忙，那我就放心了。」社長的視線再次回到螢幕。

「噯，那個網站也傳給我吧。」

我也想看，我最喜歡特價了。超級棒。就算只是滑一滑網站也讓人覺得幸福。不過當然如果能買會更……但是上個月的零用錢我用的很得寸進尺，而且也已經收過加碼融資了，這個月得省一點才行——啊！等等，這個月不是我的生日嗎？

我心中沉重而慘澹的景象中，出現了一道聖艾爾摩之火。

此世即吾世，如月滿無缺（註：日本平安時代的藤原道長撰寫的和歌《望月之歌》）。

雖說「此世」有些太誇張，不過這個月可是我的月份，我才是主角！宛如道長之心啊！

你說現在是風待月？（註：日文中陰曆六月的別名）開什麼玩笑，風吹了！風起，唯有努力生存。（註：梵樂希《海濱墓園》中的詩句。吉卜力動畫作品《風起》原作作者堀辰雄也將此詩句引用在原作小說《風起》中）

該不會她之所以會問我想要什麼東西，就是為了籌備生日？討厭啦社長，這樣太明顯了，真是的！妳很不會掩飾耶！簡直破綻百出。好，妳剛剛的暴言我就當沒聽到吧。

要不然和社長一起辦生日會也行——不過唯有這句話，我實在不能主動提出。快發現我的心聲吧，妳的話一定能推敲出來。這讓我興致一下高昂了起來。

莫名覺得身體似乎也好轉了……雖然只是感覺，不過也夠了。

「我剛剛傳了。這麼說起來，妳的生日差不多快到了吧？」

社長！果然！愛妳，超喜歡妳的。我要開始懷抱期待了喔。

妳想幫我慶生也可以喔？只要社長一邀我，我就會立刻答應喔。

「緊要關頭果然還是社長好呢！謝謝妳，我們結婚吧。」

「這就不必了，我有點無法。我只想像得出被妳剝削的未來。」

「過分。剝削是怎樣？我會很有奉獻精神地為妳盡心盡力喔。要我下廚、洗衣、掃除都行，我什麼都做喔。這樣也不行嗎？難道妳想說妳討厭本小姐？」

「老師，雖然很抱歉，不過妳的一言一語都讓人感覺不到真實感。誰教妳的房間老是雜亂無章的。邀請別人進來自家的時候，開場白不是都會客套說一句『寒舍髒亂還請見諒』嗎？不過在那之後會客人會接『妳別那麼謙虛，根本超級乾淨。啊，這個靠枕好可愛』等等，像這樣的對話可是固定套路喔。但是套用到妳身上……妳的打掃不就只是把衣服和書之類的東西堆到角落，就會說『好，完成了』嘛！那樣根本稱不上是乾淨，就是撕破了嘴我也說不出口。」

「我可有話要說，我的房間也有真的很乾淨的時候！誰教社長總是突然跑來，妳只是剛好碰上了我沒有打掃的時候。我想怎麼做是我的自由吧？就算亂糟糟的也沒不好，而且所謂的房間就是會自動亂成一團。熵就是會增加！這是自然原理！若是想要違反這一點，可是要消耗龐大的能量。和琉實同房的時候，就算是我也會自動自發地使用能量，維持好房間的秩序。」

是啊，我當然有整理房間，誰教琉實像個婆婆似的囉哩囉唆碎碎唸。她真的很愛斤斤計較，甚至都病入膏肓了。簡直像是羅德．達爾的芙絲特夫人一樣。

「嗚哇又來了，妳老是會說這種話，誰管妳什麼熵。而且雖然妳現在一臉得意地說什麼有維持房間秩序，但是這句話肯定是騙人的吧？妳是不可能自發性去打掃的，大概就是琉實生氣地說『妳給我好好整理房間！』之類的，然後老師一邊抱怨一邊碎唸，卻又莫可奈何地進行收拾吧。我簡直能生動想像出那種光景呢。而且搞不好妳還反抗琉實，導致兩個人吵架。反正妳肯定會說什麼『只要不超過房間的界線就沒問題了吧？妳才是別給我擅自超線！』之類的話，是不是？」

可惡！妳是異能者嗎？難道妳會讀心？怎麼？妳跑去見識過別人的過去了？

我可不會承認！我可沒說耶利哥城牆怎麼樣喔！

「啊？我才沒說過那種話，能麻煩妳別胡亂猜測嗎？」

「……妳還真說過啊。嗯，我就知道是這樣，所以不要緊的。妳浪費了本性中的這些美好特質，我可憐妳！」

「那是什麼？」

「霍桑的《紅字》。妳沒讀過？」

「沒讀過，不過知道名字。而且我才沒浪費我的美好特質。」

「嗯，看來還殘留了一點。我知道，就算是壞人（反派）也需要可乘之隙嘛！敗北時也不能表露悲傷嘛！我會一直站在妳那裡的。」

「……喂，社長，妳剛剛若無其事地說了我是壞人吧？」

「我不是有好好補上一句『我會一直站在妳那裡』嗎？」

「那妳能和我結婚嘍？妳願意和我結婚，負責照顧我？我想無論是下廚、洗衣還是掃除，大概都要麻煩妳負責喔，可以嗎？好嗎？我獨自一人是活不下去的。」

「就算妳發出甜美的聲音也沒用，我絕對不要。那種話麻煩妳去對白崎同學說吧！」

「純會接受我嗎？他會接受我吧？」

「妳別問我，而且妳的問法已經像是在找看護了。白崎同學真是可憐。神啊，請祢務必保佑白崎同學選擇琉實。若是和老師在一起，會被榨乾一切的。」

「喂！！！妳也太失禮了吧！！！妳把人家當什麼了！」

不可原諒。這個黃毛丫頭，我絕不輕饒。DATURA！我要詛咒妳到玄孫那一代！

「這只是小玩笑嘛，妳別當真。」

「……妳肯定混了點真心話吧？」

「一點點而已。真的，只有一點點而已喔。」

「大概多少？」

「唔嗯～……估算一下大概八成左右？」

「那不是幾乎等同於真心話了嗎！妳的玩笑話只有兩成耶！」

「呵呵，簡直就像二八蕎麥呢。真心話有八成，再拿兩成的玩笑話來補強嚼勁。」

「雖然妳嘴上這麼說，但妳那肯定是滿滿真心話的十割蕎麥麵（註：完全使用蕎麥粉製成的麵）吧？唉，我真討厭社長。太淒慘了。」

社長突然握住了我的手——「那麼，我們之後來辦慶生會吧！」

「喂！！！妳這種討好方式會不會太隨便了？妳以為這樣子我就會說『謝謝妳！我好期待喔！』嗎？就算是不知打哪來的好拐女主角，靠妳這種伎倆也討不了歡心！別看我這樣，我好歹也有自知之明，知道自己很麻煩！」

「……老師。」社長彷彿在祈禱一般雙手合十，雙眼散發光輝。

「怎麼？」

「原來妳有自知之明……知道自己很麻煩。太好了，真的太好了。」

「煩死，真的超級煩。」

我頭痛變劇烈了，演變成頭痛很痛的狀態，藥根本完全沒有效。都是社長的錯。

「很慶幸看到老師打起了精神，要不然沒人和我較勁，我可寂寞了。」

「真是謝謝妳，託妳的福！」

並沒有打起精神！雖然確實轉移了注意力，不過我現在完美處於懶散狀態。別上下午的課好了，我果然還是想去保健室睡覺。對於原因我真的一點頭緒也沒有。又還沒到生理期。

到底是怎麼樣？我有做什麼嗎？雖然我覺得自己昨天晚上似乎是吃多了，還遲遲無法入眠，回過神來都已經三點了——不過這是兩碼子事吧？雖然早上起來時我覺得涼涼的，不過和這件事無關吧？嗯，絕對沒關聯，我才沒有錯！

看來我被不知名的病毒侵犯……侵蝕了。

「看來我勉強妳了呢。對不起喔，我不會再挑釁妳了，妳好好休息吧。」

她一邊說著「乖乖乖」，一邊撫著我的頭。

在去保健室躺平之前，唯有這件事我得先問清楚才行。

「——所以妳真的會幫我辦慶生會嗎？」

※　※　※

（神宮寺琉實）

「妳怎麼突然跑去找他？說要一起去拜託他的人，不就是慈衣菜妳嗎？」

在學餐和麗良與可南子分開，正當我想先冷靜下來好好思考而前往中庭的途中，正好看到了慈衣菜的我，對當時和她在一起的團體說了句「抱歉！我借一下她」後，抓住了慈衣菜。團體中也有國中部和我同班的同學，對方笑著說：「哦？班長很久沒叫妳出去了呢。小衣，妳是不是做了什麼？」

國中時期的慈衣菜真的是問題學生。因服裝和遲到被警告簡直是家常便飯，上課時間又老是在睡覺，不僅如此，有時甚至還會不來上學。對此澈底無語的老師曾拜託過我好幾次：「神宮寺也去唸她幾句吧！」

真的，她國中時期超讓人費心——不過現在那種事情怎麼樣都好。

「我想說總之先打個招呼嘛，不行嗎？」

「那傢伙很難搞，這種事情不按部就班來會行不通。」

「可是說他比妹妹好的人，不就是小琉嗎？」

「是這樣沒錯啦……」

若拿純和那織做比較，無論是誰都會說純比較正常吧。硬要說的話，雖然純是屬於比較麻煩的類型，不過和簡直像乖僻化身的超級無敵麻煩人類那織相比，他可是相當正常的人。

就算是那織，她大概也能使用對外營業模式那表面的態度順利應付他人，不過若真要想麻煩她去教導別人，我似乎完全找不到能成功拜託她的突破口。

一切的源頭都來自於慈衣菜傳來「我考不及格了」的訊息。若只有這則訊息的話，就只是無關緊要的聊天，不過聊到後面她又說「媽咪生起氣來跟鬼一樣恐怖」、「她好像會逼我辭掉工作（模特兒）」之類的話。最後我們通起電話，就在聽她商量各種事情之間，慈衣菜便開口問：「可以請妳妹妹教我功課嗎？她頭腦很聰明吧？」

無法。絕——對不可能。

嗯，我在心裡根本就是秒答。不過這時候作為姊姊，我還是兜圈子隱晦又含蓄地告訴她：「那織可能有點困難喔。畢竟那傢伙有點不好相處，而且她也不是很擅長教導別人。嗯……實在不好說。」

與其拜託那織，不如由我來代替——我本來這麼想，但是現在我要準備全國大賽，放學後的時間超級珍貴。就算回家，我也想盡可能多進行一點自主練習。畢竟攸關我的雪恥，而且更進一步也攸關我們社團的雪恥機會。

簡單來說，要找的是很會教導別人、放學後有時間、和我認識、便於我去拜託的對象——我馬上想起符合條件的人選。雖然想是想到了，不過就算是我，也沒有想把純介紹給慈衣菜的意思。

只是我當時一邊在拉筋，一邊開擴音聊天，所以不經意之間……真的只是一稍微不小心想都沒想就喃喃說出「硬要選的話是純……」這句話。我完全大意了。

「原來如此，他確實頭腦很聰明，和小琉又很要好，對吧？」聞言，慈衣菜產生了興致。

雖然我也試著提起小龜和其他人的名字，不過她卻硬是說服了我：「既然要請人教，那麼選全年級第一準沒錯吧？根本最強。」

話是這樣沒錯啦……但是像這樣男女組合，不覺得很奇怪嗎？各方面都有點不妙吧？要是他們突然氣氛變好的話——唔，我會不會操太多心了？也是，唯有慈衣菜絕對不可能。

慈衣菜不會對純有興趣。這就先擱置一旁，但是假如純他——也不會吧？那傢伙感覺很不擅長和慈衣菜這類型的女生相處，而且在戀愛方面又那麼消極。對吧？是這樣沒錯吧？

畢竟他在戀愛方面很消極！！！

我可是很清楚的！！！

算了，反正只是教她課業，而且期間只到補考為止，不要緊吧。

問題在於——純會不會接受這一點。我想他十之八九會拒絕。

「我姑且會先稍微問一下他，不過我覺得很難喔。畢竟那傢伙也有他難搞的部分，妳先別期望太高。」我這麼告訴慈衣菜後，那天就掛了電話。

那之後我們不是說好，放學後首先由我向純進行說明，再由慈衣菜來拜託他嗎！為什麼妳要突然跑去找純？

「妳怎麼跟純說的？」

「很正常地叫他教我功課，就這樣。」

眼線描繪的大眼緊緊注視著我，彷彿想說「有什麼問題嗎？」似的。那雙大大的藍眼睛實在太過美麗，讓我一不小心把想說的話吞了下去。慈衣菜眨了眨眼，那捲翹的纖長睫毛上下顫動，讓我不禁看得入迷，甚至一邊想著「眼皮感覺會很重」這種不合時宜的事。

話說她的睫毛好長！根本就不是偷偷化妝的等級了。

我重振士氣──「純的反應怎麼樣？」

「不清楚，畢竟人家那麼急，只是先跟他說一下就馬上走掉了。」

難怪純會來聯絡我。對那傢伙來說，真的會覺得很莫名其妙吧。

先不論純會不會接受，至少要和他談談。

「了解。妳今天要重修？」

「對啊～真的好懶喔。」

「重修結束後呢？有什麼行程嗎？」

「怎麼？妳要和我一起去拜託他嗎？」

「也只能這麼做了，畢竟純大概也感到很混亂。」

「不愧是小琉，真好說話。那就這麼辦吧！」

虧我提早結束和慈衣菜的對話回來教室，卻沒看到純的身影。森脇也不在。

我抓住正好進來教室的坂口瑞真，問他：「你有看到純嗎？」

「妳說白崎的話，我們到剛剛還在一起吃午餐。既然他現在不在教室，那應該是去廁所吧？話說回來，前陣子妳們說要和男籃練習，要選在什麼時候？」

和我一樣，瑞真國中時期擔任過男籃的社長，因此我們時常因為籃球場使用、共同練習排程等事情有接觸。一直到現在，只要是和男籃有關的事情，我會率先找瑞真討論的習慣仍舊改不掉。而且找他說話，也比突然要去找男籃的學長說話要來得輕鬆。

「啊——明天如何？照你們練習內容來看，可以嗎？」

明天是一年級生自主練習的日子，練習內容已經交給我負責，這樣正好。

「嗯，好啊，那就約基礎練習結束之後。我今天會再跟學長他們說一下。」

「麻煩了，我也會去跟其他人說。」

「妳們練習的時候都挺認真的，我們得鼓起幹勁練習才行。」

「不認真點就不成練習了。」

——現在可不是聊這種事的時候。

距離第五堂課還有十分鐘。

「抱歉，我要去找一下純！」

我跟瑞真打了聲招呼後，先走到了走廊，接著轉了個彎，往廁所方向走去——找到了！

純和森脇一邊聊著天，一邊走出廁所。

「純！」我大喊著靠近他，發現我的純露出了厭倦的表情。

「妳不用那麼大聲我也聽得到。而且我一直在等妳回覆耶。」

「那個……我在想要怎麼回你比較好，後來覺得直接來找你比較快。」

若只是在鬧著玩的對話，用文字傳送就可以了，不過若要說明什麼事情，我想用說的。就算無法當面溝通，至少也要用電話說明。打字既冗長我也不拿手，會害我不知道該怎麼打比較好。

「喂，姊姊大人啊，還是別在男生廁所前面談話了吧。」森脇用大拇指比了比樓梯前的談話空間，並詢問：「你們要談的事情，我先離開比較好嗎？」

老實說，我是想要他先回教室沒錯，但是要我直接說會有點——

和森脇同班後最讓我意外的地方，就是像這樣懂得看場合這一點。他畢竟是純的朋友，我也不是完全沒有和他講過話……不過森脇在女生之間的評價不是很好，我也擔心過純是不是因此被其他女生以這種眼光看待。

不過和他同班之後，我們比過去還要常聊天，讓我漸漸覺得他或許意外地是個好人。他畢竟是純的朋友，我也並非真的認為他是壞人啦。

「啊——妳的表情像是在要我馬上消失呢。我知道了啦。」

對對對，就是這種感覺。真希望純也能向他看齊。

「抱歉，你能這樣就幫大忙了。真的很抱歉。」

「沒事、沒事，我習慣了。那麼白崎，我先回教室了。」

「嗯。」目送森脇離去的背影，純再次轉向我。

「好了，關於雨宮那件事進展到哪裡了？」

「那個，你問我進展到哪裡，事情完全沒有進展——那個啊，我昨天不是稍微有跟你提過嗎？在樓梯間的……時候。」

看到純輕微點了點頭，我接續著說：「一開始，她本來是想請那織教她，畢竟那織也只有成績可取，不過不管怎麼想都不可能吧？」

「不可能，畢竟那織特別討厭那種類型的人——原來是這樣，所以才會挑中我啊，因為不可能找那織。」

「嗯，就是這樣。你能這麼快抓到要點真是幫大忙了。」

「就算是這樣好了，也還有其他適任者吧？」

「我也有提出小龜之類的人選，還列舉了其他選項給她，她卻說你是全年級第一，也就是最強的人，所以找你不會有錯——基本上就是這樣，她說服了我，要我不管三七二十一先問問看你。我可沒有說什麼『拜託你的話，你有可能會接受』之類的話喔。」

「這一點我倒是沒有懷疑……但妳別被說服啊。妳很清楚我不是會隨意接受這種麻煩事的人吧？」

他露出了今天最感到厭倦的表情，接著嘆息。

「我知道，我也這麼告訴慈衣菜了，我說應該有點困難。所以你拒絕掉也──」

就在我快說完話的時候，預備鐘響起。啊啊，時機真不好！

「糟糕！我們也得快點回教室。」

「下一堂是數學，要是遲到就麻煩了。」

數學啊……讓人興致低迷。藤田老師超喜歡點人，要是答錯就會被逼到答出正確解答為止──糟了！

「今天不是我這排要被點嗎！啊啊，討厭！好了，我們快走！」

純緊跟在跑起來的我身後，不過速度太慢了！他果然還是老樣子，豆芽菜一根。

我不管你了，把你丟下吧。

（白崎純）

※　※　※

數學課結束後，琉實找我假裝確認筆記內容，一邊小聲地說：「今天社團活動結束後，我們和慈衣菜三個人談談吧。我會聯絡你，你在學校裡等我。」

「今天……嗎？」

「嗯，早點談完比較好吧？鯁在心裡很不舒服，不是嗎？」

「確實有道理。」

「還有，注意別被那織發現。」

「不能告訴她？」

「一定會變得很麻煩。要是她說要跟來，那就棘手了。」

那傢伙很怕生，或許表面上不會表現出惡劣態度，但是可以輕易想像出，她會露出非常不痛快的表情，然後用不知道到底聽不聽得到的音量，毒舌地碎碎唸。畢竟我看過好幾次她那種模樣。

那織有種傾向，會對同性之人具有攻擊性。國中時期她遇到疼愛我（比較接近戲弄我）的學姊時，就是用這種感覺去對待對方，雖然還好學姊技高一籌，不過若是同年級的女生，很有可能會發展成口角爭執。

我們只是想和雨宮談談——我只是想拒絕她罷了，並不是想要爭吵。

「事情大概會相當輕易地複雜化吧。」

「對吧？事情就是這樣，放學後麻煩了。」琉實回到了自己的座位。

只要抓個教授那樣的人來，要我消磨時間等到琉實社團結束很簡單。就算沒抓到半個人，也只要去圖書館就行了。

問題出在那織身上。

如果她黏著龜嵩跑去美術室的話就沒問題，不過這一點實在難以預測。應該說是那織的行動難以預測，沒有預測成功的先例。她是個無論做什麼都無拘無束，甚至可說是抵達豪放不羈境界的人。或許她偏偏會在這種日子，說她有想去的地方，要我和她一起回家。如果對方是一般人，我只要說今天有事就能打發掉；換作是那織，就難以否認在她刺探我的時候，我可能會露出馬腳。

我似乎比自己想像中還要不擅長隱瞞祕密。

前陣子的事情讓我切身體會。

既然如此乾脆老實坦白——雖然我也這麼想過，不過琉實說的話有道理，肯定會演變成麻煩事。我也同意這一點。

這次事情的關鍵就在於只要我拒絕雨宮的要求，一切就會宛如沒有發生過。這麼一來就算進到那織耳裡，她頂多也只會用「喔，原來還發生過這種事」就能了結。這樣也構不成謊言。

而且講白了，我打從一開始就沒有要接受的意思。

今天放學後之所以約見面，也是為了確實拒絕掉她而進行談話，所以我沒有做任何虧心事。只要讓那織轉移注意力幾個小時就行，這樣就結束了。

該怎麼知道那織的行動——只能靠龜嵩了。

拜託龜嵩把那織拉到美術室比較快。對象是龜嵩的話，應該還能想辦法拜託。她和某人不同，在常識層面具備平衡感，也願意聽人商量煩惱，而且我們的交情也算挺長的。

雖然一開始只是透過那織僅止於認識關係，不過之後曾進到同一個委員會，聊天之中我們變得意氣投合。到了現在，包含那織與教授在內，我們四個人走在一起的次數也不僅僅只有一兩次。令人意外的是，教授和龜嵩的弟弟是我們學校國中部同屆學生，甚至還隸屬同一個社團。他們的感情似乎很好，我也聽說龜嵩的弟弟好像時常去教授家裡玩。

看著他們兩人聊弟弟的話題如此熱絡，讓沒有兄弟的我感到些許冷落。雖然屬於較不常見的類型，不過那織也有姊姊在。獨生子只有我一人。

如果包含親戚在內——現在比起這種事，先拜託龜嵩吧。

在世界史課程開始之前，我傳送一段「我有點事要避開那織談，第六節之後妳有時間嗎？掃除時間之類的」的文字訊息給她。

要談就要選掃除時間。值得感激的是這週並非我要打掃。

而今天則輪到那織值日，我還記得她之前發過牢騷。時間有十五分鐘，雖然並不是那麼充裕，不過至少可以談話。再來就是要約在哪裡談——學餐那類地方應該很安全。教室之外的地方基本上都會委託業者打掃，所以不會出現掃除學生，也就代表被看到的風險很低。再來就只要看龜嵩今天是不是值日——她馬上回了我的訊息。

「可以啊～」

「不過竟然要避開老師，看來事情非同小可呢～」

我大概看了一下內容，便把手機收了起來。

好，可行。

「老師會去美術社玩的條件……？」

「對，有什麼規律性嗎？」

我和龜嵩在餐廳附近的走廊會合，並直攻核心問題。要說明始末太浪費時間了，如果這個計畫行不通，只要再用別的計畫就好。為此，現在我想簡潔快速地解決。

「嗯……為什麼這麼問？你不想遇到老師？」

聽到她用這種方式詢問，刺痛了一下我的罪惡感。

「該說是不想遇到她，還是不想讓她知道……我有件麻煩的事要處理。」

「麻煩的事情啊。聽起來意味深長呢，而且還不想讓老師知道——你口中的事情和女生有關吧？該不會你打算和琉實兩人想辦法解決？真是不容小覷耶。」

不只是嘴角，就連眼鏡深處的眼瞼都勾起賊笑的角度。臭龜嵩，竟然在取樂。她講出這種接近七八分事實的猜測，讓我無法完全否定，實在令人難耐。確實和女生有關，也要和琉實見面。七八分……？根本完全就是她說的那樣嘛。

「並不是什麼虧心事……只是如果那織知道，感覺會釀成大事……」

我的語氣彷彿在說服自己似的。明明只是想要撇開那織處理這件事，為什麼要做這麼兜圈子的行動啊？我開始覺得自己做的事情實在太小家子氣了。

不過要是把那織牽扯進來——事情就會無法輕鬆解決。

「畢竟老師的存在本身就有種麻煩感呢。嗯嗯嗯，我懂、我懂。不過呢，白崎同學，如果我現在給了你一些情報，甚至為你提供協助，為了你去誘導我重要的朋友——甚至有可能會欺騙她，對吧？對此你怎麼想？」

「……妳想表達什麼？」

「真是的，你應該明白吧？我想要知道理由，你想撇開老師的理由。」

「我想我不用叮嚀妳也知道，可別告訴那織喔。」

「那當然，這一點你大可放心，我可是會好好遵守這種約定的人，是吧？」

我簡短地說明了大意，包含之後要去見雨宮的事情。

龜嵩聽完話之後說：「什麼啊，不是什麼大不了的事嘛，我還以為是更錯綜複雜的事情呢。好啊，老師就交給我吧。」——到這裡還很好。

不過隨後她露出想到妙計的表情，用一臉得意的表情說出：「不過撇開誘導老師的事，你乾脆就去教慈衣菜讀書如何？」

「啊？妳在說什麼？我怎麼可能會去做這種事——」

「不過你不覺得有點有趣嗎？畢竟你很少和慈衣菜這種類型的女生說話吧？而且對方還是位模特兒，或許能學到不少東西。」

「我不懂妳所謂『學到東西』是什麼意思。若是教授的話，大概會喜孜孜地接受這份請求，不過我絲毫感覺不到好處。放學後的時間好歹也讓我獲得自由吧。」

「現在白崎同學不是決定不再深入思考她們兩人的事嗎？然而這不過是場面話，實際上要你完全不去想她們兩人是不可能的吧。所以這可說是別的刺激，去和與她們兩人完全不同類型的女生接觸，說不定能夠獲得不一樣的視角喔。或許你能看到至今為止沒有發現的事情？」聽了我的話她陷入沉思，隨後龜嵩露出認真的表情，說出了這番好像很正經的話。

但是她不過只是說出了好像很正經的話而已。龜嵩之所以會這麼說，肯定是因為這麼做感覺比較有趣。雖然沒有根據，不過我認為龜嵩有這種毛病，也就是類似會想讓事情往有趣的方向發展那種感覺。

「妳還真敢說。妳說這些是在尋樂吧？」

「啊，果然被發現了。」她的手遮住嘴，做出了一個誇張的反應動作後，再露出稍微認真一點的表情，伸出食指和大拇指，做出彷彿捏住什麼的動作，比出了「一點點而已」的手勢說道：「不過，我有一點真的是這麼想的。」

「就算是這樣吧，我的時間也沒有多到願意為這種模糊的好處付出資源。」

「呣呣！您可真是頑固啊，白崎閣下。雖說是教她念書，也不過是到補考而已，您以更隨意的心態承接下來如何？對方可是男子憧憬的小衣千金喔！無論是外貌還是胸部，均可說是一級品，不是嗎？同樣身為人科的物種，她的外貌優質到簡直讓人產生自卑感呢！」

「別說這種像教授一樣的話，重點不在於對象是誰。」

「好，那麼我在此向你提出一項好處吧。」

「妳到底有多想要我和雨宮接觸啊……」

「那麼，白崎同學。這個月是老師的生日，對吧？」

「嗯，是啊。」她竟然隨意忽視了我剛剛的話……算了，就聽聽她的說詞吧。

「你已經決定要送什麼禮物了嗎？每年唯有生日你一定都會送禮吧？」

「雖然只是因為從小一直有這個習慣，再加上錯過了停止的時機，才會一直送到現在。」

「嘴上這麼說，直到現在還會確實送禮可真是了不起。畢竟很多人就算小時候是如此，長大之後自然就會不送了。那麼進入正題，你決定要送什麼了嗎？」

「不，關於這一點我現在還在絕讚思考中，所以才想要盡快解決掉雨宮的事。」

思考要送她們兩人什麼禮物和雨宮的事情相比，後者簡直是微不足道的小事，畢竟只要盡快拒絕就好了。為此，我才會像現在這樣和龜嵩商量。

要送兩人的生日禮物——今年真的好難送出手。但也不會因為這樣，就出現不送禮的選項，在這種狀況下不能這麼做。也正因為如此，我想送會讓她們兩人感到開心的禮物。

「我就知道！那麼此時就輪到我出場了。」

「嗯？意思是妳願意聽我商量禮物的煩惱？」

「不不不，我會不著痕跡地幫你調查老師想要什麼禮物。」

——唔！竟然提出這種利益絕妙的交易！

「怎麼樣？白崎同學，你不覺得這個提議很不賴嗎？」

（神宮寺琉實）

「這陣子琉實的表情變舒爽了呢，有種身心淨化完成的感覺。受傷之前的妳讓人感覺怪擔心的，結果不出所料扭傷了手腕。」

整理完器具後，我在社團教室脫下因汗水緊貼身體的上衣，真衣便來搭話。

我扣著襯衫鈕釦的手不禁停住。

這樣啊，被真衣看穿了。畢竟當時還有純和那織的事，再加上我認為自己只剩籃球，一不小心把自己逼緊了是事實。竟然會讓隊員擔心，真是不中用。

「發生了很多事，我當時可能確實有點心無餘力。不過已經不要緊了，現在已經放下了很多。抱歉讓妳擔心了。」

我本來是對真衣說的，不過話音剛落，社團教室變處處傳來「琉實自從和白崎分手之後，臉上就一直有陰霾嘛」、「結果後來又扭傷」、「對對對，我們大家真的很擔心妳再這樣下去是不是不妙呢」的聲音。

等等。

為什麼妳們都知道？

我會商量這種事的對象只有一個人。

「喂，麗良！」

我瞪向在一旁換衣服的麗良──麗良一邊搖頭，小聲說道：「不是我。」

那是誰？咦？怎麼回事？

我左右張望看了看四周，卻沒有犯人的頭緒。就是說啊，畢竟無論是我們交往的事情還是分手的事情，我都只有告訴麗良一個人。那又是誰──

「琉實果然以為沒被發現。」真衣一邊忍笑著說道。緊接著某個人接話：「這一點真的傻得很可愛呢。」

「雖然這是琉實的優點，不過遲鈍過頭讓人覺得有點好笑。」、「而且在樓梯間最上面做什麼，一下就曝光了，那裡根本是經典地點。」、「真的同意。話說回來，我有聽過傳聞說之前有學長姊在那裡做那檔事。」、「真的假的？傻眼！在那裡也太扯了吧？應該要──」

社團教室內的大家將我置若罔聞，逕自聊了起來……不對，等一下。

「各位等等！妳們都知道？咦？什麼時候知道的？而且妳們還說樓梯間——」

被看到了嗎？我和純接吻的模樣被看到了？不不不，應該不至於吧？

一直保持沉默的可南子抬起臉，看向我的眼睛。

可南子一定會好好搶到籃板，並把球傳給我——

「我們看妳好像把這件事當作祕密，所以大家都假裝沒有發現，不過無論是妳和白崎交往還是分手，我們都有發現喔。應該說沒察覺這一點的只有妳而已。對了對了，我們逼問過麗良她都不說，口風可緊了。為了麗良的名譽我先聲明。」

沒傳來！

還什麼大家的媽媽！我本來覺得叫妳猴子太可憐就沒實行了，但我現在收回！

是說等等……真的給我等一下。我不行了不行了，有點無法理解狀況。

我有那麼好懂嗎？是這樣嗎？

「……呃……那個……妳們剛剛說樓梯間……」

「噢，妳和白崎在那裡卿卿我我的，對吧？我碰巧看到你們抱在一起接吻的樣子。經過的時候覺得好像有聽到說話的聲音，所以我和真衣就跑去看了，結果就……對吧？」可南子一邊搔著頭說道，真衣則看著可南子點頭。

別說了別說了！我真的受不了了！要死！不行了！

我和他相擁而吻的樣子被看到了？不要！算我求妳們，快住口！

「哎呀～我們的社長大人果然不會背叛大家的期待。」

「我真喜歡琉實這一點。」

「明明打籃球的時候滴水不漏，平時卻少根筋。」

「喂，妳們講過頭琉實很可憐的。」

「對我們來說這是稱讚喔，我們這麼喜歡琉實。」

「話說回來琉實在接吻的時候看起來超級煽情，現在回想起來也讓我心跳不禁漏一拍。」

「只有真衣和可南子看到好狡猾，我也好想看喔！」

我聽到了不想聽的聲音。明明不想聽，聲音卻會逕自竄入我的耳中。

「好了，妳就別管那些傢伙，總之先換衣服吧。」我聽見麗良的聲音。

討厭！我該擺出什麼表情才好！太羞恥了，我不敢看大家的臉！

我怎麼可能有辦法冷靜換衣服嘛！

「有點戲弄過頭了，抱歉。不過大家都很擔心琉實喔。再加上練習時的時候妳又和我……

對吧？我覺得自己有責任也讓大家費心了，所以也沒辦法講得多了不起，不過妳要是沒精打采的很讓人失常喔。」

我聽見可南子溫柔的聲音。

「……可南子。」

我轉過頭，最先映入眼簾的是——可南子彷彿隨時要噴笑出來、該死的表情。

「……哈哈哈哈哈！不行了，我不行了，實在忍不住！啊啊——眼淚都噴出來了！」

「喂！可南子！也沒必要笑成那樣吧！」

「誰教妳……竟然以為那樣子可以瞞過所有人……真的好好笑……我要笑死了！」

「妳再繼續說下去，我就要讓妳猴子的綽號復活！我真的不會原諒妳！」

早知如此，當初就不該只賭一天份的學餐，而是一週份的學餐就好了。一對一我贏之後，可南子還是完全沒變、一如往常，也正因為如此我才能毫不顧忌地任意聊天，但是不管再怎麼說，可南子的發言也實在太不客氣了！

真衣面向手機喃喃道：「呼……我比賽會加油的……純。」

「真衣！不要模仿我！而且妳們一直在看？喂，妳們一直在旁邊偷看我們嗎？」

討厭！真的好討厭！這些人是怎樣？好想快點消失在這裡！

麗良拍了拍我的肩，用同情的眼光看我。我才不需要這麼隨便的安慰！

「這麼說起來，妳遠征時在接駁車上是不是看著和白崎照片在偷笑？」

「咦——那不限遠征，比賽前不老是這樣嗎？」

「合宿的時候甚至還對著夜空說晚安呢。」

「有有有！那時候的琉實宛如戀愛中的少女。」

「當時的琉實簡直少女心全開，讓身為旁觀者的我反倒都害羞起來了。」

「噯噯噯，這麼說起來，我聽說白崎今天和琉實的妹妹在走廊上擁抱，那是真的？」

「妳說什麼？」

「我也想聽這件事。」

「可是在琉實面前講不太好吧？」

我人在喔！我人就在這裡喔！

「啊啊，真是的！妳們好吵喔！別囉哩囉唆的，快點換衣服！」

我受夠了。我不想和這些人一起打籃球。真的是，到底是怎樣啦！不敢置信！

要是又有同樣的機會……前提是有交往的話，我一定要瞞過這些人。應該說我不會告訴任何人！

唔！已經這麼晚了？糟糕，得快一點！

和這些失禮到極致的夥伴們道別，我用手機傳了訊息給小衣，她回我：「我在玄關那裡」。我急忙趕過去，便看到一個女孩子坐在植物圍牆邊緣。

僅僅只是被螢幕光輝朦朧地照亮，也具備了壓倒性的存在感——應該說是潮妹感。

「抱歉，等很久了嗎？」

微微打捲的金髮縫隙間透出一枚巨大耳環，直角三角形的邊框中央搖曳著一顆紅色寶石。最上面的襯衫鈕釦敞開，柔嫩光滑的肌膚在鬆脫的領帶結深處彰顯著存在。

完全是放學後的打扮……不過她胸前也露太多肌膚了吧。

啊啊，那豐滿的感覺，真的好讓人火大。應該說綜觀全體都讓人覺得莫名不甘心。

「我也才剛到，畢竟剛剛一直在重修，累到人家以為要死了。」

「重修的內容都在上什麼？」

「老師發了講義後，就說『總之今天先做這張』，而且還說先寫完的人可以先走，會不會太扯了？我可是考不及格才要重修的，怎麼可能一下就寫完？我花了整堂課的時間……而且沒寫完。真的笑死。」

「咦？妳沒寫完？這樣不行啦！妳還笑什麼笑，那樣真的可以回家嗎？」

「老師說今天很晚了沒關係，不過相對的，老師要我把剩下的寫完明天交，麻煩到我都要禿了。人家要是禿了，妳要分頭髮給人家喔！」

「我頭髮沒那麼長，我得趁妳禿頭之前先留長才行。」

「我有點想看小琉長髮的樣子耶！嗳，來留長吧？」

「有心情再說。」

要是我留長頭髮，不知道純會說些什麼。他會說適合我嗎？還是他會覺得不適合我——我也能變得像那織一樣可愛嗎？

嗯，有心情想留再說。

我偷看慈衣菜的側臉。那從下巴到喉嚨的輪廓，看起來有點高傲的筆挺鼻梁，再加上有時看起來銳利的雙眼。這讓我突然覺得自己有種很孩子氣的感覺。

那織擁有可愛，慈衣菜則有成熟感——我怎麼打扮會是最好的呢？

大家是不是都知道如何展現自我魅力？一想到這裡，我便有一種被遺留在後的感覺。我還是多在意一下打扮比較好嗎？像衣服和妝容之類的……但是我不知道該從哪裡著手，又該怎麼做選擇。

既然周遭女生都說不錯，那就試試看、用用看。我老是這樣做打扮。感覺去問那織，她的態度也會讓我感到煩躁，不然下次請慈衣菜推薦好了。

我也想要變得更加——不，現在可不是想這種事的時候。

「話說回來，純呢？妳有看到他嗎？」
「不知道，搞不好昏倒在某個地方？」
「……才沒昏倒呢。」
後面突然傳來聲音，慈衣菜驚到跳了起來。
「喂，你別嚇人啦！我還以為心臟要從嘴裡跳出來了。」
「一下掉頭髮，一下心臟又跳出來，妳也太忙碌了吧。」
「簡直像海參。」我好像聽到純在後面低聲說了這句話，不過因為不明所以我就無視了他。
「好了，接下來要怎麼辦？」
我自認是對著慈衣菜說的，不過說完後純便吐嘈道：「原來妳沒計畫啊。」
「畢竟我剛剛都在社團，慈衣菜又在重修，根本沒辦法計劃吧？」
「話是這樣沒錯啦，既然這樣就快點定論——」
「對了！要不要一起去吃晚餐？一邊吃一邊討論吧，如何？」
慈衣菜打斷了純的話大叫。
晚餐啊……嗯，不錯嘛、不錯嘛。得跟媽媽說不用準備我那份才行……這個時間她可能還在工作？還是正好要回家？現在聯絡她或許還來得及。

「我贊成。純呢？」

「為什麼還要吃飯——」

我拉了拉話說到一半的純，小聲告訴他：「（慈衣菜她沒有爸爸，媽媽好像也不怎麼常在家，所以我們就陪陪她吧？）」

慈衣菜不怎麼聊自己家裡的事情，我也沒有問過她詳細情況，不過以前曾聽她說過媽媽不怎麼回家，她幾乎是獨居生活。我印象很深的是，當時有個人聞言道「父母不在家很讓人羨慕耶」，慈衣菜則回應她：「不是妳想像中那麼好的感覺啦。」

就我知道關於慈衣菜家的情報，就是她爸爸出身英國，是服裝設計師。之前慈衣菜有告訴過我品牌名稱，我只記得那是一個很昂貴的名牌。她還說媽媽在幫忙爸爸的工作，然後她還有位哥哥。最後就是——她的父母離異。

雖然父母離婚，不過畢竟都在一起工作了，我想她現在應該也和爸爸有交流，但是這方面的詳細情形我不清楚，也不想去探究他人隱私。

既然這樣的慈衣菜邀請我們吃晚餐，那我也想回應她。一個人吃晚餐肯定很寂寞，大家一起吃當然比較美味。我是這麼想的。

大概是理解了我的心意，純沒有深入詢問，並做出了慈衣菜也聽得見的回應：「是無所謂……不過我得先和家人說一聲。」

「那你去聯絡吧，我這邊也聯絡看看。」

我催促純之後，傳了訊息給媽媽。接著媽媽很快地回了我的訊息。就媽媽的文字內容來看，那織今天似乎也要在外面吃晚餐。那織嗎？和誰？小龜嗎？

雖然那織也讓我感到在意，不過總之我先向慈衣菜報告了一聲。

「我們家ＯＫ。」

我說完後，純馬上接在我後面說：「我也聯絡過，一樣可以。」

「好了！那要怎麼辦呢？要去哪裡？小琉有什麼想吃的嗎？」

想吃的晚餐啊。畢竟剛做完練習很累……在那之前，話說回來我有錢嗎？等等，社團之前我去自動販賣機買飲料的時候……我身上可能只有一千。

「那個，雨宮大人……」

「怎麼了，琉實閣下？」

「請盡量挑選便宜的地方。」

「妳那麼踴躍地說贊成，身上竟然沒錢嗎？反正妳一個人而已，就由我——」

「畢竟是我邀的，你們兩人的飯錢就由我來負責，別介意啦。」

「不不不，不可以那樣啦！」我說完純接著說：「雨宮沒有做到這種地步的義務。」

「你們兩個都好古板喔，這點小事沒什麼的。」

「話雖如此，這樣實在不好意思。對吧？」我看向純，尋求他的附議。

也注入希望能圓滿收場的希望之意。

「啊，既然這樣要不要來我家？就這麼辦吧！」

不過在純附議之前，慈衣菜率先做出反應。

「抱歉，我不懂這個走向。為什麼會演變成要去雨宮家裡？」

「去我家的話就不用花錢了啊！不覺得我是天才嗎？」

「慈衣菜的家啊……我沒有去過妳家，可能有點想去。」

「對吧對吧？好主意吧？哎呀，人家也很少邀請別人來家裡，不過我想說小琉ＯＫ。而且反正白崎是小琉的那個，我想說也沒差。」

「那個是什麼？」包含這個事情發展在內，純露出一臉無法認同的表情。

「好啦好啦，既然慈衣菜都這麼說了，要不要去看看？」

「只是妳想去而已吧？我又沒什麼興——」

「好，就這麼定了！既然都決定好，那就走吧！」

慈衣菜打斷了他的話，拉著純的手臂邁開步伐。

「給我把別人的話給聽到最後！」

※　※　※

（神宮寺那織）

「我把東西忘在教室裡，得過去拿一下。」我陪社長去還美術室的鑰匙，等到準備要回家時，社長突然這麼說。竟然會忘記帶東西，就社長來說可真是難得。

「我去玄關等，妳就去拿吧。」

我已經下了樓，就不想再爬上去了。那過程完全是地獄，會害我腳長出肌肉的。雖然去保健室躺過之後已經恢復不少，不過嚴禁過度運動。我可是大病初癒啊！中午我都以為自己要死了呢。

我、說、了！才不是因為睡覺的時候露出肚子，少瞧不起人了。我這蒲柳之姿可是嬌柔羸弱又敏感！我體弱多病！要是大家不體諒我，我可要暴動出擊喔！

「咦——！我們一起去啦，這麼暗很可怕耶！」

「妳才不是這種性格呢，而且也沒那麼暗，要我再爬樓梯好累。我等妳。」

「不要。我們一起走啦！」

社長一直拉著我的手，我疲憊不堪的雙腳只得不情不願地轉向樓梯。

果然是在鍛鍊肌肉！這可是阿鼻地獄啊！我會死翹翹的。你說當減肥？什麼？你腦子沒問題嗎？勉強自己運動只會讓身體受傷而已喔，真是遺憾啊。

「妳忘了什麼？反正明天還要來學校，不拿也沒關係吧。」

社長繞到我的身後，用力推著我無力的後背。這樣超輕鬆的，我要申請購買上樓用的輔助型社長！我希望她每天來推我的背！

「呃……行充。我大概忘在抽屜裡了。」

「妳不是有充電器嗎？那不就夠了？」

「充電器上課就不能充電了！要是我抽卡的時候沒電了怎麼辦？要是我當時籤運很好可是會暴斃的。而且我還得解每日任務——」

「知道了、知道了。」

對她的遊戲插嘴會很麻煩，所以我不會再多說些什麼。我也不會告訴其他人妳上課的時候偷充手機，反正位於插座附近的書包裡，十之八九都放了在充電的手機，我上課也會充。我不會說什麼「事實上充電的舉動根本已經被默認了吧？」這種話。沒錯，因為我可是個成熟的大人。

才不是因為累了不想說話我，完全……不是這樣——爬樓梯真的讓人好懶喔。

終於到了我們教室的樓層，教授便從樓上下來。

「啊，是教授。」

「哦？這不是神宮寺嗎？」

社長從我身後探頭。「哈囉。」

「龜嵩也在啊，這麼晚了是怎麼了嗎？」

「那是我要說的。你才是，這麼晚了在做什麼？該不會你想偷偷跑到更衣室或廁所裡做虧心事——」

教授迅速跑下樓，伸手想要摀住我的嘴——此時我華麗地躲開，到了社長背後。千鈞一髮。你還是太嫩了，修練不夠啊，年輕人，我保留體力就是為了在這種時候使用。你若小瞧我，我可就傷腦筋了。一切都在我意料之中。

「笨蛋！妳說什麼傻話！」

失去目的地的手抓了抓腦後的頭髮，教授狂吠。

「誰教你——」我的嘴巴突然被社長堵住。

「對不起喔，老師的嘴巴有點沒規矩，我稍後會好好唸唸她的。」

社長一邊摀著我的嘴，並對教授多說了一句話。臭社長，看我咬住妳！

我張開了嘴——社長的手迅速抽離。還差一點的說！

「老師，妳剛剛想咬我的手指吧！」

「被發現了？畢竟看起來很好吃，我想說用力咬咬看。」

「真是的，老師就是這麼凶暴。妳到底有多貪吃？」

「開玩笑的，我又不是喪屍，對人類沒興趣。」

我可不會說什麼究極之愛是嗜人肉（漢尼拔）這種話，妳大可放心。

「嘴上這麼說，只要能吃妳什麼都好吧？妳不是很常說什麼『只要好吃，什麼肉都很棒，和部位無關』這種話嗎？看來我必須要學習妳這貪婪的態度才對。只要是會動的東西，一切都是妳的掠食對象，是吧？」

「我才不吃人！我不是說那是說笑嗎？麻煩妳別把人講得像食人魔（漢尼拔）一樣！還有，會動的東西就是掠食對象又是什麼意思？我是蜥蜴還是什麼嗎？」

「好了好了，妳們兩個冷靜點。」教授介入我們之間。「神宮寺是不是什麼肉都吃，這就先暫且不論，不過妳貪吃是事實吧？」

你這傢伙，半路殺出來說些什麼胡話！竟敢妨礙我和社長打情罵俏。我得好好讓你這愚蠢的笨蛋切身體會什麼叫做上下關係。ＤＡＴＵＲＡ！

「別幫我加上貪吃這個人設！我詛咒你這種人會從樓梯上摔下去！就像《愛之物語》一樣給我翻滾吧！（註：一九八二年的日本喜劇電影，結尾有從樓梯上滾下的橋段）你這個無賴！我要去教職員辦公室告狀！某男同學在女生更衣室，不斷進行讓人說出口都覺得極其不要臉的行為——」

「等等！是我不好，我說過頭了，對不起。」教授雙手合十地向我低頭。

「真是的，你真的很沒有同理心耶，你可要好好反省喔。所以？你偷的運動外套在哪？現在我還能幫你保密，快拿出來吧。」

社長輕輕戳了戳我的肩膀。「沒同理心這一點妳也一樣。」

「為什麼！要是我沒有同理心的話，社長也會是同類喔！怎麼？妳露出那種只有自己不一樣的表情想裝沒事？妳很明顯是我們這一方的人！」

「我也是的話，那麼這裡就只有一堆沒有同理心的人了……虧我以為唯有乖乖牌這一點是我的優點呢。媽媽，對不起。」

好的，社長太煩了，無視她。

「而且是教授不好吧，這麼晚了還在校內亂晃很奇怪，他這麼做肯定是在做色色的事情。畢竟對方可是教授耶！」

「這樣啊，畢竟是教授同學嘛，真不知道他會幹出什麼事——」

「等等、等等，在妳們心中我到底是什麼樣的存在啊！」

「只會用帶有性意味的眼光看女生，理智的煞車瘋狂失靈的性慾異常者。」

「披著時尚變態皮的真正變態。」

「妳們兩個，對朋友再稍微溫柔一點——」

「所以呢？教授同學在做什麼？你應該不是真的想偷偷躲進哪裡吧？」

「……龜嵩，妳可真是好人。」

「等等，教授！別只把我當壞人對待！社長絕對不是站在你那裡的，她只是懶得理你而已！真是的，我要去跟純告狀——呃，怪了？這麼說起來純沒和你在一起嗎？你一個人？」

「嗯？我們沒待在一起啊，我一直到剛剛都在和學長們打麻將，解散之後才過來拿書包。其中有一位是足球社之前的學長，他現在在熱音社，很執拗地問我要不要加入熱音社。要是我輸了可能就入社了——」

「咦？也就是說純沒和你們一起打麻將？」

「對啊，那傢伙怎麼可能會打什麼麻將。如果是西洋棋的話，他大概會很樂意參加吧。話說回來白崎應該是那個吧？就是今天中午那件事——」

教授說到這裡，露出「糟糕了」的表情。

「你那是什麼表情？是有什麼不好的事情嗎？中午那件事是什麼？」

「我去拿行充。」社長小聲這麼說，三步併兩步跳上了樓梯。

「呃……怎麼說好呢？對了，要不要等等去吃飯？我請客。」

「你別轉移話題。中午那件事是什麼？」

「啊——我們一邊吃飯一邊聊，可以嗎？妳聽，現在正好響起放學廣播了。」

時機很巧的「……時刻，請留在校內的學生儘速……」廣播聲迴盪在校內。聲波狂奔在空無一人的校舍中，樓下慌忙的腳步聲混合了波紋，發出宛如拍打的聲響，接著又傳來爬樓梯的拖鞋聲。我想那大概是巡邏的老師，也就是夜巡（林布蘭）（註：荷蘭畫家，也是巴洛克繪畫藝術的代表畫家之一，其中一幅著名畫作即是《夜巡》）。

雖然還沒到晚上，不過反正那幅畫也不是真的在描繪夜晚，這種小細節不用計較吧。

「我知道了，迫於無奈我只好順從。」

「我去龜嵩那裡一趟，她一個人也太可憐了。」

「我先去玄關等，你可要好好把社長帶過來喔。」

聽著背後傳來教授上樓的腳步聲，我走向玄關。回過神來，我已帶著匆忙的腳步下了樓。

中途我和夜巡（林布蘭）擦身而過。對方好像說了些什麼，我用「再見」一句話打發掉。

太奇怪了。

教授剛剛的反應很明顯不對勁。他在隱瞞些什麼嗎？

又有我不知情的事，發生在我不知道的地方？

「這件事等吃完飯之後再談吧，我肚子餓了。」一到家庭餐廳，我馬上逼問教授剛剛的事情，卻被他一句話拒絕。我心想太過纏人也不好，只好莫可奈何壓下我簡直想直接無視《聯合國禁止酷刑公約》並好好盤問他的心情。配合小孩的兒戲也是大人的格調，所以我忍。沒錯，畢竟我是個成熟的大人。

「好了，妳想問的是今天中午的事，對吧？」吃過飯之後，大概是因為沒辦法忍受我一直表現出不悅的模樣，教授終於起了頭。太慢了！

「沒有錯，我就是為此才來的，你少賣關子快點說出來。」

「教授同學，你也忍太久了吧？事情嚴重到有必要這麼拖拖拉拉的？」

社長也同意我的意見。對吧？當然會這麼想吧？是這個蠢蛋不好吧？

「我沒有那個意思……我只是一直在想要怎麼說比較好。抱歉，我無意賣關子，只是我覺得神宮寺大概會覺得不是很舒服——」

就——說——了——就是你這種拖拖拉拉的態度讓人火大！！！快一點啦！

「夠了，你快點說。」

「我知道啦，我現在就說……那個，妳知道雨宮慈衣菜嗎？」

聽到這個突然蹦出來的意外名字，讓我的反應稍微慢了一拍，搜尋引擎出現了一點延遲。

不過我知道她。因為她非常顯眼，所以我知道她是誰，就是那傢伙。就是那個像箭毒蛙一樣的女人。

「唔……就是那個吧？那個像潮妹的——自以為是女王蜂，腦袋打開來空空，腦漿又光滑柔順像布丁一樣的——典型的布丁腦對吧？我才不管她是不是什麼混血兒，說什麼有在當模特兒之類的話得寸進尺，對笨男人們使眼色，得意洋洋地炫耀自己事業線的低俗賣身女，你就是在說那個金髮蕩婦對吧？而且模特兒是怎樣？我們學校不是禁止打工嗎？這是什麼特例？難道她收買教職員？色誘？我無法接受這種降低格調的人。」

「我說老師啊，妳嘴巴也太壞了，真虧妳在這麼短短時間之內能想到如此暴言粗語，真令人感慨。該不會妳超級在意她？不要緊，她和妳是不同類別的人。不過她確實是老師不擅長相處的閃亮系女孩，這一點我懂。」

為什麼我非得在意那種布丁腦不可？開什麼玩笑。而且妳說閃亮系又是什麼意思？那傢伙哪裡閃閃發亮了？我無法理解妳的評價基準。

「我才沒有在意她，而且什麼叫我不擅長和她相處？才不是不擅長，那種人只讓我感到不快，所以我不會想要靠近她，也有好好努力不讓她進到我的視野中，我盡了最大的力量過著不和她扯上關係的生活……先不論這一點，那個布丁腦怎麼了？」

「今天中午她來我們班把白崎叫了出去，據說她好像是想要白崎教她功課吧？也因為把白崎找出去的人是雨宮，讓這件事情稍微掀起了騷動，就連遲鈍的白崎大概也覺得如坐針氈，吃過午餐後就馬上離開了教室。」

啊？什麼跟什麼？

超越了我的想像，是要掀起什麼末日之戰（哈米吉多頓）嗎？

「抱歉，我找不到你前後文的邏輯。什麼？是我腦袋變差了嗎？我的國語理解能力似乎下降許多，到底是怎麼樣才會發生這種事情？」

「我也不知道，白崎看起來也不明所以。」

「感覺事情走向變得很不得了呢。就時期來看的話，大概是為了應付補考吧？不過照白崎同學的個性來看，他應該會以麻煩為由拒絕掉？感覺他很不擅長做這種事。」

應付補考？也就是說那個人考不及格？

那不就是笨蛋嗎？根本就是馬基維利說的第三種腦嘛！看吧，果然是布丁腦。

「正常來想確實是這樣，純怎麼可能會接受這麼麻煩的事——」

可是他前陣子不是才剛接過麻煩的任務嗎！啊——不對不對，畢竟那是琉實拜託他的，他不會聽不知名又來歷不明、莫名其妙女人的要求吧？

「老師？怎麼了嗎？」

「不，沒什麼。」

「不過神宮寺，可不能大意輕敵喔。雖然我認為應該不會，不過要是有萬一……不，如果有億一，雨宮是看中了白崎才會找這個藉口接近他——」

「什麼？找藉口接近他是怎樣？如果是這樣的話，那她不就只是個狐狸精嗎？意思就是她在用美人計？是在暗送秋波？開什麼玩笑。就算不是這樣，為了補考請他教功課又是怎樣？補考那種東西出題範圍又不會變，根本不需要什麼對策好不好！而且不是還有重修嗎？那些事自己做不就得了，還去拜託別人實在有夠不明所以。」

我這是正論吧？沒有說錯吧？

「好啦好啦，我也只是說這種可能性不為零罷了，而且我也不允許這種事情發生，妳放心吧。怎麼能只讓那傢伙有這麼好的甜頭！」

「怎麼？慈衣菜那類型的人難道是教授同學的菜？」

社長雙眼放光、眼神燦爛。妳想這樣汲取戀愛八卦的氣息還緊抓不放我是沒意見，不過妳真的對教授的喜好有興趣？沒有吧？

「只要是女生，教授誰都好啦，反正他只是想做色色的事情而已，真的差勁得很乾脆。你的惡評已經傳遍了我們這屆學生，要選獵物請選別屆學生或其他學校的人吧。」

「才不是！我才沒有落魄到寧濫勿缺！妳們也懂的吧？看看雨宮那身材，那正是西洋血脈才能塑造的神之傑作。蘊藏在那制服之下，主張自我存在的胸部，緊緻纖瘦的腰，堪稱繆思女神！」

這傢伙是怎樣？讓人超級不悅，真希望他消失。

「實際上，慈衣菜的身材確實很好，不愧是模特兒。不過既然你這麼讚譽有加，你也試著攀談不就好了？」

「我當然搭過話，不過對方根本不把我當一回事。」

遜爆。實在大快人心到咖啡歐蕾真美味。

噗呼～～教授的失敗談真是最棒的調味料，要我喝幾杯都行。

「喂，神宮寺！我聽到了！」

「討厭，我真是的，把心裡想的講出來了嗎？」

「老師，妳這樣有點太假了喔，妳嘴角勾起的賊笑，角度簡直明顯到令人舒爽。」

「妳不用一一點出來。別一直盯著我瞧啦。」

「嘿嘿，那我要更靠近一點盯著妳。」社長用色慾薰心的聲音這麼說著，並抱了過來。

我一邊摸了摸社長的頭，一邊叮囑教授：

「被繆思女神打發的可憐教授大人，你願意好好幫我妨礙對方吧？雖然我不認為純會接受——不過為了以防萬一。這是我的請求，你會聽從吧？」

沒錯，這是以防萬一。保險可是很重要的，無論何事，小心翼翼總會是好的。

——播種沒有收穫困難。

「嗯！包在我身上！」

※　※　※

（白崎純）

搭上與家反方向的電車，在雨宮的帶路下抵達的公寓一看就知道其高級程度，甚至也比周遭突出一些。理所當然的，不難想像保全系統也相當完善，就連搭電梯也需要電梯卡般滴水不漏，甚至讓人感到像是某種政府機密設施的氛圍。簡直像小說和電影一樣。

雖然我有朋友也住在塔式公寓，不過雨宮居住的公寓等級不同。就連對此不精專的我都能感受到這一點。誇張的入口大門和櫃檯管理人員，再加上設置了重重保全系統，最令我感到訝異的是，雨宮竟然住在最頂層。

她到底多有錢啊……

雖然我聽說過傳聞，大概知道雨宮的父母都是服裝設計師，不過原來是這種級別的嗎？到這個程度，我心中已經不是畏縮膽怯，而是有種來參觀稀有設施的感覺。琉實比我還要更感震撼，口中始終喃喃些「嗚哇」或「這是什麼？」的話語。伴隨著她毀滅性的國語能力，一雙大眼不停眨呀眨的。

老實說，我原本心裡還想「為什麼非得去雨宮家裡？真是麻煩」，不過若能參觀到這麼壯觀的建築，這麼點小麻煩也讓我覺得有辦法忍耐。

說到她帶我們進入的房間時，那簡直像進入電影中的世界一般，房間看起來和黑手黨或企業幹部帶情婦去的空中別墅簡直別無二致——就是會單手拿葡萄酒的那種世界——實際上她家電視旁的玻璃櫃上確實擺著洋酒。該不會是雨宮喝……不可能吧。

看起來高度有兩公尺以上的窗戶外頭，隱約能見一座神似晴空塔的建築。這是怎樣？竟然有同屆同學住在這種地方？

一切都太超乎常規，我的思緒實在跟不上。

「嗳……純，那是……晴空塔……對吧？」

和我並肩站在窗邊的琉實，結結巴巴地說著國語。

「果然是晴空塔啊。應該說這裡到底是怎樣？妳住在這種地方嗎？」

眼前的景象實在太沒有現實感，讓我只說得出庸俗的話語。真沒資格說琉實呢。

「對啊，景色不錯吧？這裡比周遭建築要高，我個人最喜歡的一點就是沖完澡之後可以不用在意走光，裸體四處亂走。」

裸體？

等等。聽完這句話，要是有反應就輸了。我假裝自己沒有聽見。當然也不會去想像，我可以斷言。還好琉實的思考功能似乎下降，只是喃喃唸道：「確實，在這裡就不用擔心有人偷窺了……」

「噯，你們喝水可以嗎？還是想要喝果汁？」

「呃……喝……喝水就好了吧？」琉實小聲詢問我。

「是……是啊。」我回答後，雨宮隨意地「ＯＫ」了一聲，接著從彷彿會出現在美國電影中、專業級大小的冰箱裡，拿出寶特瓶裝的礦泉水。

我再次環顧房間內部。牆壁上掛著粗估大概有一百吋大小的電視，餐桌是桃花心木製品，天花板垂著吊扇，長絨毛地毯上座落著一張深藍色大沙發，搞不好要三位數的萬圓左右……從房間內的氛圍來看，做出這種價位的判斷大概不會有錯。這個房間很明顯，使用錢的方式和一般人不太一樣。

我和琉實完全被這間房裡的氣場吞噬，不知道該坐在哪裡才好——應該說不知道該存在於哪裡比較好，只能一直站在窗戶旁動彈不得。

「你們兩個怎麼那麼親密地一起看風景？禁止在別人家裡秀恩愛！」

「我們才沒秀恩愛。」「我們才沒有秀恩愛呢！」

「咦——？可是你們散發出隨時要搭肩的氛圍耶，真是煽情～」

「才沒有那樣呢！話說回來，妳家真是超乎想像。我們與其說是膩在一起，不如說是根本不知道該待在哪裡比較好，真的動彈不得。」

「噗！哈哈哈！什麼跟什麼啊？真的很莫名其妙耶。來，你們隨便找個地方坐就好，還是要去露臺多看一下風景？這個高度不會有蟲，很舒服喔。」

「總……總之，先坐下來吧——露臺的部分，稍後再讓我參觀。」

我趕緊跟著琉實一起坐下，似乎一個不小心就會錯失時機並被遺留在後。

雨宮將礦泉水放到我面前，坐到我的斜前方。放置著礦泉水的矮桌就顏色上來看，大概是玫瑰木家具吧。前陣子我在查密迪板的製作方法時，也順帶調查了一些關於木材的資訊，沒想到這些知識會運用在這種地方。

什麼密迪板啊……自己說著說著開始空虛了起來。

「對了！貓咪呢？牠在哪裡？」琉實的聲音充滿雀躍。

在決定要來雨宮家的時候，雨宮像是突然想起來似的問了一句：「我家有貓喔，你們沒問題嗎？」，聞言琉實說著「咦？有貓？妳沒有上傳IG對吧？畢竟我不知道這件事，我超想看！」並開始興奮了起來，接連不斷地用「是什麼樣的貓？什麼種的貓？」等等問句進攻雨宮。雨宮看起來也沒有不情願，得意洋洋地秀出了手機裡的照片邊說：「就是牠。真的很可愛吧？要是我上傳牠的照片會沒完沒了，所以才故意沒有上傳到網路上。應該說我家孩子實在太強大，感覺我會相形見絀。」

直到琉實提起這個話題之前，我完全忘了貓的事。

「啊——牠大概在睡覺。就算我回家，那傢伙也會若無其事地睡覺呢，一般來說不是都要迎接飼主回家嗎？我把牠帶過來，妳等我一下。」雨宮走出了客廳。

「純，有貓耶！」

「嗯，似乎有貓呢。」

「你那是什麼反應？那可是貓喔！」琉實鼓起雙頰。

「妳久違地有個和貓玩樂的機會，就別在意我了。」

小時候，琉實和那織時常想要養貓或狗，甚至約會的時候，我還被強行帶去貓咖過。貓狗確實很可愛，不過對此沒有特別執著的我，不知道應該要怎麼去接觸小型生物。我還記得琉實當時半取笑地說「你好生硬」還有「不用怕，摸摸看吧。」這類的話。

我一邊回想著這些事，接著雨宮抱著毛茸茸的貓走了回來。

那隻貓的嘴邊、肚子和腳部有著白毛，不過眼睛附近到後背則生著淡淡的灰毛，簡直像是穿了灰色的長袍一樣。貓看起來似乎剛睡醒，在緩緩眨了眨眼後將臉塞進了雨宮的手臂——手臂和胸部之間。

嗯，這傢伙或許真的很可愛吧。我是說貓。我是在說貓喔。

「牠是不是還很睏？牠叫什麼名字？」

「愛因。」

「愛因……妹妹？弟弟？」

「弟弟，牠是公的。」雨宮重新抱好毛茸茸的貓——愛因。那動作完全和抱著小孩的母親一樣。「來，跟小琉打招呼。」

我在一旁看著仔細盯著愛因的琉實，一邊詢問：「為什麼會取名『愛因』啊？」

為什麼會取這樣的名字——不限於寵物的名字，我時常會好奇命名的意圖。若是源自於德語的Ein，其意義就是數字一，不過這不像是會拿來幫貓取的名字；話雖如此，感覺也不是取自卡巴拉的Ain。該不會真的是愛因斯坦吧？還是源自於某個角色嗎？

「呃……憑感覺取的。」

「什麼跟什麼？一般來說都會有個由來吧？」

「咦～叫愛因弟弟不是很好嗎？很可愛呀。啊，牠轉過來了！」

琉實完全專注在看貓的臉。

「是沒什麼關係，不過一般來說都會好奇名字的由來吧？」

像我老是馬上會思考由來，不過就其他人的角度來看，或許意外地並非如此吧。比如喜歡發音，或是剛剛好看到類似的詞語。

「我原本想要狗，但是媽咪很討厭狗，好像是因為小時候被狗咬過之類的。不過妳不覺得

根本不需要介意那種陳年往事嗎？而且媽咪明明就沒那麼常在家。」

「光是能養貓就很好了，哪像我家，爸爸對貓和狗都會過敏，所以哪種都不能養。好像是有毛的動物都不行，我家只有一隻金魚。」

「幾乎是鯽了，那個尺寸根本不是金魚。」

「你說的鯽是指鯽魚？」

「對對對，我家的金魚超級大，大概有這麼大。」

琉實用手比出巨大化的尺寸。那隻金魚像到飼主，很會吃。

「真的假的？金魚有辦法變那麼大？」

「對啊，我也嚇了一跳。看來活了七年，就是金魚也會變大呢。」

「金魚是鯽魚的改良種」這句話提到了我的咽喉，不過我想她們大概對此不感興趣，便硬生生吞了下去。這不重要，她剛剛說過自己真正想要的其實是狗，對吧？

該不會──實在不可能吧。

「不知道我家愛因會長多大。」

「這個品種還會變大吧？我記得是挪威……」

「挪威森林貓。」雨宮將愛因抱給琉實。「來。」

「哇！還挺有重量的。哇～乖乖乖。就算讓我抱，這孩子也完全不為所動耶，看起來好像還很睏。」被琉實抱在懷裡的愛因短短叫了一聲。「啊，牠回應我了！」

「好了。」打開了寶特瓶蓋子，雨宮向前蹲。「在進入正題之前，我想先向小琉確認一件事情——可以嗎？」

琉實抱著愛因，屁股向前拖去，靠近雨宮。「什麼？」

雨宮在琉實耳邊說了些話，後者一臉毫不介意的模樣揮了揮手後說了「沒有沒有，妳怎麼突然這麼問？」。真不知道她們在說些什麼。我壓抑自己想詢問的心情，視線移向窗外。外面的風景和自家窗戶切割下來的光景，完完全全不一樣。

沒想到同屆的同學中，居然有人住在這種地方，而且父母還是服裝設計師，雨宮本人也在擔任模特兒。一切實在太過完美到聽起來有些虛假，欠缺真實感。

我自知家裡絕對不貧窮，算是較幸運的家庭，不過無論如何都會拿自家來做比較。我和雨宮相比，自己究竟贏過她什麼？大概只有成績了吧。

雖然成績好是好，也不過只是在校內名列前茅，並沒有優秀到能在全國模擬考中獲得第一名。這不過是狹隘世界中的評價。

雨宮擔任的職位，則是排列在書店雜誌上的模特兒。

比起我，她獲得的是世界的肯定。

當我被消極的思考所困，雨宮突然站起身來，彷彿宣誓一般邊拍手並大聲說道：「既然已經跟小琉確認過事情，我們就來吃飯吧！」

愛因在琉實手中驚跳了一下。妳別嚇牠啊，很可憐耶。

「應該要先談課業那件事吧？」

「好啦好啦，那件事一邊吃飯一邊談就好了。對吧，小琉？妳餓了吧？」

「說的也是，我肚子餓扁了。」

「既然小琉都這麼說了，白崎也——這樣好難叫，可以叫你阿奇嗎？還是要跟小琉一樣，用『純』這個名字稱呼你比較好？」

雨宮特地繞到我身邊來，探頭望著我詢問。那湛藍的雙瞳映入我的眼，上方的秀眉曲線悠緩，鼻梁高挺，再搭配隱約透出血管的雪白肌膚。被雨宮緊緊盯著，感到窘迫的我不禁降下視線——的彼端，則是凌亂敞開的襯衫，露出一片胸口。我慌張地移開視線，隨後又覺得有些露骨，便拿起水混淆自己撇開視線的意圖。

「隨便妳叫吧。」

「哦——隨便我啊……」雨宮彎了彎身體，對琉實搭話：

「噯，小琉，阿奇這個舉動該不會是在害羞吧？他剛剛很露骨地撇開了視線。」

我差點把嘴裡那口水噴了出來。啊——這個女人到底想怎樣！

別每件事情都拿出來說啊……應該說別去問琉實！可惡，我好想回家。這是什麼酷刑？

「咦？怎麼？純，你在害羞嗎？為什麼？剛剛有遇到那種情境？」

琉實的聲音高亢，纏人地想要看我的臉。

啊啊，別看我！算我拜託妳們別管我——

「該不會阿奇你是看到人家的乳溝感到興奮？討厭，超級純情耶！好可愛。」

「嗚哇，太差勁了。」

「我要回——」雨宮壓住了我想站起來的肩膀，被猛然截斷力氣的我一屁股坐到了沙發上。接著雨宮就這樣按著我的肩，像是在安撫孩子一般，用帶有笑意、難以形容的成熟神情說道：「別說那種話。好了，在我做好飯之前，你可要乖乖等在這裡！」

雖然很不甘心，雖然非常不甘心——不過我有點看入神了。

不，畢竟對方是模特兒，塑造出表情也是工作的一部分，對吧？是這樣沒錯吧？這也是沒辦法的吧？

「好了～那我就鼓起幹勁來做飯吧！」簡直像是要去幹架似的，雨宮折了折自己的手指關節。

「我也來幫忙！妳要做什麼？」

「其實我家有咖哩，所以只是要熱一下而已。」

「那要來做點沙拉嗎？」

「也是，剩下的就隨意做吧。這樣可以吧，阿奇？」

「喔……喔喔。」突然被問話，我光是說出結巴的回應就拚盡了全力。

自從來到這個房間後，我始終被雨宮的節奏帶著走，真擾亂我的步調。這種時候，教授大概可以很順地扮起丑角，但是很不巧地，我沒有那麼精巧的應變能力。

有時候我會很羨慕教授的人設。我也想像那樣無論何事都能簡單帶過去，但儘管勉強自己表現出那種態度，也會在某些地方露出馬腳。而且事到如今，就算我散發出那麼開朗的氣質，周遭人也會說「白崎，你怎麼突然變成這樣？想改人設？」之類的話，簡直可以看到更加羞恥的未來在等著我。

要是我對教授這麼說，感覺他會衝著我怒吼：「我可也有很多煩惱的！」

也就是說想了這麼多，維持現狀還是最好的——到頭來，人們還是總是吃碗內看碗外。

好了，我也來幫點什麼忙……本來是這麼想，琉實卻說了句「那麼純就負責陪愛因吧」，於是我順勢接下了愛因。

我的視線落到愛因身上。真是的，你這麼輕鬆真好——我差點要對貓說話，不過卻緊急煞車。愛因轉動著身體，似乎是在尋找適合睡覺的姿勢。說貓是瞌睡蟲（註：日本有種說法，由於貓有大半天都在睡覺，因此據說日語發音相同的「寢子（愛睡的孩子）」是「貓」的語源。不過這種說法並未受到證實）真是有道理。話說回來，我的雙臂漸漸溫暖了起來。

原來貓的體溫這麼高。我明明有摸過，卻沒有發現。

我抬起頭，看到兩名高中女生穿著圍裙，站在中島式廚房。

琉實從小就時常像這樣幫阿姨的忙，所以我看到琉實下廚的模樣並不會產生異樣感。當然，那織幾乎不會去幫忙，頂多只會幫忙擺放餐具而已，而且還要人家三催四請。所以國中時期，那織加入烹飪社的時候，琉實才會感到很高興。那織終於也要——差不多是抱著這種心情。

我和阿姨當時一搭一唱地說「肯定是衝著點心去的」、「我也這麼想」就是了。

比起琉實，我的重點在雨宮身上。她會下廚讓我感到意外。大家常說不可以以貌取人，不過她那種看起來喜歡打扮的潮妹風格，讓人難以聯想到下廚——雖然我對她的印象也沒有深刻到能這麼評斷。畢竟我不了解雨宮，也沒有和她聊過天，唯有這件事完全是靠外觀進行判斷，也就是自作主張的先入為主觀念。

說到雨宮，大概是被拒絕的人心生嫉妒，或是看雨宮不順眼的女生在流傳的吧，據說她有年長男友——有的說是大學生、有的說是社會人士——而且男友如衣服一個個換。我也曾聽說過她和攝影師上床、是社長的情婦，還是和中年大叔怎麼樣的諸如此類的傳聞。我一面覺得無聊，老實說對雨宮慈衣菜這位同學沒有興趣的我，一面覺得顯眼的人真是辛苦。

雖然我自認自己沒有用那種眼光看待過雨宮，不過被某種先入為主的觀念所束縛也是不爭的事實。到頭來，我和那些流傳無聊傳聞的傢伙，大概沒什麼差別吧。雖然和龜嵩說的意涵不同，不過我來拓展視野或許比較好。刻板印象會讓判斷產生偏差。

或許能發現至今為止沒有注意到的事情——也包含自己在內啊。

根據琉實所說，雨宮的母親似乎不常在家。充滿沉穩色彩、看起來很高級的許多家具，再加上不適合女高中生的洋酒和油畫等物品。這些恐怕是雨宮母親的喜好吧——從這個房子中，感覺不到雨宮本身的味道。

是為了讓母親可以隨時回家來，才特意維持這個樣子嗎？類似孩子獨立出去之後，父母會讓小孩房保持原樣是一樣的心理？

看到她從冰箱拿出鍋子加熱的模樣，讓我有了這種想法。

畢竟——那不管怎麼看，都不是一人份的量。

其實她是為了和別人——也就是母親一起吃，才會做這麼多的吧？

至於會邀請我們吃晚餐的真正理由，其實是希望我們幫忙處理那鍋咖哩——這應該是多慮了吧。我一邊眺望著雨宮和琉實開心笑鬧的模樣，拋開了自己多餘的想法。

雨宮做的咖哩很好吃。不是家裡會端出來的那種等級，硬要說的話偏正統風——說是店裡端出來的咖哩也不奇怪。老實說，我小看她了。

「這個，我無可挑剔地覺得好吃。」

「謝了！畢竟這道菜我還算有自信！」

「真的好好吃，甚至讓我想帶回家。這是用市售的咖哩塊嗎？」

「不是，這是我從零開始做的。」

「咦？意思是妳沒有用咖哩塊就做出來了？」琉實問完後，我接著問：「咖哩可以不用咖哩塊就做得出來嗎？」

講白了，我的腦中根本就不存在從零開始做咖哩這種想法。小學生時期學校有做過咖哩，就算是我也……知道大致上的做法。要把材料放入鍋中，再放入咖哩塊。肯定是這樣沒錯。而不使用那個咖哩塊就能製作咖哩的說法，我實在想像不出來。

該不會雨宮還挺厲害的？

「試做之後意外地很簡單，小琉一定也做得出來。只要有咖哩粉，大多都做得出咖哩。只不過吃了咖哩，就會讓人想吃印度烤餅呢。」

「該不會……連印度烤餅妳都會……自己做嗎？」

「印度烤餅更簡單呢。只不過若要烤印度烤餅，我果然還是會想要用坦都爐。」

雨宮一邊摸著蜷曲一旁的愛因，很順口地說出專有名詞。

「『坦都爐？』」

我又和琉實異口同聲了。那發音簡直像鬥牛士的英文……但我卻聽不懂。那是什麼東西？

「什麼——？阿奇也不知道啊～～你明明是全年級第一名耶～～？？？」

雨宮壞笑的臉雖然令人不快，不過不懂裝懂違反我的原則。

「是啊，我沒聽過。既然妳說『烤印度烤餅』，那麼應該是窯之類的吧？」

「對對對，真虧你知道，就是指一種類似巨大壺狀的烤窯，要把印度烤餅貼在內側進行烘烤。如果有坦都爐的話，還能做坦都里烤雞……不過坦都爐不小，大小大概是這樣子。如果真的要買就只能設置在露臺了吧？但是若把坦都爐放在露臺，那麼披薩窯爐——」

雨宮手比出的位置正好有一個孩童那麼高。確實很大。

「雖然這只是我的推測，不過坦都里烤雞是因為用坦都爐窯烤，所以才叫『坦都里』嗎？」

「對呀。」

「不會吧！原來是這樣。我還以為『坦都里』是什麼香料的意思。」

「我一直到剛剛也是這麼想的。」

我完全沒有思考過坦都里的意涵，原來是源自烹調方法。真是充滿了我不知道的知識，先入為主的觀念果然不好。只不過既然這樣，印度烤餅也給我叫坦都里烤餅啊！為什麼只有雞肉特別分開來講？我無法接受，這個規則有漏洞。

「話說回來，既然妳這麼會下廚就早點說嘛！妳完全沒說過這種事，而且午餐也總是去學餐吃或買麵包。」

「因為做便當很麻煩，而且放學後我還要去拍照，便當盒也很礙事。」

「啊——經妳這麼一說確實是如此。這樣啊……順帶一問，點心那類的——」

「等一下。妳們要暢聊料理是無妨，不過我們來這裡的另有目的吧？咖哩確實很好吃，謝謝妳，不過這是兩碼子事。」

「啊，你在講課業的事？」雨宮的眉心稍稍皺了起來，露出厭惡的表情。

「喂，明明就是妳要我教妳功課，為什麼講得一臉嫌麻煩！」

「我肚子太飽了，實在沒辦法思考啦。總之就是這樣，到補考之前麻煩你了。好嗎？阿奇老師！多指教！然後妳剛剛說什麼？點心——」

「等等、等等！話還沒說完！多指教個鬼！」

「為什麼？你那是不願意接受的意思？是不想教我的意思？」

「我是沒講到這種地步——」

「那我當你願意接受可以嗎？可以吧？好！」

「就～說～了，我還沒說要接受吧？」

「啊，你剛剛說了『還』。既然還沒有，就代表你願意教我吧？」

這是什麼兜圈情境？

我不禁向琉實尋求協助，琉實則露出彷彿開心卻又困擾般——彷彿一如往常站在後方看著那織大吵大鬧的那種神情，嘴唇靠著寶特瓶口看著我的方向。她大概已經猜到，我差不多要求助於她了吧。一和我對上視線，她便輕輕抬了抬下巴，彷彿在說「你就接下了吧」。

繼龜嵩之後，竟然連琉實都換到看好戲那邊了。

「總之，讓我先整理一下狀況。首先，妳有幾科不及格？還有科目是？」

「唔……有三科。古文、世界史、化學。」

「三科也太不妙了，國中時期妳還沒有這麼慘吧？」

琉實疊起空盤一邊說著。

「因為工作很忙，害我完全沒有讀書……應該說，上課時間我幾乎都在睡覺。雖然有跟大家借筆記，但我也幾乎都沒看。」

「那當然會不及格。」

琉實代替我說出了我想說的話。這也難怪會考不及格。

「主要是背誦型的呢，英語果然沒有不及格嗎？」

「喂，阿奇，你說英語也實在太瞧不起人了吧？人家好歹也是英文組的喔！而且爹地可是英國人呢，雖然我沒有拿到非常亮眼的分數，但沒有不及格啦。」

原來她是英文組嗎？我還以為是普通組。然後雨宮的父親原來是英國人，我都不知道，擅自斷定是美國人——應該說，我根本就沒有興趣。

英國啊……雖然我有很多事情想問……不過算了。現在並不是在聊這方面的事。

「抱歉，我只是開玩笑。言歸正傳，妳是因為不及格科目有三科，才會希望我教妳讀書，對吧？為了能盡快解決掉麻煩。」

「差不多就是這樣。畢竟我還有工作排程，媽咪也很生氣，我不快點解決掉課業會很慘的。媽咪竟然還說我考這種成績，要讓我辭掉模特兒的工作。雖然我不覺得她會這麼做啦……」雨宮一邊撫著髮絲，一邊嘟起了嘴唇。

「原來如此，我了解大概的理由了。那麼接下來進入正題——」

雖然我有聽琉實說過，不過我想親口聽本人陳述。

「妳為什麼要找我？找其他人教也行吧？」

「嗯……因為你頭腦很聰明？」

「為什麼語尾是疑問句？」

「語尾是疑問句？我不知道你是什麼意思。話說回來，阿奇是第一名吧？」

「是這樣沒錯……不過妳一開始原本想拜託那織吧？」

「對！可是小琉說那織絕對沒辦法，所以我才決定要拜託你。事情就是這樣，麻煩了！」

「那織確實是沒辦法，不過就算不找我——比如說安吾……我的意思是坂口，妳和那傢伙很要好吧？而且真要找的話，也還有其他女生——」

「阿口不是有參加社團嗎？他和小琉一樣感覺很忙碌。話說『安吾』是什麼？你都用安吾來叫阿口嗎？為什麼？」

阿口……嗯，真是符合模特兒風格的稱呼，沒有比這還要更簡潔明瞭的了。

「因為有位作家叫坂口安吾，所以才這麼稱呼他。」

這麼說的我也一樣，這個稱呼也再簡潔明瞭不過，實在沒資格說別人。

「那是誰？我不認識。那種不認識的人怎麼樣都無所謂，不過對我來說，只要有人願意教我課業其實誰都可以啦，而阿奇是我們這屆中頭腦最好的，對吧？也就是最強的人嘛，既然這樣拜託你比較好！我只是這麼想而已。你果然還是不想嗎？你不想的話就直說，我會去找別人。我可不喜歡不乾不脆的人，我看在你是小琉朋友的份上，才想說應該可以相信你——不過這也沒辦法，我有點失望呢。」

「好啦好啦，妳這麼突然拜託純，他大概也很迷惘——」

「我知道了。只要教到補考就行了吧？這之後的我就不接受了。」

我反射性這麼回答。一聽到她搬出琉實的名字就讓我不禁產生反應，不過這種回應或許太孩子氣了。有一半也算是我豁出去。

雨宮露出滿意的笑容說道：「這樣才對嘛。」

「嗳，真的好嗎？」

從雨宮家回去的路上，琉實一臉擔心地開口問我。

「嗯，這也沒辦法啊。不要緊，既然已經接下來，我就會好好做到底。」

「唔……嗯……感覺真抱歉。」

「妳沒必要道歉，答應她的人是我。」

我能理解琉實的意思，她大概對於把我牽扯進來感到責任心吧。雖說是一鼓作氣下說出口的話，但畢竟下決定的人還是我，她沒有必要負起這份責任。

感覺到氣氛變凝重，必須換個話題才行。

「差不多快全國了吧？練習還順利嗎？」

「嗯，順利。雖然老實說壓力不小。」

「以往妳不也戰勝這種壓力了嗎？總之好好享受吧。」

「怎麼？你這麼支持我啊？是怎麼了？」

琉實探頭望著我。什麼啦，別一直盯著我看。

「以往我不也很支持妳嗎？」

「是沒錯，不過聽到你又再度鼓勵我一次，讓我……沒什麼。謝謝你，我非常開心。」

琉實的嘴角殘留著一點害羞，瞇眼露出笑容。

「對了！下次你要不要打打看籃球？我來教你。」

「我才不要，妳也知道我不擅長球類運動吧？」

交往期間僅有一次，琉實曾經邀我打過籃球，那時候我也拒絕了她。我不想特地表現出不中用的一面給她看。我是真的不擅長球類運動，尤其是籃球，唯有籃球我總是會避開，體育選修時我也選了別的球類運動。和琉實站在同樣的場地上，讓我感到很難為情。

因為我知道自己打得不好。

「不要緊，就算你技術不好我也不會笑你。你想，你不是要教慈衣菜功課嗎？所以我也來教你怎麼打籃球。」

「這是什麼邏輯？我完全看不到任何關聯——」

我斂下眼，一雙令人懷念的鞋子映入眼簾。好吧，我偶爾也陪陪妳吧。刻板印象可不好，說不定試過之後我會覺得有趣。於是我改變了說到中途的話語後續：

「妳絕對不能笑我喔。」

「什麼？你真的要打嗎！」

「不是妳叫我打的嗎！！！」

「畢竟我沒想到你願意打籃球——真的嗎？你真的願意打？」

「我剛剛不是也說了嗎？既然我答應了就會做到。不過相對的，妳也要陪我去看我喜歡的電影，包含鑑賞過後要分享感想。」

「嗚呃！那肯定是很長的電影吧。」琉實打從心底厭惡般皺起了臉。

別露出這麼厭惡的表情嘛，我又不會要妳不中斷地把《戰爭與和平》看完。

「這樣作為交換條件才是正確的，對吧？」

「如果邀請那織的話，她會來嗎？打籃球。」

「應該不會來吧。我敢斷言妳不管怎麼問都沒用，她肯定會說『為什麼我非得讓自己流汗不可啊？莫名其妙』這種話。」

看到我這麼說，琉實便停下腳步笑了起來。

「肯定是這樣沒錯！她一定會這麼說。家庭旅遊的時候，我邀她去洗三溫暖，她對我說：『去流汗，把汗洗掉，然後又流汗，這到底有什麼好玩的？這就和挖洞之後再把洞填滿不是一樣嗎？而且三溫暖根本是酷刑。』，還用超級輕蔑的眼神看我。」

我和那織一樣，很不喜歡洗三溫暖。簡單來說，我也不喜歡流汗，所以我能理解那織的心情——該不會琉實是想要將自己喜歡的事物，共享給我和那織嗎？她邀請我打籃球，又邀那織去洗三溫暖……仔細想想，這種事情過去發生過很多次。和琉實約會的時候，我自以為有在陪琉實去她想去的地方、做她想做的事情，但原來不是這麼一回事。這還真是盛大的誤會。

從小，琉實就一直配合著我和那織。

雨宮是琉實的朋友——我一直忘記了這件重要的事情。雖然剛剛是一鼓作氣答應下來，不過我很慶幸自己接下這個委託。

「我實在想像不出那織乖乖進入三溫暖烤箱的模樣，躺在在溫吞的露天浴池中還比較符合那織的風格。感覺那傢伙長大之後，會邊泡澡邊喝日本酒呢。」

「感覺會耶！話說回來你剛剛是不是想像了那織的裸體？」

「妳……我才沒有——！」

「我開玩笑的啦。還有，今天各方面都謝謝你。」

「謝什麼？」

「很多事情啊，總之我很開心，而且慈衣菜的料理又好好吃。」

「是啊，確實很好吃。」

我曾自以為了解琉實，但其實根本沒有了解她，而我發現了這一點。和琉實聊天時，會有和那織聊天時不一樣的發現，也會出現不一樣的想法，並了解我做不好的地方。若要將其評價為快樂，或許有點太隨便也有些困難，不過能和琉實像這樣聊些無關緊要的話題，確實讓我感到快樂。並非在做比較，我單純很喜歡和她們兩人聊天。雖然發生了很多事，這一點仍舊沒變。畢竟若真的發生了改變，那也太讓人寂寞了。

※　※　※

（神宮寺那織）

和社長分頭，從車站走回家的途中，我順道去了一趟書店。雖然錢包令人擔憂，不過只要向媽媽申請今天的晚餐費，至少能抵掉買本書的錢。今天教授請客，這麼看來實質上我有賺，真完美，財務規劃的祕技。

我漫不經心地走到文庫區域，尋找感覺會勾起我興趣的書名和裝訂。我現在莫名有種想讀海外文學的心情。艾洛伊啊，不錯。《白色爵士》。嗯，感覺不賴。

書本身有相當的厚度——雖然和京極夏彥相比較薄一點——不過和他的著作相比，其他書都會顯得很薄吧？我不該拿他來做比較。大意也……嗯，感覺不錯。今晚的我渴望鮮血與暴力，可以對艾洛伊抱有期待，希望他能澈底震撼我。

我一邊品味著自己選對書的預感，喜孜孜地想快點回家並走出書店，便看到穿著我們校服的一男一女走在前面不遠處。那個背影，該不會是——我稍微拉近距離。

女生是一頭短髮，男生身高大約一七〇左右？前進的方向和我一樣。果然如此。

為什麼這麼晚了，那兩個人會走在一起？

假設純是在和布丁腦談事好了，那麼琉實呢？和社團的人一起去吃飯，剛剛好回程遇到……之類的？雖然這也並非不可能……但是照現下的情況來看，推測他們是一起行動會比較自然。這是探員的直覺。

就是啊，畢竟要純一個人和布丁腦談話——實在令人難以想像，兩人之間介入一個琉實比較讓人信服。也就是說，純邀了琉實一起去處理？卻不和我商量？

布丁腦和——琉實。

國中時期同班，喜歡表現自我的琉實是班長，布丁腦很明顯就是問題學生，再加上又是前熱舞社。與此相對，琉實則是籃球社。無論哪一邊都是自我意識過剩女子的巢穴。

果然是這樣！肯定是這樣準沒錯！

這件事情或多或少都和琉實有關，以這個前提來思考比較好。我真是大意，竟然忘記重要的事情了。我身邊不是就有一個最棘手的人物嗎？

■前提：琉實和此事有關。純和布丁腦沒有見過面。

■狀況：布丁腦想要純教自己課業。

今天中午出沒在升學班把純叫出來。

簡單地立出假設吧。多餘的情報應該要排除在外。布丁腦對純有什麼想法，那不過只是教授的想像罷了。唯一的事實就是「布丁腦想請純教自己功課」這一點而已，而其理由參考教授和社長的意見，推測是因為補考。

【假設】布丁腦↓委託琉實介紹純給自己（為了請他教自己課業）。

或是：布丁腦找琉實商量這件事↓琉實介紹了純。

若基於「琉實和此事有關」這個假設來思考，大概會分這兩種模式。不過無論是哪一種，中午純被叫出去時，琉實沒有在場感覺都很不自然。她並沒有登場在教授的陳述中。因為是同班所以沒有特意點出來？這麼說起來，教授說布丁腦「把白崎叫了出去」，也就是說，他們兩人是在教室外進行對話，至於琉實究竟在不在這一點不明。唔嗯……不確定的部分很多，這一切都不過是推測。

和睦又親密──雖然我不想用這種詞語，不過就旁人眼光來看他們就是如此。我靠近了他們。兩人傳來的零碎話語，都是些料理什麼很好吃之類的，均是聽起來和那件事沒有關係的內容。

現在來出個招吧。吸——吐——深呼吸一次。

我盡全力表現開朗，不帶任何懷疑。「這麼晚了，你們兩個在做什麼？」

他們兩人同時回頭。

「那……那織？」兩人幾乎同時出聲：「咦？那織？」

「喂喂喂，你們的反應可真是劇烈啊，這是對青梅竹馬以及親妹妹的反應嗎？這麼晚了，我看到身穿熟悉制服的男女感情要好地走在一起，而且走的方向還和我家同一個方向，還想說是誰呢，便從車站開始一直盯著你們看，沒想到竟然是琉實和純。」

「既然妳在車站就已經看到我們，怎麼不跟我們打聲招呼——」

我靠近了純，首先直搗核心偏旁邊一點的要害：「噯，你為什麼和琉實一起回家？」

「我和純——」

「我沒有在問琉實。」盤問要一個一個來，並尋找兩人應對的差異之處。這可是基本。

「有點要事要處理，回家路上——」

「我們一起去了雨宮慈衣菜的家，現在正要回家。妳應該至少知道名字吧？慈衣菜想要純教她功課，我們一直到剛剛都在講那件事。」

我明明都事先聲明了，琉實竟然還是插嘴。不過她看起來似乎在說實話，所以就算了。

看吧，果然是這樣，如我所料。這是確確實實的證詞，琉實牽扯其中，且琉實還和純一起行動。不過話說回來，沒想到甚至跑到對方家裡。這有點出乎我的意料。不是隨便找一家店談嗎？

「什麼跟什麼？去她家是什麼意思？而且教她功課又是怎樣？」

「我也不懂，只能說是隨波逐流就去了。一開始本來是打算找個地方邊吃晚餐邊談，不過聊著聊著就變這樣了。」

教功課的事情被他輕描淡寫地帶過了。雖然去她家這件事情也是啦！不過最重要的是教功課這件事情吧！關鍵重點是這件事才對！這才是我最想問的事情！

「你還在嫌啊？還不是多虧去了慈衣菜家，你才能和愛因變好，那不是很好嗎？」

「不，那隻貓根本一點也不親我——」

等等！給我等一下。他剛剛說什麼？

「貓？你剛剛說貓？你那是指Felis Silvestris Catus對吧？」

「妳講學名反倒讓人聽不懂。對，就是那個貓沒錯。我想想，品種是——」

「挪威森林貓。好！我贏了！」

「贏什麼贏？我剛剛正想要講。」

挪威森林貓！是那毛茸茸的長毛貓？

好狡猾！我沒聽說有貓！

「為什麼沒帶我一起去！太狡猾了！有挪威森林貓的話我也想去啊！你們不是知道我喜歡貓嗎？這幫無情的傢伙！」

「抱歉，不過我們也是去的途中才聽說有貓。」

「既然如此，就要在知道的當下告訴我嘛！你以為手機裝置是幹什麼用的？好狡猾、好狡猾！我也好想見貓……照片呢？你們有拍吧？有吧？」

就算只有照片也好，我想看毛茸茸！快點讓我看看貓咪大大吧！

「等一下喔。」琉實邊說著，在她翻找書包的期間，我看了看純的長褲，發現上頭附著了大量貓毛。也就是說，琉實的裙子大概也布滿了貓毛吧。

得在進家門之前告訴她一下，不然爸爸就會被淚水和鼻涕淹死，變成土左衛門（註：在日文有溺死屍體之意）。

「純，你的長褲屁股那裡有很多貓毛喔。」

「嗚哇，真的耶。虧我回來之前還有用滾輪黏過一遍。」

「那織來，照片——嗯？怎麼了？」

「琉實也仔細檢查一下比較好喔，妳看純的長褲超多毛的。」我一邊接下手機，給了她一句忠告。我這份溫柔充滿了慈愛。我的個性可真是善良啊。

我的注意力轉向螢幕——可謂靜靜地一動也不動——然後佇立原地。
我的思考停止，連呼吸也停止。身體活動停止，一切全停了下來。
那是蜷曲成一團，小手伸向螢幕方向的——貓。占據畫面的貓。擴散在小小液晶螢幕中的貓、貓、貓！
呼啊啊啊啊！好可愛喔喔喔喔喔喔喔喔喔喔！！！
這是什麼！這個生物是怎樣？不妙、太不妙了，光靠「尊貴」這個詞語根本不夠表達。好想用臉蹭牠的肚子！好想鑽進牠長了鬍鬚、突出的臉內側！好想聞聞牠耳間的氣味！想緊緊吸附住在牠的肉球上！我想吸貓生活！
「怎麼樣？很厲害吧？真的可愛到我都想把牠帶回家了。」
「妳為什麼沒把牠帶回家？牠可是喵咪喔？這可是喵咪喔！」
「那織，妳的語言能力掛了，冷靜點。」
囉唆！小心我喵你喔！
「誰有辦法冷靜啊！因為你看！牠可是可愛得不同凡響喔？這是怎樣？為什麼你沒有偷偷把牠帶回來？」
「怎麼可能？而且那隻貓雖然很可愛，不過態度可厚顏無恥了，簡直像某個——」
純突然噤口不語。等等等等等等，你倒是給我說下去啊！

啊，厚顏無恥是多餘的。我才不厚顏無恥。

「某個——什麼？噯，你剛剛想說什麼？」

「抱歉，是我失言了，妳別在意。」

「噯，那織。」

「怎樣？我又沒有問妳——」

「這孩子是公的喔。」

「——！喂，純！這是怎樣？我可沒有帶把喔？我沒有帶把！」

「我知道啦！」

「你要確認看——痛！」後腦勺感應到衝擊！妳這個無腦肌肉女！「喂，很痛耶！妳別打我！」要是影響到我優秀的腦細胞，妳要怎麼賠我！

「誰教妳要說蠢話！好了，快點回家了。」

希望會有小小的不幸降臨到琉實身上。希望她沖澡中途會突然流出冷水，希望琉實那因肌肉多餘的收縮帶來溫熱的腦袋能夠澈底冷卻。不可原諒，DATURA！

我目送琉實率先邁開步伐的背影，小聲再次向純確認：

「噯，你剛剛說臉很可愛，是在說我吧？」

「囉唆，而且我還說了很厚顏無恥——」

「你看，你承認了！真是的，竟然直接稱讚我很可愛，真令人害……羞……呃，我才沒有厚顏無恥！我哪裡厚顏無恥？這一點你要更正——」

「你們兩個在做什麼？好了，快點走吧！」

妳不用叫那麼大聲我也聽得到啦，炫耀肺活量煩死了。我想妳肯定有很強健的橫隔膜吧？感覺很有嚼勁，真是令人羨慕至極。

「嗯。」純簡短回應後邁開步伐，我抬頭仰望他的側臉，一邊回憶起我想問他的事情——去了那個女人家裡後，事情怎麼樣了？因為提到貓咪大大的事情，害我差點忘記這件事，我可真是疏忽。危險危險。我望著琉實的背影，一邊感受著純走在身旁的氣息，並尋找著時機。必須找到提起這件事的契機——漸漸地看到熟悉的家宅了。

得在回家前問出來才行。至少也要先確認。

「功課什麼的那件事，你應該拒絕了吧？」

只見他對這個問題露出些許傷腦筋的表情，隨後露出認命的神色。看到純的臉色，我心中冒出不祥的預感。應該不會吧？不可能吧？

「我答應她了。不過只有到補考這段期間而已。」

什麼？

「為什麼？你有什麼義務？」

「這個嘛……」

炫耀橫隔膜的聲音在玄關前大喊：「那織，妳在做什麼？」

「我之後再跟妳說。好了，琉實在叫妳了。」

「等等！」

我的呼喊揮空，純已經被隔壁家宅漸漸吞沒。他剛剛完全是在撇開話題吧？

要把琉實抓來問話？不，這件事我想聽本人親口說。

回到房間後，我仍舊無法消化現實。琉實那句歡快的「我回來了」，聲音嚴重刺激幾我的神經，讓我直線狂奔進自己的房中。

我和社長、教授的密談根本毫無意義。煩躁和困惑混雜攪得一團亂，我帶著斑駁的情感，沒有換下制服直接倒在床上。我在黑暗的房間中，一邊安撫著盤據在胸口那不知如何命名的情感，一邊翻了個身，並凝望著從窗簾縫隙間隱約能見的鐵塔骨架。在那幾何學鐵條架構的頂端，淡薄朦朧的航空障礙燈（紅色警示燈）正閃爍著。以黑檀色天空為背景，唯有鮮紅的光有規律地亮起而消滅，宛如在暗示剩餘的時間一般，又彷彿在催促著什麼。燈光的閃爍不斷指責我：得到這種答案，妳就滿意了嗎？

不行。不管怎麼努力，我始終無法接受。我無法理解。

為什麼純非要做這種事不可？為什麼？為何？這樣有什麼好處？

不明所以。難道他被人抓住了把柄？

——怎麼可能！

還是胸？因為大奶？是因為奶子嗎？因為乳房？意思是他被那無厘頭搖搖晃晃的胸部給吸引了？不不不，冷靜點。硬要說的話，純應該比較喜歡腿……而……而且，他應該不會喜歡那種頭腦愚笨的女——嗯？琉實呢？琉實不是比我還要笨嗎？咦？他會喜歡的對象並非絕對是聰明絕頂的女生？唔嗯——但是把琉實放在不會讀書的類別實在不對吧？她好歹也是升學班。啊啊啊啊啊！搞不懂——！

啊啊！一點也不舒坦！不聽本人親口說，我就無法平靜！打電話？用ＬＩＮＥ？現在這種情況，我應該主動出擊吧？面對面獲得的資訊（人工情報）才是最鮮明的，無論到哪個時代都是如此。表情、視線、舉止，所謂的情報不只是聲音和文字而已。

直接逼問他果然才是正面進攻法。

就連純陪琉實都會讓我感到厭惡，被莫名其妙的女人瓜分時間更讓我無法忍受。若是以前，我還能壓抑這種感情，但是現在我卻坐立難安。這種感情——這樣啊，原來我在嫉妒。我嫉妒那個笨女人？不可能。這不是嫉妒，我只是看她不順眼罷了。怎麼能讓純的時間被占用？我必須讓這種會考不及格的女人遠離純才行。沒錯，這也是為了純好。

赤色清洗的開始！（註：盟軍占領日本的時期，駐日盟軍總司令部發動的一場對日本共產黨進行肅清的運動）

「我洗好澡了喔！」琉實的聲音從一樓傳來。已經過這麼久了啊。

現在可不是什麼洗澡的時候！我已經決定要去隔壁家了。嗯？既然要去男生家，應該至少要先洗個澡？這種想法有點太操之過急了吧——但還是先做好準備比較好嗎？至少要換一套內衣褲？冷靜點。嗯，這就不用了。

我今天穿什麼內衣褲來著？身上這套的話——這只是以防萬一。這僅僅只是以防萬一。

我大大吸一口氣，一邊沖淡我的情感，努力將棄置的冷靜一一撿起來，跑下了樓。對身在更衣室的琉實說了句「我去一下超商」後，又想到要是讓她操心會很麻煩，便在客廳抛下一句「我去隔壁家一下」並跑出了門。空氣比回家時相比要冷冽得多。

我按了按白崎家的電鈴，隔著對講機打過招呼後，阿姨幫我開了玄關的門。

「怎麼了，那織？」

「我有關於課業上的事情想請教，我想說直接問他應該比較快……」

要保持溫順。雖然阿姨知道我的本性，不過現在要端莊賢淑……本性是怎樣？講得我簡直像個可怕的傢伙似的，搞錯形容方式了。我是住在隔壁的聰穎千金。

「既然那織不懂，純大概也不懂吧？」

不愧是母親大人，非常了解小女子。當然，這是必要手段。

「沒有這回事，我根本還遠遠不及純的腳邊呢。」

「真是的，妳在謙虛什麼？我聽說妳前陣子的考試是全年級第一呢。」

「別這樣啦，只是湊巧而已。」

並不是湊巧。那確確實實是小女子的實力。

「真的嗎？我覺得妳只是在隱藏實力。」

瞎咪？不容糊弄，不愧是那男孩的母親大人，我在放水的事實不是完全被看穿了嗎……說放水實在言過其實了。手下留情？好像差不多。

不過這也沒辦法，畢竟阿姨從我還小就認識我。嗯，我當時還是神童。

「好了，站著說話也不好意思，來，進來吧。」

「打擾了。」幾乎就在我說話的同時，阿姨朝著二樓叫了聲「純！」，不過他沒有回應。是在看電影嗎？該不會是在看令人難以啟齒的煽情性影片？

「純在自己房間裡，妳隨意找他吧。順便問一下，琉實呢？正好有人送了我布丁，我正想說等等要拿過去給妳們。」

布丁！

這幾乎可說是必定會淪落成吵架的源頭，那沉睡在冰箱中的祕寶，頗具魅惑的發音！

多謝款待！我會心懷感激地享用！最喜歡阿姨了！

「太不好意思了，不勞費心。順帶一提，琉實剛剛在健身，她真的一閒下來就老是在健身，真讓人厭煩。所以說，雖然這是我的猜測，不過她可能不需要糖分。」

我一點也沒有想要掠取琉實那一份布丁的意思。一皮米也沒有。

不不不，我才沒有貪吃呢，我才做不出獨吞琉實那份布丁這種過分的事情。

明明沒有任何人在，阿姨卻還淘氣地小聲說道：「（妳放心，我特別給妳兩個，其中一個妳在我們家吃了吧。畢竟純說他不要吃。）」

「不愧是阿姨，最喜歡妳了。這下我就能放心也把布丁給琉實！」

我的心因為稍後大概就會登場的布丁而感到雀躍。前往二樓！

我才不敲門，看我大大敞開你的門。給我做好覺悟！我悄悄接近到門前，小心不發出聲響，手搭上了門把，並調整呼吸。預備——

磅——！！！

我用盡全力推開了門，衝進了他的房裡，只見戴著耳機坐在電腦前的純，瞬間面向我的方向大大地向後仰，一邊大叫著「唔喔！」——連人帶椅倒了下來。阿彌陀佛。

響起了「砰咚——！」一聲不得了的巨響。這聲響簡直讓人懷疑地板會不會被撞穿般嚇人，於是便聽到阿姨的聲音從一樓傳來：「我聽到好大一聲，還好嗎？」

「純連人帶椅滾到地上了！」我有朝氣地朝著門外大聲報告。

接著耳機被拔掉的電腦發出了可辨識的音量，並傳來妖嬈的嬌喘。不會吧！真的是那種影片？快給我檢查一下！你到底在看什麼！

「好痛……」

純一邊按著手臂嘟囔著些什麼，不過這不重要，我趕緊看向螢幕——

映照在電腦上的千真萬確是男女交合的景象。竟然用如此裸露的模樣交纏在一起——討厭！你讓純潔的少女看什麼啦！討厭，好難為情！

「喂，純……這是……」

「不、妳別誤會！這是非常普通的電影！只是剛剛好播到這種場景而已！」

純伸出手拍打地板，在摸索著尋找因為跌倒的衝擊而飛遠的眼鏡。這模樣看起來有些孩子氣，有點傻氣好可愛。好想錄成影片。錄起來好了。

「真的嗎～？」雖然還想多看一下，不過我還是替他撿起了眼鏡。

純戴起眼鏡正準備爬起來，我向他伸出手，不禁確認了一下他有沒有穿褲子。嗯，有穿著。背後傳來的「oh, yes」和「Cum」和純的「好痛」以絕妙的時機混雜在一起。此刻一個鬆懈，我好像就會笑出來——應該說，我忍不住了！

噗——哈哈哈哈哈哈哈哈哈哈哈哈！

「笑什麼笑！真的嚇死我了！」

「誰教你……在看色色的影片……還一邊『唔喔』地跌倒在地……」

「這才不是色色的影片！我不是說不是了嗎——！！」

純坐回椅子，我將手放到他的肩膀上，用帶著深沉慈悲又蘊含聖愛的眼神說：「畢竟你是青春期的男孩子嘛，會對那檔事有興趣也沒辦法，你不用感到難為情沒關係，我能理解。不然要我給你內褲走光的自拍照也行，打起精神來吧。」讓我來淨化男孩子悲哀的原罪吧。我真像聖母瑪莉亞。

別看我這樣，好歹我幼稚園也是讀教會學校。各位貴安。

「妳以為是誰的錯！來，妳看看螢幕！是一般的電影吧？」

雖然純暫停了影片，想讓我看看電影標題畫面，不過我全身已充滿無償之愛，所以我不看。沒有必要看，因為我已經赦免了你的罪。

「妳這傢伙！給我看！轉向這裡！別無視我！還有妳來做什麼！」

對了！男高中生的那檔事怎麼樣都好——並不是怎麼樣都好！雖然不是，但是現在不是時候。這件事決定我日後會慢慢深究，我會好好記憶在腦中。

「對！你問得好！我想問的是『你為什麼會答應要教雨宮慈衣菜功課？』！剛剛你不是說之後要告訴我嗎？現在在這裡說吧！你答應的理由是什麼？她色誘你？如果是的話——」

「笨蛋，那怎麼可能！給我放下妳握住裙襬的手！」

「因為條件反射害我沒多想……不對，重點不在這裡。你的理由是？」

瞬間，房間被寂靜籠罩。

我移開了視線，看向放在桌子旁的書包，上面沾了貓毛。

「……老實說是一鼓作氣。就在各種對話之下，最後答應了下來。」

純揉了揉自己的頭，視線沒有看向我便開口說道。

我就是想知道那些「各種對話」的內容啊。究竟是誰唆使你才會演變成這樣？是琉實從旁插嘴——簡單來說，就是她慫恿你嗎？雖然我想從本人口中聽到真相，不過總之先算了，等氣氛有變我再問。先繼續問下去。

「那麼具體要怎麼執行？」

「在她補考之前針對要點補教……差不多是這樣。畢竟我沒有補考過，不知道大概構造，不過我想只要著重在重修或考試複習，應該有辦法過關吧。」

「也是，考慮到已經進行過一次測驗，應該會比一般的考試範圍還要小，大概就和你說的一樣吧。順帶一問科目是？」

「古文、世界史、化學。」

「什麼啊？很簡單嘛。我還以為會是數學之類的，基本上都是些背誦型的科目，真虧她會考不及格。這種事只要花上一個晚上就有辦法應對了吧。」

這根本不是需要請人教的內容吧？只要想辦法用聯想的背起來，不是很輕鬆嗎？

我開始覺得站著讓我難受。我想坐到地板上的坐墊——不，現在應該要坐到床上才對。雖然坐在地上仰望他能用角度加分，但是這樣脖子會痠。應該說我各方面都累了，疲憊至極。

我坐到純的床上——就那樣躺了下去，便看到細碎的纖維飄了起來，在日光燈的照耀下散發光輝緩緩落下。我轉過頭，看見他的枕邊放著書。我伸直了手臂——還差一點，拿不到。

喝！還差一點點——

呼哇！

我的視線突然被遮蔽，照度（勒克司）下降。我不明白發生了什麼事，抬頭才終於看見純跪在我旁邊，替我拿起了書。我沒有從這個角度——以我躺在床上的狀態像這樣仰望過純，這讓我閃過許多想像，心跳不禁漏一拍。

「來。」

純退開後，照明直線射進我的眼睛，害我的虹膜來不及做調整。我抬起手臂遮著耀眼的光，純便執起我的手，讓我握住書本，「謝謝。」

「這點小事，妳自己移過去拿啦。」

「嘴上這麼說卻還願意幫我拿，很加分呢。而且你還不經意地覆到我身上，害我還以為要被襲擊了，不禁心跳漏一拍。我都還沒洗澡，讓我急了一下。」

嗯嗯。是阿部和重及伊坂幸太郎合著的作品啊？感覺很有趣，之後借來看吧。

「誰會這麼做！妳到底把我當成什麼——」

樓下響起開門聲，並傳來了爬樓梯的聲音——接著門被敲響。

門板另一側傳來阿姨的聲音：「純，開門。」

我緩緩起身，整理好裙子。要是讓人家覺得我是不檢點的女孩，那可就傷腦筋了。

純打開了門，接下了阿姨手上的托盤。

「那織，妳期望已久的布丁來了，我還切了芒果，妳吃完再走吧。」

「謝謝阿姨！」您說什麼？是甘露！是天賜的恩惠！

「喏，慰勞品。」純將托盤放到矮桌上，對我招了招手。

「來這裡吃吧，要是弄翻到床上可就慘了。」

「悉聽尊便。」唯有現在，小女子會完全服從白崎一家。我滑下床，著陸。

「妳要回去的時候再跟我說一下，我到時候拿琉實那份讓妳帶走。」阿姨說完便離開了房間。

「多謝款待！」

是布丁和芒果耶！不妙，阿姨太神了。不，是太女神了。從今以後我要稱呼阿姨為女神大人！真的好慶幸有過來。我要當這個家的女兒！

女神大人，小女子不才，是否能成為您家媳婦？雖然我對課業和外貌有自信，不過我不會做家事。即便如此我仍能當媳婦嗎？可以吧？請您允了我吧。

要從哪樣開始吃呢？超讓人煩惱。考慮到甜度，先吃芒果？不過先用布丁填滿口腔後，再用芒果帶來清爽，這種順序也令人難以割捨！

怎麼辦？布丁？芒果？呼啊……我決定不了！

「嗳，純。」

「嗯？」純拿起杯子抵在唇邊，發出悶聲回應我。

「我們結婚吧。我要當這個家的女兒過活。」

「噗……妳……妳啊！突然說什麼傻話！」將來的相公大人用手擦了擦噴出來的果汁，並慌張地從紙盒中連抽了好幾張衛生紙。

我說的不是未來，而是將來。我恨不得馬上成為白崎家的女兒。我說的可不是未來，而是將來喔。這一點很重要，是漢文的超級基礎部分。尚未來到／將要來到。不用贅述，這就是「未」與「將」的文字解讀喔。

「因為……你看這個。盂蘭盆節和過年一起到來耶！身為女生理所當然會嚮往這種飲食生活吧？要是再加上蛋糕的話，我就會毫不猶豫到白崎家來當丁稚奉公了。」（註：從小到商人或工匠家裡，當一段時間的學徒並做雜務，類似童工）

「真是的，妳突然亂說話，害我不小心噴出來。還有，妳用的詞彙都太老了。」

我無視這無趣的吐嘈，將注意力集中在芒果和布丁上。我才沒有時間應付純呢！好，首先從芒果吃起。我拿起插著糕點叉的一塊芒果，送到嘴邊——呼啊啊啊啊！好好吃！超級甜！多汁又美味！

我連忙伸手接住從嘴角溢出的果實汁液。用衛生紙擦實在太浪費了！這股擴散在口腔內的濃醇芳香與甜蜜，真希望它們一輩子都不要消失。

「妳幹什麼無視我的話逕自吃起來？而且為什麼布丁只有一個——」

女神大人剛剛有說純說不要喔！為什麼你現在要提起來！難道你改變心意了？這是我的——真是的，你別露出那麼渴望的表情啦。

我知道了，我知道了啦。

「來，我來餵你。不過布丁就請你忍耐吧。」布丁不行，我不給你。

我插起一塊芒果遞到純的嘴邊。「超級美味喔，真的很不妙。」

「我自己吃就好，不用妳餵。」

「囉唆！來，這可是甘露，廢話少說給我吃掉！」

我用力壓著純的腦袋，想把芒果塞進他的嘴裡，然而眼前的男高中生卻說著「不用啦」還一邊轉過臉。我可是女高中生耶！哪有男生會拒絕！

「你想說你不能接受我的『啊～～』嗎！來，嘴巴張開！別跟我客氣！」

「這才不是『啊～～』咧！我知道了！我會吃的，妳先離我遠一點！」

「真是不坦率耶，一開始這麼說不就好了。」

那麼就重振士氣——「啊～～」

糕點叉戳起的橙色果實，被明顯撇開視線的純吸入口中。感覺好像母鳥在餵食小鳥一樣。該不會這就是所謂的母性吧？

好想多餵他一點！好好玩喔。不過布丁不給就是了。

「如何？」

「確實很好吃。」

「要再吃一個嗎？」

「不用。」

「為什麼？來，嘴巴張開！」

「就說不用了，我自己會吃。」

真是無趣的男人。好了，差不多也該進入正題。

「那個……我姑且先問一下，你應該不是因為對雨宮慈衣菜有興趣，或是為了隱瞞些什麼事情而答應──之類的吧？」

誰教你偷偷摸摸的，而且還和琉實兩人行動。

「嗯，這一點我剛剛也說過了吧？」

「為什麼都不告訴我？」

「……我只是覺得妳好像會不喜歡。」

「什麼意思？」是這樣沒錯……雖然是這樣沒錯，但真令人不愉快。

「如果你的理由是因為覺得我會不喜歡，那你在教她的時候，我也可以一起跟過去吧？畢竟只要能獲得我的諒解就沒問題，對吧？順帶問一下，從什麼時候開始？」

「從明天開始。怎麼？那織也要來？」

「你不想？」你那是什麼態度？讓人有點火大。不然我真的過去好了。

「我不是那個意思——只是覺得很意外。畢竟我沒想到妳會說出這種話。」
「是嗎？這就算了，剛剛那本書等你看完借我。」
「嗯，還差一點我就看完上集了。我挺推薦的。」
今天這樣就好，先到此為止吧。我還有事情沒做完呢。
我必須要把剩下的芒果和布丁吃乾抹盡才行。
而且回到家之後，還有布丁第二戰！
「話說回來，妳真的也要來？就是我教她功課的時候——」
「誰知道呢。」
這種事情就連我也不知道。麻煩你別打擾我吃布丁。

第三章

TITLE

我偶爾也會吃吃草的！

KOI WA FUTACO DE WARIKIRENAI

（白崎純）

「我們來交換ＬＩＮＥ吧。」昨天要回家之前，雨宮這麼對我說。我當然同意了她的話，正好就在我到家喘了口氣的時候，雨宮傳來「明天也麻煩來我家」的訊息。

「不能在外面教嗎？」我回傳文字訊息，不過那之後她完全不已讀。

傳太多訊息也不好——我這麼想，並等著她的回覆，結果一直到了早上訊息都沒有被已讀。到了教室，我找結束了晨練的琉實商量，她也只是說出令人洩氣的話：「慈衣菜是遲到慣犯，她大概還在睡覺吧？」

到了中午她終於回覆「我想在家裡」的訊息。接著再度傳來的就只有集合時間，完全沒有詢問我的意見。照琉實所說，她大概是剛起床……雖然不關我的事情，不過可真令人擔憂。比起補考，她應該會先留級吧？

今天中午我和琉實一起吃午餐——嚴格來說，是我提議的。也包含要聯絡的事情在內，我想事先多和她聊聊關於雨宮的事情。當然，我也有告知教授。

「要是你被神宮寺刺殺也別抱怨喔，到時候我會助妹妹一臂之力。」教授說完，帶著滿臉舒暢無比的笑容目送我離開——真不知道他誤會了什麼。

雨宮的事情昨晚也已經跟那織說明完了，所以被那織知道也不會讓我感到困擾。

「要去老地方？」

課堂結束後，琉實來到我的座位旁問道。

「嗯。」

「我知道了。」琉實離開了教室，我也晚了她一步離開教室。

我有種不可思議的感覺。簡直像是回到和琉實交往之前、還沒有和那織發生那麼多事情般——明明絕對不可能——有種回到以前的感覺。

如果當時我和其中一方繼續交往下去，或許就沒有這種日常了。如果我和那織就那樣交往下去，琉實就會在各方面有所顧忌了吧；如果我沒和琉實分手，那織是否還會抱持著令人難耐的心意？要是不斷假設下去會沒完沒了，這一點我很清楚，儘管如此仍舊會不禁這麼想，大概是因為現在的關係，讓我不禁懷念起過往了吧。懷念起三個人坦露自己的心意之前——數年前保持著平衡的關係。

我知道現在的狀態沒有辦法長久持續下去。是啊，我很清楚，痛切地明瞭。

所以至少在生日的時候，讓我送給兩人她們期望的禮物。比起雨宮的課業，這一點才更加重要……話雖如此，實際上我還沒有決定要送什麼禮物。關於那織的禮物，已經找到和龜嵩商量這個方法了，畢竟我也已經答應雨宮這件事。

不過，琉實的禮物我至今仍無從著手，也完全沒想到點子。雖然送馬克杯或票卡夾等東西應該很安全，不過以前我都送兩人同款不同色的禮物。就連和琉實交往的時候也是，我也沒有為她們兩人個別準備過禮物，只有聖誕節是例外。

想要個別準備不一樣的禮物，這個想法難道是不對的？正因為我決定要把兩個人分開來看待，所以才會產生這個點子，卻不管怎麼想都想不到妙案。

就在我想著這些事情時，先一步走上樓梯間的琉實小跑步下來。

「我們去別的地方。」

「怎麼了？」

「有人先來了。我有瞬間還和他們對上視線，超級尷尬。」

「有時候也會這樣呢。這也沒辦法，找別的地方吧。」

接著我們兩人便重複問答「要去哪裡好？」，一邊徬徨在校內。雖然也不是非得要選避人耳目的地方，不過我想盡量避免有人流傳出莫須有的傳聞，或是有人做多餘打探。

空教室或沒有人煙的地方，總是有人搶先占據。我們也去看過休息室和二樓下方架空柱的休閒空間，但是到處都被人占滿了。大概是平時在外面吃的人都會聚集在這些地方吧。

第三章　我偶爾也會吃吃草的！

今天是雨天，時機很不好。

面對束手無策的我，琉實提議的地點是體育館。原來如此，真有琉實的作風。

雖然體育館的入口處已經有幾個同學在吃午餐，不過和其他地方比起來相當安靜。這些人不知道是不是原本就常在這裡吃飯，也或許是為了避雨，走著走著就到這裡來了。這裡距離校棟有段距離，或許意外地是個私房地點。

「到處走動讓肚子餓到恰到好處。」

「對啊，我也到極限了，而且時間一下就過了，得快點吃才行。」

接著我們彼此沉默，專注了一段時間在搬送食物入口的作業上。在大致享用完午餐之後，我偷看了一下隔壁，發現琉實已經用完餐了。雖然沒有強烈的印象，不過琉實的吃飯速度或許很快吧。仔細想想，我好像沒有等她吃完飯的記憶。硬要說的話，琉實先吃完後等我用完餐的情形較多。

「呼啊，肚子好飽，滿足了。」

琉實的說法像是某個聒噪的人一樣，讓我不禁失笑。

「怎麼了？我說了什麼奇怪的話嗎？」

「我只是覺得妳剛剛的講法有點像那織。」

「我完全沒有意識到耶——有那麼像？」

「『滿足了』的講法簡直如出一轍喔，比如停頓的地方之類的。」

「可能因為很常聽到就被影響了吧。」

「說到那織，我昨天告訴那傢伙雨宮的事了。妳有聽她說嗎？」

「稍微有一點。她比我想的還要不生氣……話雖如此，她當然還是有碎唸了我，不過這也沒辦法。對了，幫我跟阿姨說謝謝她給的布丁。」

「嗯。」

「話說回來，你有事想問我對吧？竟然會特地邀我一起吃午餐。該不會是關於那織的事？還是和慈衣菜有關？」

「和雨宮有關。」

我讓她看了看我和雨宮的ＬＩＮＥ聊天訊息後，接續著說：「那傢伙有來學校嗎？」

「到了這個時間就算是她也來了吧？要我問問嗎？」

琉實說完，不等我回應便滑起手機。

「話說回來，你今天也要去慈衣菜家啊……啊，她回覆了。她說剛剛到。」

「中午才上學啊？真是了不起。」

「真的很了不起，我昨天都嚇到了。」

「確實超越想像。」

「對啊。這麼說起來，以前同班的時候我很常早上打電話叫她起床呢。」

「她現在應該也需要吧？高中部還有學分問題，沒有那麼好過關。」

「你這麼擔心，那你負責叫她啊？」琉實露出壞心眼的笑容。

「為什麼是我？雖然我答應要教她課業，但可沒義務照顧她到這個份上──對了，關於剛剛那件事，我去她家裡果然還是不好吧？」

「嗯～應該沒差吧？你就去啊」

「不好吧……這可是要去女生家裡。」

「你有什麼見不得光的念頭嗎？」

「是沒有……但就算是這樣……嗯，怎麼說好呢……」

「沒有不就好了？怎麼？該不會你是希望我陪你一起去？我想要專心練習，今天不行。而且是慈衣菜說要在她家教的吧？那不就好了？又不是你硬要去人家家裡，放輕鬆面對吧。」

照道理來說確實是這樣沒錯，我能理解琉實的意思。但是她的意思和我的意思有點不一樣。我只是很單純地覺得「男生去女生家裡」這件事情感覺很──她接收不到我話中含意呢。是我太在意了嗎？對琉實這種社交圈的人來說，這樣很正常？

去約那織一起──也不太對吧。畢竟那傢伙都反對了。這麼說起來，她昨晚說過「我也可以一起跟過去吧？」呢，不過自那之後她沒有捎來任何訊息。

如果她乾脆點說要和我一起去，或許我會覺得心情上比較輕鬆吧。

「總之，今天就按照慈衣菜的要求，你去她家試試吧。」

說著，琉實拿出手機，「糟糕，午休時間要結束了。」

在聽到琉實這句話之後，我才終於發現周遭的學生都消失了。

「是啊，差不多得回教室了。」我們迅速收好便當，離開了體育館。

最終，事情還是總結在要去雨宮家裡。真提不起勁。

我就是撕破嘴也不敢和教授商量這件事。這麼做肯定會被刺殺。

接著迎來放學。我想盡辦法甩開執拗地邀我去玩的教授，在雨中抵達那間公寓。雖然這是繼昨天第二次來訪，不過這點程度還不足以適應這份威壓感。這讓我越加痛徹了解到自己是市井小民呢。

但是她也太慢了吧。

我本來想走到公寓的屋簷下躲雨，但又不想被當可疑人士，便決定在稍微有點距離的地方等雨宮。我從書包裡拿出活頁紙，這是為了消磨時間順道去咖啡廳時整理好的資料，為了避免紙被雨淋濕，我的動作十分小心翼翼。放學後，我請普通班的熟人讓我看考卷（雖然對方感到有些奇怪，不過我努力矇混過去了），檢查了一下需要花時間解說的問題。包含升學班在內，出題方向幾乎一致。我想英語組應該也沒什麼差別吧。也就是說，這裡就是學習著重的要點，只要這部分有學好，補考大概就不會失分了。

連我都覺得自己太過認真而感到好笑，不過既然都答應下來，我會做自己該做的事情。縱使我本身不情願，也和我的行為無關。我不想對結果找藉口。

既然重點已經整理到這種程度，應該只要再配合重修的講義進行複習就夠了。大概幾乎沒有我出場的戲份。用心的準備才是邁向輕鬆的捷徑，這是我的主張。

「嗚哇，出現了！」

不用抬頭都知道是誰。讓別人等在這裡還說什麼「出現了」，妳這是什麼意思？

「出現了是怎樣？我可是為了妳過來的耶。」

「對不起啦～我和朋友聊了一下就遲了一點！等很久嗎？」

雨宮看起來毫無愧疚地以不輸雨聲的音量說道。

「這種事不用問也知道吧？」

「喂，阿奇你別突然生氣嘛～來吧，我做點東西給你吃。畢竟肚子一餓就會心煩氣躁，我懂我懂。我要是拍攝拖太久，肚子餓起來也會超級心煩氣躁。聽到攝影師說再多點笑容，我這附近就會浮起青筋呢。」

雨宮用手指搓著太陽穴。

「我才不是因為肚子餓到心浮氣躁！」

昨天也是這樣，她真的無法溝通，我只看得到讓我費心的未來。

「是嗎？不過怎麼樣都好，只要活著就會遇到這種日子嘛。來，走吧。」

我連反駁的氣力都沒有了。才剛登場不久，她竟然能奪走他人如此多氣力，這可是很厲害的才華啊。算我拜託妳，有邏輯地去思考事物吧。妳口中的原因和結果完全扯不上邊。

在我們抵達房間為止，雨宮一直邊用手機邊單方面向我搭話。我一邊覺得她一心多用很厲害，隨意地回應她，不過雨宮感覺並不是特別在意。

到了雨宮的家，不同於上次的是愛因跑到玄關來迎接主人。雨宮抱起了愛因，進入客廳的同時忽然一臉認真地回頭告知我：「我去沖一下澡，你隨意坐吧。」

什麼？她剛剛說要沖澡？在這種狀況下？

「比起那種事，應該要先來學習——」

「做不到，我的腳都濕了好不舒服，黏黏的沒辦法專心。」

「不不不不，等等，冷靜點，妳知道自己在說什麼嗎？」

「嗯？我不是說了嗎？因為濕濕的很不舒服，所以想去沖澡。不行嗎？」

「不是可不可以的問題……」照理來說就算我不說妳也懂吧？

「那不就好了？等我一下，我很快出來。」

雨宮硬是把愛因推給我，並哼著歌離開了客廳。在這個時機去沖澡……那傢伙到底在想什麼啊？真的完全沒有危機意識。

我不禁嘆了口氣，無力地坐到沙發上。

喵呼。

愛因露出撒嬌的神情，我用指尖撓著牠的下巴。

「你也這麼想吧？」

真是的，我到底在做什麼？獨自一人待在這寬闊的客廳裡。雖說這裡像是黑手黨的安全屋，但畢竟是女生的家。這麼一想，我不禁覺得大腿上有貓還逗牠玩的自己有些滑稽，不過既然這樣，或許抱著自己身為犯罪組織老大的心情來享受，或許比較好——說說而已。

「如果你是白色波斯貓，我就是《007》的布魯菲爾了。」

喵——

「你知道《007》嗎？你不知道吧？畢竟你是貓。不過為什麼會幫你取『愛因』這個名字呢？」

我逗弄著愛因，一邊滑手機消磨時間，遠遠地傳來了門「喀恰」的聲音。應該是雨宮出來了吧？這個場景若是教授，大概會喜孜孜地想像雨宮美人出浴的模樣，不過我根本不在意。這段時間實在太浪費了，我今天一直在等待。

「你就那麼老實地等在那裡？真的是笨蛋耶。」要是跟那織說，她大概會這麼回應我。

「我剛出來，再等我一下～」雨宮的聲音傳來。

「嗯。」我朝著發聲處用大一點的音量回應。

隱約傳來吹風機的聲音，使我腦中不經意閃過邪惡思想。

她這麼不為所動——是因為習慣這種事情了嗎？畢竟她都當模特兒了，或許那方面的經驗很豐富，而且她的外型這麼亮眼，大概有很多男生會主動追求她。教授也說過自己被隨意打發了。

等等，如果雨宮有男友（雨宮這樣的女生，應該有個男友吧？），我不小心和他遇上的話……應該不會發生這麼老套的劇情吧。

唯獨這方面的麻煩事，我想避開——喀恰。

傳來客廳門被打開的聲音，我的身體不禁震了一下。

沒想到……——出現在我面前的，是完全裸露雙腿的雨宮。

上半身穿無袖背心，下半身則只有一條內褲。根本就是《異形》的蕾普利狀態。

什麼？為什麼這傢伙只穿內褲——她是什麼變態女嗎？

面對這突如其來的衝擊事實，讓我的思路完全停止。我想我的呼吸大概也停止了。

雨宮一邊用手捂住臉，邊說著「糟糕！不小心用平常的感覺跑出來了！抱歉，你別看我這裡！至少讓我畫個眉毛」並慌忙地經過了客廳——還一邊秀出不同於蕾普利，像歐美點心一樣色彩鮮豔無比的粉色內衣褲。

眉毛？妳難為情的點在那裡？搞錯要遮的地方了吧！

過了一陣子待我終於回過神來，雨宮剛消失在深處的房間。那帶有莫名衝擊性的背影……也就是她的臀部，雖然已深深烙印在我腦海，不過我仍然還有一邊想著《高堡奇人》中，好像出現過有人叫裸女（朱莉安娜）穿上衣服的場景——這種有些跳脫現況的從容，並漸漸找回冷靜。不過話說回來實在太不妙了，那個女人不是蓋的。

不行了，要我教那傢伙讀書，我辦不到。這不是我能處理的對象。面對這種會穿著內衣褲走過同學眼前的傢伙，用國語是無法溝通的。

「喂，你的飼主到底是怎麼回事啊？」

愛因閉著眼，看起來懶得理會我，僅僅只是動了動耳朵。真是個高傲的傢伙。

「抱歉，久等啦～」

渾身散發著甜蜜香氣的雨宮，穿著學校的運動服出現。

就在我思考著要怎麼把這雜七雜八、攪得一塌糊塗的感情化為語言教訓她時，大概是因為我的視線讓她感到疑惑，帶著因剛洗完澡而染上淺淺粉紅的臉頰，雨宮檢查起自己的身體，一邊問我：「嗯？有哪裡很怪嗎？」

「我只是在感慨妳穿學校運動服……不過這不重要——」

「噢，這個嗎？因為穿起來很舒服啊。雖然繡有校徽看起來很炷，不過既然在自家穿什麼都行吧。嗯？不可以嗎？」

雨宮突然靠近我，我沒多想閃開身子，接著她便將愛因從我腿上抱起來，坐到了我隔壁。穿學校運動服確實出乎我意料。雖然她沒有特別打扮，或是穿像剛剛那種讓我不知道該看哪裡的服裝讓我放心，不過這香醇的甜蜜氣味，以及剛剛生動的光景閃過我的腦海，讓我不是一般的難為情。

「那種事情無所謂！妳到底是怎樣？沒有羞恥心之類的嗎？」

「嗯？什麼啊？」雨宮一臉呆愣地歪了歪頭。

「還問我什麼……就是妳剛剛那個、剛洗完澡的時候啊！一般來說，誰會穿成那樣出現在同學——而且還是男生面前？妳在想什麼？」實在太扯了吧？

「啊～畢竟我素顏嘛。抱歉抱歉，我整個太放鬆了。」

「重點不在素顏！就是說……那個、我想說的是，妳的服裝——素顏根本無所謂，我的意思是妳要穿好衣服之後再出來！」

「我剛剛不是說了嗎～那部分我也太放鬆了嘛。你好囉唆喔，反正事情都過了有什麼關係？就把這件事歸納成對阿奇來說，也算有甜頭的突發事件吧。好嗎？」

「什麼有甜頭的突發事件，問題根本不出在那裡吧……」

「對我來說，只不過被看到內衣褲根本沒什麼關係，那種模樣跟泳裝沒兩樣吧？」

「喂喂喂，妳可別這麼輕易就跨越一線。泳裝和內衣褲的界線可不是這麼輕易就能跨越的，這之間有個非常巨大的鴻溝，這是理所當然的。」

「我有點不懂你在說什麼耶——而且，反正阿奇對人家沒興趣吧？」

雨宮露出認真的表情，彷彿在催促我說下去似的勾起了唇角。那簡直就像是電視劇或電影的一個場景——像是年長女演員稍稍挑逗年輕男演員般的動作。

我一時語塞，在這短短時間內，我找不到自己該回些什麼。

「……該說是沒興趣嗎……」

「沒關係、沒關係～我明白的。正因為你沒有興趣，我也才能這麼輕鬆。就連剛剛那件事情也是，被沒有興趣的人看到內衣褲根本無所謂。而且阿奇有興趣的對象是小琉吧？還是那織那邊？」

「妳……妳突然說些什麼——」

「我說中了？對吧？來吧，到底怎麼樣？你喜歡哪一個？該不會兩邊都喜歡吧？」

「才不是那樣。」

「哦——？」雨宮嘟起嘴，看起來就不接受我的說詞。

「那妳又怎麼樣？」

就算我稍微露骨地轉移話題，也比被她逼問那兩人的事情要好。

「什麼？」

「那個……妳應該有男友之類的吧？既然這樣，就算是在對妳沒興趣的人面前也應該要感到介意吧？妳還是多點戒心比較好。」

「你在說我？我沒有男朋友啦。雖然有位有點在意的對象，不過完全不是男朋友。怎麼？你稍微對我有點興趣了？」

真令人意外。我還以為她應該至少有位男友。

「並不是有興趣，我的意思是妳在這方面應該多費點心。」

「阿奇才是，你太在意這件事了，畢竟實際上你不是什麼都沒做嗎？難道你有做什麼？」

「我才不會做什麼。」就算真做了什麼，也不會有人乖乖回答吧。

「對吧？你不可能做嘛，因為你對人家沒興趣。也就是說什麼都沒發生，這樣的話有什麼關係？而且要是你做了那種事，會被小琉罵吧？」

雨宮帶著富含深意的眼神，向前傾地靠向我。

愛因從雨宮腿上跳了下來，並跳到我坐的沙發上趴下來蜷曲起身子。

「妳從剛剛開始就一直提到她，不過我和琉實什麼關係都沒有。」

「你老是像這樣裝蒜，稍微告訴我一點又有什麼關係？我超想聽男生的戀愛八卦。不然我們這麼辦吧！」雨宮拍了拍手。

隔壁的愛因驚了一下。似曾相識感。這隻貓過得也真是辛苦。

「我跟你聊我的事，所以你也跟我說說吧！好嗎？別看我這樣，人家嘴巴可是很緊的，你大可放心。那麼首先從我開始！跟你說喔，我在意的人啊——」

「妳別逕自聊起來！我可沒同意。」

「真是的，你還真是麻煩耶，總之你先閉嘴啦。然後啊，我和對方其實還沒有好好說過話，所以目前還只是我單方面想和對方變要好。光看外表可能看不出來，不過我其實還挺專情的喔，很厲害吧？」

「呃……嗯，是啊。」

「對吧～」

「對方是什麼樣的人？」

這句話並不是因為我有興趣才問的，只是覺得從話題走向來看，這麼問出來會比較好罷了。我不了解雨宮的為人，所以需要破冰的話題。畢竟我以前也被琉實唸過：「就算對對方沒有興趣，在和女生聊天的時候，你也一定要表現出對對方說的話有興趣的樣子才行！」

「咦——你問這個會讓我很害羞啦！」

雨宮正如字面上所示，忸怩著身體，臉紅得過於明顯。

這個反應是什麼？看起來比剛剛只穿內衣褲還要害羞多了！

我不懂，我完全搞不懂這傢伙的基準！

「我知道了，那我就不問了，希望你們能增進情誼。」

「什麼？你應該要問吧？照這段話的走向來看，一般來說都會問吧！」

真的超級麻煩。妳也相當難搞，我們根本半斤八兩！

「是是是，對方是什麼樣的人？」

「那個……給你第一個提示！啊啊，可是要是說出來，你可能就知道是誰了……對了！那個人是我們學校的人！」

我完全跟不上妳的情緒。我今天必須要配合這種高漲的興致才行嗎？做不到，就算會被批評我冷處理，我也做不到。

「怎麼樣？不過你也猜不到吧，畢竟人數這麼多。那麼第二個提示！這題大放送喔！說到那個人是像咖啡還是紅茶的話，感覺印象比較偏紅茶！」

印象？虧我還想說她逕自就給出什麼第二個提示，結果竟然只是印象？這根本就不是什麼事實吧？只是雨宮自己對對方產生的印象而已吧？這哪能當什麼提示！

「還有對方是升學班。再多就不行了！」

「前面的提示完全作廢，最後新增的情報根本是最能鎖定對象的資訊。妳提出情報的基準到底是怎麼設的？而且第二個提示又是怎樣！」

「咦？不行嗎？我個人覺得第二個提示給得很好耶。啊，你可不能再繼續問下去了喔。提示到此結束——！」

升學班又有紅茶的印象啊……我們學校雖然有茶道社，不過有什麼紅茶社嗎？畢竟敝校有很多奇怪的社團，或許真的有也說不定，但是我想不起來。不，如果是這樣的話就不會用「印象」了吧。升學班的男生又有紅茶的印象……話說回來，雨宮說過自己是英國混血兒，說不定紅茶代表了開朗的形象。她家廚房有放茶葉嗎？我不記得了。如果有的話，又有什麼品種？大吉嶺、阿薩姆、藍山、伯爵、威爾斯王子茶、汀普拉和伊莉亞紅茶。其中有沒有什麼東西，感覺會隱藏線索？發音、由來、產地——這麼說起來，她是潮妹這一點……升學班沒有潮妹，而且有潮妹本來就很奇怪。

假如茶葉中沒有提示，那麼品牌呢……呃，我在認真思考些什麼啊？

不小心用尋找犯人的思路推測起來了。

「喂——你怎麼不說話？接下來輪到你了。」

「就算妳說輪到我，我也沒什麼好說的。」

「有吧——？比如小琉的事情。你們其實在交往？」

「沒有交往。這不是撒謊，是真的，只是——」

「嗯？」

「以前交往過。妳想問的就是這件事吧？」

反正已是過往事。已經夠了，與其讓她帶著推敲的態度刺探，不如主動說出來比較好。

「果然是這樣，我就是這麼猜的。是那樣對吧？你們是去年交往的吧？」

「真虧妳知道。」

「我好歹也是小琉的朋友嘛，而且也同班。雖然我當時也問過小琉，但她都不告訴我。果然和我想的一樣呢！啊～舒坦多了。」

「那真是太好了。我們差不多該來用功——」

「曖曖曖，你們為什麼分手了？吵架嗎？」

「還要繼續下去？」

「有什麼關係？告訴我嘛，我想聽！」

雨宮像個賴皮的孩子般在沙發上擺手動腳。看到飼主突然暴動，愛因跳下了沙發，並移到了位於房間角落的軟墊上。那傢伙有位這麼樣情緒不穩定的飼主也很辛苦呢。

「喂，阿奇我在叫你！」

「我知道了，妳別在沙發上跳。」

別像是要炫耀似的讓它們晃動，會害我不知道要看哪裡。

至於是什麼在晃，我就不說了。

唉，再這樣下去不管過多久都沒辦法開始用功，迫於無奈之下，我將至今為止的經過節錄出重點告訴了雨宮，包括琉實突然提出分手、（我自己以為）和那織交往的事。在我說話的期間，雨宮唸唸有詞地「嗯嗯嗯，然後？」或是做出「咦？真的假的？」這種有些誇大的反應。看到雨宮這誇張的反應，我不僅不會感到厭煩，還覺得好聊得多。本來想簡單說完這些事，卻不禁越聊越深。原來還有這種促進溝通的方式呢，真是學到了，雖然我不會拿來參考。

「這樣妳滿意了？」

「嗯，相當滿意。小琉意外地沉重呢。雖然這也代表她很重視那織，不過實在做過頭了，真的好沉重。然後我也能理解你和小琉異口同聲說很難拜託那織來教我的理由了。你們兩個人完全被她玩弄於股掌之間嘛！」

雖然我們說那織來教不太好的意涵有一點不一樣，不過事到如今那就算了。

「雖然很不甘心，不過妳說的沒錯。一切全被她掌握住了。」

「真是看不出來，那織好帥氣喔，真令人尊敬。」

好帥氣……嗎？

「那麼阿奇之後要怎麼做？」

「不怎麼做。」怎麼每個傢伙都問我一樣的話。

「咦？難得那織都這麼努力了，你什麼都不做嗎？」

「麻煩妳別管我了吧，我暫時想一個人清靜。」

「想一個人清靜是什麼意思？要躲在家裡？不過你看起來會很自然地就變家裡蹲。」

雨宮的臉突然靠到我的脖子旁，翻開了襯衫的領口。

「看吧，你的皮膚超白。」

我趕緊撥開雨宮的手。「別這樣，妳突然做什麼啊！我才沒有躲在家裡。」

她太毫不猶豫就入侵別人的個人空間了吧？這自來熟感究竟是打哪來的？

「不然你平常都在做什麼？」

「……讀讀書、看看電影——」

「什麼嘛，還不是躲在家。」

雨宮躺到椅面開始滑起手機，散發出一種瞬間失去興趣的感覺。雖然那織也是個無拘無束的傢伙，不過雨宮在不同面向上也太過無拘無束了。

這傢伙根本沒有要讀書的意思吧？

「噯，我剛剛在想，小琉差不多快生日了吧？」

一邊看著手機，雨宮這麼說。

「是啊。」

「機會難得，你要不要幫她們辦場慶生會？怎麼樣？是不是好主意？我的思路真清晰！」

她猛然起身，用率直的眼神一邊看著我並接續道：「就是啊！什麼都不做不好！至少也做點這種事嘛！」

「慶生會……啊。」我們已經脫離那種年齡了吧。

小時候我們會在彼此家裡辦慶生會，這是兩個家庭的聯合活動。而這樣的活動也在升上小學高年級之後，演變成只會讓人感到害臊的活動，於是升上國中後就漸漸地沒再舉辦了。不過每當神宮寺家慶祝完後，一定都會叫我過去，也順帶叔叔的一句：「麻煩你把多出來的料理帶走吧。」

也就是說，在兩人生日的夜晚，叔叔一定會像上述那樣和我大聊特聊，這已成了固定模式。

多虧於此，我就不用思考要怎麼把禮物送給她們——沒錯，應該要思考的不是慶生會，而是禮物。

說到禮物就想到龜嵩。那傢伙有幫我問那織想要的東西嗎？自那之後我就沒和她聯絡，等回家之後聯絡她看看吧。

再來就是琉實了。

「欸。」

「嗯？你決定要辦慶生會了嗎？」

「那件事就放著先不管。妳和琉實很要好吧？」

※　※　※

（神宮寺琉實）

慈衣菜昨天為什麼會問我那句話呢？

——琉實喜歡阿奇嗎？

畢竟當時純就在我附近，我也才剛決定不能隨意告訴別人這種事情，一鼓作氣就否認掉了，但是到了現在我心中的「為什麼要問？」這個疑慮，漸漸地擴大。

又不可能是慈衣菜她……還是她只是單純感到好奇？我搞不懂。

說到搞不懂，我都不知道原來慈衣菜的家竟然是那麼氣派的地方，昨天真的嚇到我了。我完全不了解出了學校後的慈衣菜，在外面和在學校見到的慈衣菜氣質不同，我也完全不知道她的廚藝竟然這麼好，甚至不知道她有養貓。

結束了和男生的練習比賽，雖說對方有讓步，不過贏過男籃的我們便前往家庭餐廳開了場小慶祝會——話雖如此，但其實找什麼藉口都好，反正今天是星期五的夜晚，社團結束後去家庭餐廳吃晚餐是固定流程。雖然偶爾會有學姊一起來，不過基本上都只有一年級生。畢竟也有學姊們不在比較好聊天……這個原因。

「哎呀，阿瑞不甘心的表情真的太讚了！」

「對啊，我們可是有麗良這位最強射手呢。」

「說得好。如果對手是男籃一年級的話，實際上根本不用讓步吧？」

坐在餐桌內側，真衣一行人比賽時的高昂情緒尚未平息，熱烈繼續討論著。我默默在一旁聽著大家的聲音，下定決心靠向隔壁的可南子。

「我記得可南子和慈衣菜很要好嘛，妳們平常都會做什麼事？」

為了不被大家的聲音蓋過去，我在她耳邊這麼問。我有很多事情想要問可南子。

「嗯嗯？」可南子在一聲傻傻的回應後，用一種「事到如今妳在說什麼傻話？」的表情看著我說：「很一般啊，跟妳和其他人一樣，會很隨意地去某些店晃晃，進某家店逛逛，基本上一直在聊天。國中的時候妳不是也有和我們一起去玩嗎？」

「雖然是這樣沒錯，不過我和慈衣菜出去玩的次數也沒那麼多，所以才會好奇妳和她出去玩是什麼樣子。」

可南子和潮妹集團也有來往——應該說，她們感情非常好。我們女籃聒噪的人很多，硬要說的話有多數人在學校都屬於醒目的類型，而可南子在這些人之中，也是屬於性格較鮮明的人。她是那種不管對方是不是男生，有話會直說的類型。在體育祭或是舉辦合唱比賽這種學校活動時，可南子的班級女生和男生總是會吵架，也時常因此遲來籃球社練習。

每當我事後詢問發生什麼事情，可南子有很高的機率都牽扯其中。

像潮妹的團體中，有很多人對學校活動都沒什麼參加慾望，不過也可以說可南子很會應付人吧，不愧是平時就和她們有來往，可南子很擅長讓她們鼓起幹勁。比較引人注目的女生大多只要意氣相投，就會比較願意配合，甚至也會願意擔任統領事務的職位，所以像可南子這種擔任橋梁一角的存在便顯得重要。其結果就是可南子的班級唯獨女生的向心力上昇，男生卻被拋下，接著女生就會和男生吵起來。雖然到最後，男生也會敗給可南子就是了。

也多虧這樣的可南子去年擔任副社長，我們女籃的成員基本上都很要好，成員也和國中時期的時候沒什麼變。雖然我們當然多少會吵架，不過最後可南子都會幫忙圓滿收場。

「說真的，妳怎麼突然這麼問？妳和那傢伙怎麼了嗎？」

「嗯……也不是那樣，我只是有點在意。順帶一問，妳有去過慈衣菜家嗎？」

「沒有耶。」

「這樣啊，真意外。」

她們在學校看起來很要好，慈衣菜老是抱著可南子，她們又好像很常兩個人一起出去玩，我還以為她們會去彼此家裡玩呢。

難道不是我想的這樣嗎……

「很多人一起玩的時候，主要都是在外面玩。畢竟她也有工作上的壓力之類的吧？我也不是很清楚。不過兩個人出去的時候，不知道為什麼她都會想來我家玩，從以前就是這樣。雖然就算她來也沒特別要玩什麼。」

原來是這種形式，平時都是慈衣菜到可南子家裡玩啊。可南子家兄弟姊妹很多，慈衣菜去玩感覺一定很熱鬧吧。

「反正去朋友家玩，頂多就是聊聊天吧？」

吃完了義大利燉飯，麗良也加入我們的話題。

「當然有很多事可以做啊，而且說到妳，與其說去的是朋友家，應該是去男友家吧？」

「我們現在又沒在聊男友的話題，而是在講去朋友家吧？」

「唉唉真好，有男友的人就是如此從容，哪像我，完全沒有能交到男友的氣息。雖然自己說有點自傲，不過我應該還算可以吧？算不錯吧？雖然身高有點矮，不過嬌小一點比較受歡迎吧？為什麼我交不到男友？真的很莫名其妙耶！」

「妳說歸說，不過妳不也會跟其他學校的男生出去玩嗎？我很常聽到這方面的話題喔。」

「會去那種場合的人不是我的菜。會參加那種聚會不都是一時興起嗎？硬要說的話，我比較喜歡更正經一點的風格，類似那種爽朗系，就算流了汗感覺也不會髒髒的，那種帶有神聖感覺的熱血學長之類的比較好。妳們懂吧？就是像那種會對我說『妳很努力呢』然後摸摸我頭的類型。」

聽到這裡，麗良在我身旁放聲笑了出來，虧我都忍住了耶。不過我覺得不能笑場，趕緊低頭向下。什麼跟什麼啊？超級不適合她。

「麗良！妳這傢伙笑什麼笑！」

「誰教……可南子妳……呵呵……超老套耶！看到妳意外有可愛的一面，讓我放心了。」

可南子，抱歉，我也和麗良持同意見。

「琉實也不准笑！怎麼？這麼不適合我嗎？」

「是沒關係啦，只是有點意外罷了，抱歉抱歉——對了，可喵子……」

「喂，琉實！別叫我可喵子！」

「咦——很可愛呀。只有慈衣菜可以叫妳可喵子嗎？」

「我有叫她別這麼叫我，只是她都不聽！我講認真的，不可以叫我可喵子。」

「這麼嚴重？有什麼關係？我個人倒覺得挺可愛的。」

「說歸說，不過琉實前陣子是不是還叫可南子什麼首領？」

「喂，麗良！妳幹什麼若無其事地抖出來？」

「啊——算了，我終於知道妳們是怎麼看待我的了，前陣子我還被叫猴子，現在又變首領？妳們真的瞧不起我吧？」

叫別人猴子的明明就是妳自己，而且還是拿來叫我。

「下次妳在球衣上寫『首領』如何？搞不好別校會因為害怕導致防守漏洞喔？還是妳比較想要寫『媽媽』？寫『媽媽』或許也能讓敵隊大意呢。」

麗良一邊擦去眼角的淚水，一邊說道。

「那我要在麗良的球衣上寫『我不缺男人』！琉實寫什麼好呢？唔——嗯，『少女系古板認真魔人』可以嗎？」

「喂！『少女系古板認真魔人』是什麼？妳之前還說什麼籃球痴跟猴子，比起我，妳才比較看不起我吧！」

「『少女系古板認真魔人』啊，確實很有琉實的感覺。」

連麗良都這樣！妳們這些人！

我這麼用力瞪妳們，竟敢給我撇開視線！

「這就算了，妳剛剛原本想說什麼對吧？什麼事？」

可南子露出認真的神情看向我。

「什麼？現在這種氣氛妳還突然問？害我都覺得有點無所謂了。」

「好啦好啦，妳就告訴首領我吧。」

可南子是不是有點喜歡首領這個綽號？

「我只是在想……下次想邀慈衣菜一起去玩而已。」

「就這點事？完全沒問題啊，我會跟慈衣菜說一聲。對了對了，偷偷告訴妳們，慈衣菜的廚藝超棒的。她來我家的時候總是會做些點心帶來，那些點心吃起來根本就是店裡會賣的等級。雖然她本人覺得很難為情，還說不符她的人設，也不會跟別人說自己會下廚，不過機會難得，我叫她做點什麼帶來吧。」

「啊，真是好主意。麗良也要來吧？」

「嗯，我能去就去。」

這不是不去的慣用句嗎？不過很有麗良的風格。

「嗳，琉實。」可南子戳了戳我的肚子。

「嗯？」

「那個，是妳妹吧？」可南子指了指窗戶外面。

那織？怎麼回事？

我轉向可南子手指的方向——便看見有著熟悉紋路的傘，將頭髮綁成兩束、年齡相仿的女孩，還和看起來大學生左右的男人面對著面。女孩對著男人比了個「走開」的手勢，另一隻手則滑著手機。

那張側臉，我不可能看錯。

「……是那織。」

「對吧？怎麼？她是被搭訕了嗎？」

「我去去就回！」

我一把抓起雨傘衝出家庭餐廳，全力朝著腳踏車停車場的方向跑去，果然看到那織站在那裡。我看了看四周，剛剛瞥見的男人已經不在。

「我好像看到有個男人，妳還好嗎？」

「嗚哇！被看到了。太慘，都是那個沒吃到智慧果實的擬人類的錯。」

「什麼？發生了什麼事——」

「啊——他只是來說什麼要給我零用錢，問我要不要跟他一起玩罷了，沒什麼大不了的，不要緊。」

「真的嗎？他還有沒有說別的——」

「我說不要緊了。」

「沒事就好……不過這麼晚了，怎麼了嗎？是忘記帶什麼？」

聽到我這麼說，那織的手便在臉前擺了擺。

「不是不是，不是因為那樣。那個……」

「那是怎麼了？」

「問我怎麼了……嗯，我要回去了，妳別在意。」

那織說完準備要走，我連忙抓住她的手挽留住她。「等一下。」

如果沒有事，還來離學校這麼近的地方也太奇怪了，而且還是單獨一人。既然她穿著便服，就表示她已經回過家一趟。我想不到理由。

「什麼？我會乖乖回家，不要緊的。妳看，社團的人都在等妳了喔。」

「是這樣沒錯……但是我很在意妳在這種地方做什麼，至少給我一個理由吧。畢竟這裡也不是小龜家的方向吧？啊，還是妳去了森脇的家？他家離學校很近來著？」

「不是啦，不是那樣子。啊……真是的！我只是在想你們是不是又丟下我一個人，跑去那女人家裡了啦！純不是要教那個女生功課嗎？我當然會懷疑妳是不是也一起跟去了！可是妳星期五也很常和社團的人一起吃飯，我明明知道這件事情還專程問妳也很奇怪；但是問純『你和琉實在一起嗎？』不也很奇怪嗎？應該說我才不想主動問他這種事情，既然這樣還不如自己過來確認比較好。如果妳不在這附近的話，那麼到時候我——夠了啦，別讓我在這種地方說這些話！」

昨天她完全沒有說任何一句有關這些事的話，倒是說了很多「妳為什麼要幫忙轉達這種多餘的話？」之類的話——到現在我才知道，原來那織氣的是這一點。

是因為我和純兩個人去了慈衣菜那裡。我個人是體諒她才沒說的，不過我讓她覺得我們是刻意支開她。也是，確實會這麼想吧，我並不是想讓她產生這種想法，而是因為「那織聽到這件事情會變得很麻煩」這種自私的理由，才排擠掉她的。

我好像……一直在做白工呢。

「抱歉。」

「妳別道歉，會顯得我很淒慘。已經夠了吧？我要回家——」

「妳吃過晚餐了嗎？要不要一起來？怎麼樣？」

「我絕對不去！那怎麼看都是流氓和惡棍（黑手黨委員會）的聚會，妳們在打壞主意對吧？要是去那種地方露面，像我這種人一下就被秒殺了。」

「那怎麼可能？如果只是點心我可以請妳。」

「妳以為這點小東西釣得到我——」

「現在正好在辦哈密瓜季呢，妳看。」

濕漉漉的廣告旗幟上，大大地寫著「哈密瓜季」。

那織橫眼確認了我手指的旗子。

「………我……我要回去。」

「啊，妳剛剛停頓了。」

「沒有！才沒有停頓！」

「妳也想吃吧？那上面的哈密瓜百匯。」

旗子上描繪著百匯的圖片，上方還放了一片哈密瓜。她肯定想吃，我可是很了解那織的喜好。雖然不認為做這種事能獲得原諒，不過至少讓我出點小力吧。作為姊姊——我並非想對那織耍壞心眼。

「我有吃一點麗良點的，真的好好吃喔！啊，我吃了上面有布丁的聖代，那個也超級好吃的。然後可南子可是點了半顆哈密瓜——」

「妳這個惡魔！給我走開！」

「妳想吃吧？」

「………嗯。」

「要來嗎？」

那織點了點頭。

謝謝妳，還有對不起。總之，我們去吃點甜食吧。

不過話說回來，她拿食物還真沒轍。但是這一點很孩子氣又可愛就是了。

從家庭餐廳回家的路上，我有種很久沒和那織單獨兩人走在一起的感覺。我們兩人的傘時不時會撞在一起，雨滴滾落肩膀。就連這種感覺都令人懷念。

「不過妳真的很怕生呢。」

「我才不是怕生，妳很煩耶。」

「誰教妳幾乎都只用『嗯』和『不是』在對話。」

「才沒那回事，而且是妳的同伴們太不客氣了。尤其是那個像高第一樣的女生，一般來說會對本人說什麼『我之前就一直很想跟妳聊天了，不過妳總是散發出不要和妳說話的氣場，讓我很難跟妳搭話』這種話嗎？讓人覺得她根本在挑釁。」

高第？

「妳在說誰？」

「不是有個人的名字和聖家堂很像嗎？」

聖家堂……櫻田（註：聖家堂的日文為「サグラダ・ファミリア」，開頭和「櫻田」的日文相近）……櫻田可南子啊。誰聽得懂！

「妳在說可南子啊。那傢伙……嗯，她就是那種人。不過雖然她的講話方式有點那個，但也是事實，畢竟大家都這麼說。就算好不容易和妳說上話，也會覺得有隔閡。」

每次遇到這種事，我都會說「抱歉，那孩子很怕生」地幫她打圓場。

「畢竟我找其他人又沒事要說。」

「妳這樣子出了社會可是會吃苦頭喔。」

「我在班上有好好在社交，別看我這樣，我可是擁有多種多樣的面具。有班級專用的面具、也有被丟到陌生地方用的面具，還有——」

看著屈指數數的那織，為了以防萬一我詢問：「今天是戴什麼樣的面具？」

「今天只是普通的絕對領域，也就是所謂的『心之壁』，為了不讓惡棍侵蝕我的心靈，我進入了完全防禦型態。反正我們大概沒機會同班，所以我覺得應該沒差。」

這孩子真的是！我就知道肯定是這樣！

「噯，妳妹妹在班上有辦法好好和別人說話嗎？不覺得她那樣看起來很難溝通？她在家裡怎麼樣？果然比較會說話？」在我去倒飲料的時候，和我一起走的真衣還一臉認真地這麼問我。但是就氣氛上來看，我又不能說「她在家裡吵到根本不能用說話來形容」！妳也考慮一下我的立場吧！

「妳這根本就沒有戴面具嘛！因為妳實在太沉默，害她們都開始擔心妳了！我不會要妳展現出真面目，不如說要是真正的妳在那個場合，大家大概都會被驚呆，所以就這方面來說算是好的，但妳不能再親切一點嗎？應該說妳再親切一點會比較好。」

「若有利益我會照做。麻煩妳別要求我，為妳無情怪罪我心靈這不當的對待做辯解。」

「什麼跟什麼？」

又在說莫名其妙的話了。

「莎士比亞。」

「唉，妳就不用賣弄聰明了。什麼不當的對待？妳都吃了聖代和百匯有什麼臉敢這樣說！託妳的福，讓我這個月的零用錢幾乎都沒了！」

「所謂的交際真是花錢。在這生活艱苦的世道……」

「喂，妳以為這是誰的錯？」

「……妳明明存款比我多。」

「這是兩碼子事吧？而且就我來看，有多少用多少這種花錢習慣才令人不敢置信。就算妳未來為錢所苦，我也不管妳。」

真讓人擔心那織出社會之後有沒有辦法順利生存——出社會啊……再過幾年就要出社會了吧，我會過上什麼樣的生活呢？完全無法想像。

「話說回來，原來我們的名字是媽媽取的。」

那織遭受問題轟炸的時候，可南子一邊看了看我們的臉並說：「好像有很多雙胞胎的名字都很像，不過妳們兩個的名字卻不像呢。」

雖然我從來沒有對此感到疑惑，不過經她這麼一說，確實好像是這樣。回答可南子問題的人是那織。據那織所說，我的名字是媽媽的點子，那織似乎是爸爸提的。我還是第一次聽說這件事，我原本只知道是他們兩人一起想的。

「這是我的想像，並沒有問過他們。不過我想大概不會有錯，畢竟妳名字的品味很明顯就是媽媽的喜好嘛。玉部『琉』才不是爸爸會取的。『琉』和瑠璃的『瑠』有一樣的意思，都是『玉』。妳想想看，不覺得媽媽會喜歡嗎？畢竟她最喜歡閃閃發亮的飾品了。『那』則是『眾多』或『美麗』的意思。說到『眾多』，就會想到梵語中代表『大量』意思的『那由多』，這個詞第一個就是『那』字。妳看，不是很有爸爸的作風嗎？」

原來我的「琉」有那樣的意涵啊，我第一次知道。

「他們蜜月旅行去的是沖繩，大概是從琉球和那霸取的吧？」

至少我是這麼聽說的，而且我對這個說法也完全沒有任何疑問。放在客廳的蜜月旅行照片上拍到沖繩，家庭旅遊也去過好幾次，非常有說服力。

「如果由來是這樣的話，一般來說應該會統一其中一邊吧？琉實是『琉』的話，我就是『球』之類的；要不然就是選『那』和『霸』——雖然有點極端，不過如果要拿別的沖繩相關詞語來取名，要多少選擇都有吧？所以應該只是從沖繩這個大類別中各選一個出來而已吧？這麼想的話，選『琉』的就是媽媽了。我的名字筆畫很多，肯定是爸爸的品味。」

我都沒想過這種事情。難怪那織會像爸爸。

「琉實真好，考試的時候一下就能寫完名字吧？畢竟妳的筆畫比我少。」

「才沒那回事。『琉』雖然還好，但是『實』老是讓我抓不好平衡感。我覺得像那織那樣，筆畫比較多的名字反而比較容易寫好。」

「這樣啊，我大概也不是不能理解。筆畫多也是有好處。」

回家之後我再問問媽媽吧，看看究竟是不是真如那織所說。

「這就算了，妳不在意嗎？」

「什麼？妳現在在說哪件事？」

「我在說純的事。竟然把他交給那種莫名其妙的女生。」

「喔喔，妳說那件事啊？妳放心吧，慈衣菜不會有問題。」

「妳的根據在哪？妳是以什麼為依據敢說不會有問題？證據呢？」

「純這樣的類型不符合慈衣菜的喜好。」

「什麼跟什麼？太弱了吧！不是她的菜所以不會有問題？就靠妳這種不清不楚的邏輯虧妳還敢斷言，我反而覺得妳厲害了。那麼假如真是這樣好了，純又如何？」

「那傢伙對慈衣菜——不可能，完全不可能。這種事那織也知道吧？」

「我認為就連這一點也不是絕對的。搞不好他只是瞞著我們，其實超級無敵喜歡潮妹喔？搞不好他色色影片的紀錄全是潮妹類型的。」

這個……我想應該是沒問題啦，但聽她這麼說完，會讓我有點不安。

純會對慈衣菜——應該不會吧。嗯，應該沒問題吧？應該說，什麼潮妹類型的色色影片，就算是開玩笑也別這麼說啊！害我想像了一瞬間。

「啊，妳剛剛想像了吧？」

「我才沒有！」

「如果純會喜歡潮妹類型，就要從他的交友狀況來思考原因。假如真是如此，肯定是教授的影響，全是那傢伙不好！」

「這……也是。嗯，是森脇不好。」

不會吧？這方面應該不要緊的吧，純？

※　※　※

（白崎純）

「我膩了！不休息一下我會撐不下去！」

一直到剛剛為止都還安靜用功的雨宮，在廚房旁邊的桌上大喊出聲。

星期六的——幾乎正午時刻。我和之前一樣在雨宮家裡。當然，今天也是為了念書。

昨天道別，我問她明天要在哪裡用功時，不出所料她堅持「想在家裡」的意見。就算我建議別的地方，她也會立即駁回。不管怎麼掙扎，她似乎都會堅持在自家。後來要多方提議也讓我覺得麻煩，所以我屈服了。來到她家第三次，就算是我也沒有像之前那麼抗拒。

「才過不到一個小時，再努力一點。」

從客廳的沙發上站起來，我確認了一下雨宮的進度。姑且是有在前進。

「不行了！我想吃甜的！要死了——」

身體靠向椅背，雨宮開始暴動了起來，搞得椅子嘎噠嘎噠作響。

「妳是小孩嗎！不是才剛吃過早餐？」

「不行了，我肚子餓了，再這樣下去會被阿奇殺掉。而且已經中午了嘛！」

「妳本來就起太晚了！」

現在可不能縱容她。昨天就是因為這樣，整整浪費了一個半小時。

話雖如此，昨天會浪費那麼多時間我也要負責。我不小心提供了她琉實的生日等等多餘的話題。那之後雖然費了點工夫，才讓嚷著「還聊不夠」、「要再多點交流」的雨宮閉上嘴，不過總算是把原預定的分量給教完了。

既然我都已經特地幫她把要點整理成筆記，要是她不讀我會很困擾。

雖說是透過琉實仲介，不過冷靜下來思考，我完全不知道這份勞力最終能讓我獲得什麼好處，龜嵩那項交換條件也不過是副產物罷了。如果這份勞力的結果是補考依然不過，那我更不知道自己到底是為了什麼這麼努力。正因為如此，她要是不通過補考，我可會傷透腦筋。

雨宮大概也了解這一點，昨天晚上——這就算了，在我教她的時候了解到一些事。不愧是考試前有大半都用一夜抱佛腳來解決，雨宮的記憶力並不差。話雖如此，靠抱佛腳解決不過是短期記憶，並不是長期記憶。為了讓記憶定著在腦中，必須要靠反覆複習並找出記憶關聯性。

考慮到她不及格的考試科目類型，只要讓她記住基本知識就有辦法應付了。

離開雨宮家回到家後，我又針對感覺會出在考試中的問題，更縮小了範圍。若說我在猜題，聽起來可能觀感不好，不過根據情報來鎖定題目可是出色的戰略。所謂的學校測驗，就是和老師互相揣測心思，這也是我喜歡這種流程的理由。

不過當然，這種方法頂多能只能考到平均分數。畢竟科任老師們可是一邊思考做到哪邊可以獲得平均分數來製作考卷，所以這也是理所當然。接下來的題目就需要用到應用能力，不過依我看過雨宮的考卷，補考似乎不需要太多應用能力。畢竟只是確認是否有學會基礎知識，所以也是當然的。

現在雨宮在做的，正是我在推定範圍中整理出來的重點。只要腳踏實地去記憶，補考大概就能通過了吧。我自己都覺得自己做得不錯。

「話說回來，早上九點開始讀書也太勉強了吧？從這麼早的時間就開始用功實在太扯了，到底是吃什麼東西才會有這種想法？」

「這和食物無關，而且妳這樣完全否定了學校課程。照妳這德性，平時的早晨都是怎麼過的？」

「睡覺。」

「給我去學校！」

「我有啊！只是有點來不及罷了。」

她的手指繞著髮尾，一臉不覺有錯地說。看來她完全沒有意識到事情的嚴重性，我來嚇嚇她吧。

「妳這樣會留級的。」

「那真的不行，我會被媽咪殺掉。」

會被媽咪殺掉啊……

妳那位媽咪到底人在哪裡？我都像這樣連續來三天了，卻一次都沒見過雨宮的家人。雖然對此感到在意……不過我無意探詢。擅自插手管別人家的事情可不值得肯定，如果她想說就會主動說出來。

只不過有一件事我一直想要問，卻還放在心裡。若不是我會錯意的話，說不定——雨宮和那織、教授可能會處得來。

「那麼為了不被殺，妳補考得好好加油才行。還有，早上要乖乖起床。」

「是是是。」雨宮渾身散發出不想聽話的氣場並低頭。

好了，我來把化學的問題——「噯！」她忽然用開朗的聲音叫住我。

「怎麼了？」

「我想吃巧克力，幫我拿。」

「自己拿。」

「我要讀書很忙。」

「真是的，就只有這種時候會拿讀書當藉口——放在哪裡？」

「餐盤架最下面，我的寶箱。」

我繞進中島式廚房，蹲下來打開餐盤架下方，便看到巧克力、餅乾、洋芋片等大量的零食大把大把溢了出來。我連忙用手接住，但是這些零食的量卻不是我有辦法全部接下來的，於是零食便散落在地板。

還真多，她到底儲存了多少點心啊？肯定是上網買整箱吧？

「妳要哪種？」我從零時堆裡拿了幾個顯眼的，一邊詢問一邊站起來——然而雨宮的身影已不在原處。她朝著客廳的門跑去。

那傢伙！

我跑到客廳，便看到雨宮準備逃進裡面的房間。

怎能讓妳得逞！

就像警察和稅務官那樣，我瞬間把腳塞進門縫裡，用手擋住了門。

「……真是遺憾。」

「行不通啊～」在門另一端的雨宮垂頭喪氣。

「是我輸了。我回客廳就是了，你放手吧。」

照雨宮的性格，她說這句話有可能是想讓我大意。我看準她壓在門上的力氣減弱，狠狠打開了門——映入眼簾的光景，是我熟悉的景象。

簡直像是教授的房間——不，甚至超越教授。

「妳……這是……」

「不行！」雨宮張開雙手擋住了路，但是內容物無法完全遮蔽。

那裡有著大量的漫畫、藍光光碟和遊戲散亂一地。牆壁上貼著海報並掛著掛軸，深處有電競椅和大型辦公桌，桌上擺了不同大小的五台螢幕，以及眾多的大型人物模型和壓克力立牌。

也就是說，這是一間不管誰來看，都會說是御宅族的房間。

「這件事情你絕——對不能說出去！算我拜託你不要告訴任何人！」

門旁的書架上，放了紅色飛機的小模型。

果然，和我想的一樣。

「這是劍魚吧？」

「不會吧？你知道？」雨宮瞪圓了眼。

「《星際牛仔》對吧？真虧妳知道這麼舊的動畫——」

「真假？阿奇知道《星際牛仔》？好厲害！我第一次遇到同世代還有看這部動畫的人！怎麼？阿奇是宅宅嗎？你知道這種動畫？雖然我之前就隱約有這種感覺……」

「我認識的一位叔叔很喜歡，我小的時候很常和他一起看。啊，我說的叔叔是那織的……應該說是琉實的爸爸。」

我一邊想著什麼叫「隱約有感覺」啊！我得忍住。畢竟我很有自知之明。

「什麼啊，感覺我們能變超要好耶！」

「或許吧。」

和我想的一樣。我一直很在意「愛因」這個名字，而且當時，雨宮也說她其實真正想養的是狗。

出現在《星際牛仔》中的威爾斯柯基犬，名字就叫愛因。

不過若要把貓當柯基，就不該養挪威森林貓，或許應該要選擇腿短的曼赤肯貓才對。因為這項猜測的可能性高到令人無法割捨，我正想說要試探一下她是否有這方面的興趣。畢竟如果雨宮根本不會像這樣聯想事物來取名，而這一切猜測都是我的誤會，就非常有可能會出洋相，所以我本來就打算在獲得確信之前保持沉默。

「不過真令人意外，沒想到妳有這種興趣。」

「你果然會覺得噁心嗎？有點太熱衷了，對吧？」

「這根本就已經沉迷其中了，不過我也是同類，倒是沒什麼噁不噁，不如說我很羨慕妳。這架劍魚我一直很想要呢。」

「嘿嘿，很不錯吧？這邊還有史派克和菲的模型喔。」

老動畫的周邊明明難以入手。我隨意一瞥就看到其他收藏，還有金田的摩托車、《攻殼機動隊》的塔奇克馬、《超時空要塞》的巴爾基里、《裝甲騎兵波德姆茲》的眼鏡鬥犬、哥吉拉和超人力霸王之類的特攝周邊——很明顯不是女高中生的品味。而且不只是動畫周邊，還有神祕的飛碟ＵＦＯ、銀河號……那是《深海巡弋》的潛水艇、《霹靂遊俠》和《飛狼》，還有我最喜歡的企業號，從憲法級星艦開始排成一列。除此之外還有很多很多數不清的周邊商品並排著，充斥在這個房間裡。這個量叔叔簡直不能比，好壯觀，真的讓人坦率地感到壯觀。

光是仔細地從頭看到尾，就能消磨很多時間。

第三章　我偶爾也會吃吃草的！

看到這龐大的收藏品，我獲得了確信。沒錯，這很明顯的不是女高中生的品味。就算雨宮作為模特兒在工作，也不可能這麼輕易蒐集到這麼大量的周邊。究竟要投注多少時間和金額才能收集到這些收藏，根本無法估量。

也就是說，就像我有叔叔一樣，她也有個對她傳教的對象。這一點絕對沒錯。

「這實在太壯觀了，要我在這個房間待多久都行。這些全部都是妳自己買的？」

「唔——基本上都是爹地的。可以說這個家本來就是爹地的遊樂場，也是他用來專心工作的地方。他的本來在都內就有家，東京之外也有幾個類似這樣的地方。像橫濱的公寓充滿了書，那裡爹地現在還有在使用，媽咪也有在用。我現在住的這個家是離婚的時候媽咪收下的，因為我還小的時候很常在這間公寓玩耍。爹地在這裡工作的時候，我很常在旁邊和哥哥一起看動畫和漫畫。」

「原來是這樣。」

我心中對雨宮父親的興趣逐漸高漲。

「其中也混了幾個哥哥的周邊。這裡變得有點像我們家人的倉庫啦，所以別的房間也差不多是這種感覺，充滿了周邊收藏。」

這好似我在哪裡聽過的事呢。也就是說，這裡是教授那裡的更高級版吧。

「哥哥現在住在東京的家裡，不過收貨地點總是會寫這間公寓。就是因為他老是這樣，家裡才會積了一堆沒開封的瓦楞紙箱。爹地和媽咪離婚之前我也住在東京的家裡，不過現在就都住在這裡。」

謎團解開了。

「所以在這裡的東西，就是回憶之物啊……」

「確實充滿了回憶，不過我們家並沒有因為離婚就出現那種沉重氣氛，單純只是我自己喜歡才會住在這裡而已。畢竟這間公寓對小時候的我來說，是類似祕密基地那樣的地方。之所以會選擇就讀我們學校，也是因為從這間公寓很方便過去，因此不是你想像中那麼嚴重的感覺，而且媽咪也很正常地跟爹地一起工作。應該說她現在也和爹地在一起吧？」

雨宮從運動服口袋中拿出手機滑了幾下。

「你看，她在約克郡和爹地吃飯呢。」

雨宮讓我看了看手機螢幕。一位感覺會出現在電影中的男子戴著墨鏡，坐在露天座位拿著杯子。那一頭修短的頭髮搭配上看起來很高級的夾克，簡直像是演員一樣。就算謊稱這是電影的某個場景，似乎也不會被拆穿。

「這就是雨宮的父親……很帥呢。」

「對吧？很帥吧～他可是我超自傲的爹地。聽說他以前想當演員。」

「想當演員啊，我能理解。不過現在是設計師吧？」

「哦？你還真清楚。」雨宮一雙眼睜得圓圓的，「對啊，現在Nedetto的設計主要都是爹地負責的。他很常說還好自己有設計師的才華，如果他繼續當演員的話，肯定會變流浪漢。」

Nedetto——老實說，我想像不出來是什麼牌子，不過似乎有聽過這個名字。不了解時尚的我，對於這個品牌究竟規模有多大這一點，就算聽到名字也實在沒有頭緒，不過若考慮到他手上有好幾個品牌的話，那麼應該是屬於成功者類別吧。

「我有聽說過妳的父母是服裝設計師，原來是真的。」

「不過老實說有點像走後門，畢竟建立品牌的是奶奶。當時還是一間小店，自從爹地開始這份工作之後就慢慢有名了起來。就這層面來說的話，還是個剛開始要起飛的品牌，所以接下來才是重頭戲吧。」

「就算是這樣也很厲害了，畢竟是個會來日本展店的品牌吧？」

「是啊，這也是爹地的願望。如你所見，他是個御宅族，所以最喜歡日本了。雖然能在日本展店，媽咪的功勞大概比較大，不過還要繼續努力下去，得讓更多人知道這個品牌才行。」

「該不會……妳就是因為這個理由，才在做模特兒的工作？」

「當然是因為模特兒的工作很有趣——不過大概也有一點這方面的理由吧。」

拚了命讀書，考進好大學——和這種道路不一樣的路。是我無法想像的路。聽著這些話，就會讓我開始覺得補考這種事不過是小問題。我似乎隱約能理解雨宮不認真去學校上學的理由，她和我在注視著不同的世界。

「我還以為妳是活得更加有剎那性的人，真是抱歉了。」

「更加有剎那性是什麼？而且你道歉得莫名其妙。還有，我今天說的你別去學校說喔，我也不會把你和小琉的事情說出去。」

「我不會說的。妳將來果然也要走這條路嗎？」

「不知道，只是現在覺得模特兒很快樂而已。好了，我們回去繼續讀書吧。」

雨宮動了動肩膀，露出充滿幹勁的神情。

「欸。」

「什麼？」

「我可以待在這個房間裡嗎？」只是問問不收錢，姑且一問。

「這樣的話人家也不讀了！我要玩遊戲！」

「呃——我說笑的，開玩笑。」

看到這些蒐藏，豈不是會讓我想再來嗎？

※　※　※

（神宮寺那織）

「要不要出門一下？」

就在我徬徨於迷糊與覺醒的夾縫之間，社長傳了ＬＩＮＥ給我。還想再稍微沉浸於睡眠餘韻的我選擇不已讀。現在我還沒有那種心情，還想多品味一下這曖昧的浮游感。我抓起涼被裹住自己，將外界隔絕開來。這裡是只屬於我的聖域，無論是誰都不給過。我處於連電磁波都無法通過的深沉黑暗中。

昨天做了不習慣的事情，害我累了。對我這種清正廉潔的人來說，應付那種甚至會被錯認成艾洛伊筆下登場人物的流氓及惡徒，實在是苦行。我的精神力被狠狠地削減了一番。

說到精神力被削減，這個週末純要去陪那個女生嗎？

真討厭。好不容易從琉實那裡獲得解放，這次又得陪莫名其妙的女生。到底要到什麼時候，他才願意陪我呢？難道比起我，陪布丁腦比較重要？

雖然琉實那麼說，不過人的喜好是極其不穩定的，而且也不能無視單純曝光效應。我基本上也同意琉實的意見，我也認為那個女生大概不是純喜歡的類型，雖然這麼想……但是這又不一定。就連定義右與左，都得搬出鈷六〇的衰變才得以完成呢！所以說人的情感根本難以估計。

就連昨天也是，光是煩惱要不要跟著純去，就讓我煩悶到了極限。我心中有想去確認的心情，但是又不想主動說想跟去。可以的話，我希望由純主動來問我。其實我希望他邀我去，

希望他對我說「妳要怎麼做？」，我一直這麼想著並等待著他，但是純卻沒有聯絡我。所以我

——唔，想這種事情會被睡魔討厭的！

好了過來吧，不可怕喔小睡魔，我們一起睡吧。

就在我決心要呼喚睡魔過來的時候，手機喧鬧地響了起來。這是熟悉的電子音。

啊啊，討厭！我知道了啦！是是是，我接就是了，我接總行了吧？

破壞剛建立好的城牆，我拿起手機。果然是社長啊。

「喂喂喂——起床了嗎？」

「……託妳的福。」

「我們出門吧？」

「現在？明天不行嗎？」

「非今天不可，好不容易放晴了耶。妳需要幾分鐘做準備？四十秒？」

問我幾分鐘？她突然這麼問，我也——「不知道，我才剛醒，四十秒辦不到。」

「我啊～現在在老師家門前喔。」

好可怕！根本是跟蹤狂！

我拉開窗簾看向窗外——嗚哇，真的在……畢竟是社長所以還好，若只看這個場景根本就是恐怖片。社長發現了我，對我揮了揮手。

第三章　我偶爾也會吃吃草的！

「要是我有行程，妳打算怎麼辦啊？」差不多也希望她別再用這招了。我一邊和她通話，下了樓打開玄關的鎖。我微微拉開玄關的門，僅把臉露到外面。冷冰冰的玄關穩穩地傳來一陣熱氣，簡直讓人懷疑現在是盛夏。

「早安～啊，應該要說午安吧？」

「……進來吧。」

我說話的同時敞開大門，一直到剛剛為止還有些猶疑著沒有侵襲的熱氣，此刻以和優雅無緣的氣勢，不顧顏面地一舉侵襲進來。

「好熱！而且好亮！」

「老師要融化了？要變成粉了？《夜訪吸血鬼》？」

「我是像克絲汀．鄧斯特一樣美麗的美少女，還真是抱……快點關門，我真的會死掉。」

「抱歉抱歉。這麼熱讓老師的毒舌都變遲緩了呢，簡直就像妳的居家服一樣。」社長一邊說著多餘的話，一邊關上門。「門我鎖上喔？」

「嗯，麻煩了。接下來要怎麼辦？先去我房間嗎？」

「也是，不然會給妳家的人添麻煩。」

「反正沒人在，這倒是沒關係。」我猜他們大概是去打籃球、打高爾夫和買東西。

「我想去老師房間。」

「知道了。不過我想沖個澡，要花一點時間，可以嗎？」

「畢竟是我不請自來，這點時間我願意等。」

「看到妳有不請自來的自知之明就讓我放心了。總之妳先進來吧。」

「嗯，打擾了。」

上了二樓，我把社長推進房裡，拿替換衣物——喀嚓！

剛剛那是什麼聲音？快門聲？

我瞬間回過頭，社長掀起我居家服的衣襬，手上拿著手機。

「喂！妳在拍什麼！」

「下面果然只有穿內褲……老師，至少要穿件褲子啦，要是讓肚子著涼可不好。」

醒來之後短褲就失蹤了，我也沒辦法啊！

「這不重要，妳剛剛拍了我的屁股吧！」

「看到圓滾滾的大腿在我眼前晃來晃去，讓我忍不住一直看。再加上妳的衣服長度正好讓屁股若隱若現，我才好奇想知道妳有沒有穿褲子。簡單來說，若以妳的言語來說明，這可是DATURA的極致啊！作為繪畫資料，現在就讓我先——」

「給我刪掉！要不然一張要價五千圓！」

「不能等我出名之後再付？」

「不行。」

「可是老師的屁股臀型非常漂亮，刪掉太可惜了……我會膜拜美臀，自己也努力提臀——不過提了臀就沒辦法和妳有一樣的屁股了呢。妳的祕訣是？妳的美臀祕訣果然在於肉肉嗎？動物性蛋白質？」

「要稱讚還是要貶低，麻煩妳明白選一邊！順帶一提，妳剛剛那是在玩屁股和祕訣諧音哏？（註：日文中，祕訣的「訣」和「屁股（ケツ）」的其中一種說法同音）」

「這是當當然嘍。妳在問什麼傻話？」

「要是妳敢散播出去我可不饒妳。」看在這種無趣的玩笑上，允了妳吧。

這是我人生第一次被說是美臀。

等等來自拍吧。自己也要確認一下才行。

「是久違的髒房間耶～」一進入房間，社長便雙眼放光，興致高漲地歡騰了起來。從她說想來我房間那時候開始，我就已經預料到這個反應了，搭理她也是白費力氣。而且我的房間才不是髒房間，我們的認知從根本處便已經錯開。我的房間只是東西比較多，稍微欠缺了一點秩序而已，並沒有到混沌的程度。

我將還不到絕對零度，不過也相當冰涼的茶和果凍，給了這位極其失禮的瘋狂精神變態女孩後，便去沖了澡。我將溫度調得比平時低，在溫暖的各個角落充滿了散漫的冰涼，讓人覺得舒服，潑起的熱水一下子變得溫吞。

離開浴室，我邊擦著身體，視線和映照在洗臉台鏡子的自己對上。

——其實妳很在意吧？

沒錯，正如妳所說。我非常在意純和那個女生的事情，在意得不得了。我巴不得現在確認他們究竟在做什麼。我想讓自己放心，所以——我根本沒有絲毫的從容。

最近我的嫉妒心越來越重。才剛決定不再忍耐，馬上就變成了這樣。

我一邊吹乾頭髮，用溫暖的風吹跑邪念。今天我要和社長出去玩。在和社長出遊的期間，我能淨空思緒。雖然可能會在不經意之間會突然想起來，不過現在就先忘了吧。

雖然吹頭髮很麻煩讓我覺得討厭，不過我喜歡MILBON的氣味擴散在周遭的感覺。

我喜歡洗完澡之後，被外面空氣包覆身體的冷卻感。

我喜歡刷完牙之後，口腔裡整潔的感覺。

我喜歡穿襪子時，腳遲一步適應布料的感覺。

僅止一點也好，為了多少能忘卻一點煩心事，我要一點一滴收集我喜歡的感覺。

好，今天要好好玩……唔——我的零用錢還剩多少來著？

※　※　※（白崎純）

回到客廳之後的雨宮變得非常安靜。寫字的摩擦聲迴盪在這個空間中。

這是她專心的證據吧。「因為阿奇太囉唆，我看我鼓起幹勁吧」她邊說著邊綁起的包包頭幾乎沒有搖動。雖然手偶爾會停下來，但是過了一陣子又會再次動起。待她大致上解開問題之後，我再針對她寫錯的問題做解說，結束後放置一段時間，接著再回頭重新解寫錯的問題。我們不斷重複這個過程。

等到她大致上都把問題解完之後，我提議道：「差不多來休息一下？」

既然她這麼專心，那我也沒有怨言。

「阿奇。」

「怎麼？」

「我就在等你這句話！要來喝下午茶嗎？來烤個司康嗎？」

「為什麼這麼正式啊？現在烤司康也未免太……」

喝下午茶啊。雖然不會說出口，不過我有點嚮往。英國的各種文化果然都很優雅又美好。

其實我很想問雨宮這方面的事。

就剛剛聽到的來看，她說品牌一開始是從一間小店起家，不過既然都能來日本展店，那麼他父親的老家應該是像豪宅一樣的地方。或許是個能在保養得當的寬闊庭院中，一邊眺望英國車邊享用午茶——那樣的世界吧。雖然這只是我自己的想像。

等到補考結束後，我想問她很多事情，也想和她聊動畫和電影的事。

雨宮在我心中的形象，已經完全變成不同人了。

「我想過了，要不要去看看小琉的禮物候補？昨天晚上我們不是有聊到嗎？然後在外面稍微吃點東西如何？」

這就是昨天浪費了一個半小時的其中一項原因，而且竟然是我主動拓展的話題。

那織的禮物已經交給龜嵩去探查倒還好，不過琉實的禮物我完全沒有頭緒，這讓我覺得實在有點不公平。然而琉實的朋友中，沒有人和我感情不錯，而且要送禮物給分手的前女友這一點又讓我更加煩惱。

以往我總會盡量選擇不同顏色又一樣的東西，不過若考慮到那兩個人的性格和志趣，我開始思考各送不一樣的東西會不會比較好。這就是這幾天讓我煩惱的源頭。若要準備不同的東西，思考時間會延長成兩倍。

雨宮的存在或許簡直可說是——雪中送炭。

「外面啊……但是今天的分量並不是都寫完了……」

粗略估計也還需要兩個小時左右，雖然她嘴上抱怨不少，不過進度倒是不賴。

「咦——？還有喔？」

我翻了翻剩下的分量，比我預期的還要少。「就還差一些了——」

「回來之後再做不就好了？」

「回來之後妳會乖乖做嗎？」

「我做我做！所以我們出門吧！」

公寓附近有間大型購物中心，雨宮便說要去那裡。雖然不想去人多的地方，不過那裡店面的種類多彩多樣，數量也眾多，再加上美食街很充實，不得不說去那裡找禮物比較有效率。

「那我去換衣服，你等我一下喔。」

雨宮說完這句話再回來，已是十分鐘後。

她解開了包包頭，金色的髮絲柔軟蓬鬆地搖曳著。她穿了一件露肩的上衣，搭配一件比較寬鬆的褲子。雖然不至於隨便，不過不愧是模特兒，就算只是這樣氣場也很強。大概很單純是因為她身材好吧。最近我老是看她穿運動服，該說是新鮮嗎？有種莫名的異樣感。

「像這樣看妳穿便服，確實很像模特兒。」

「什麼很像，我可是有好好在當模特兒的。要看雜誌嗎？我拿過來吧？」

「不用，我知錯了。」

她掛在胸前的太陽眼鏡因為多重理由引人注目。穿得輕薄——我不明說是哪裡，總之衝擊感很強。大概是為了防曬吧，她還帶了一件薄襯衫。

來到外頭，毫不留情的熱氣包覆了這一帶，讓我有種空氣稀薄的感覺。久違的晴天，外頭已經是夏季，也多虧於此待我們抵達購物中心時，我已滿頭大汗。

「你有什麼想法嗎？」

雨宮一進到店裡便詢問我。

「沒特別。如果是妳，收到什麼禮物會感到開心？化妝品或衣服嗎？」

「唔……不要選化妝品吧，畢竟你也不知道小琉的膚質和平時用的化妝品吧？化妝品是用在肌膚上的東西，合不合膚質這一點很重要。顏色也是，必須考慮到她是冷膚還是暖膚才好搭配。如果是美甲的話倒是無所謂，但是不知道她喜歡的顏色也很難選。」

確實，雨宮說的沒錯，我完全沒有反駁的餘地。還有冷膚和暖膚是什麼？我本來想要問，不過因為雨宮繼續接了話而作罷。我先把這件事情放在腦海角落，之後再來調查吧。這是我沒聽過的詞語。

「送衣服也微妙地感覺有點沉重，會讓收禮的人在和送禮人見面的時候，產生一種自己非穿不可的感覺吧？這種束縛感會讓我覺得很懶，我個人不喜歡，而且要是品味不合就更慘了。頂多是買些雜貨吧～當然前提是不要挑設計奇怪的東西。不過就最後結果來看，是誰送的這一點會讓一切顯得無關緊要。」

「真是感覺讓人有參考價值，又好像無法拿來參考的模糊總結。」

「反正禮物不都是這樣嗎？這種東西靠的是心意吧？」

「這樣就回到起點了。直接一點，如果要送妳的話，妳想收到什麼？」

「唔嗯……你不是要告白吧？」

「當然，我不是說明過了嗎？」

「既然這樣，感覺不要太沉重的比較好。挑個較輕微的，雖然有點想要但自己不會去買的東西，類似這種禮物不覺得很棒嗎？要是收到這種東西會很開心。」

原來如此，有道理。如果想買確實能買，甚至也可說很想買，但是卻會讓人猶豫要不要買的東西——就是指這種東西吧。

「妳真聰明。」

「畢竟人家可是天才。」

「那還請妳務必告訴我那是什麼東西。妳是天才吧？」

「呃，這個……」

說出了帥氣台詞後的潮妹很明顯出現了猶豫。這樣看起來也挺有趣的，我就任憑她思考了一陣子。在她碎唸了「呃……」和「唔嗯……」一陣子之後，便一臉得意地說道：「我們去雜貨店吧，答案就在那裡！」

從結論來看，除了「雖然有點想要，但自己不會去買的東西」這句忠言以外，雨宮沒有派上用場。在雜貨店裡，她一下說「這個好可愛，我買下來好了」、「哇～原來這個出新作了啊」等等的，根本只有在看自己喜歡的東西，讓我漸漸覺得陪她逛街很麻煩，於是判斷我獨自思考比較有利。

雖然有點想要，但自己不會去買的東西——我不可能會沒有頭緒。

從小琉實就很少買新的東西。就算她心裡想要換新，卻張口就會說「這還能用，換掉太浪費了」，總要阿姨、那織或我說服她，她才會不情不願地買新品來替換，而這樣的流程偶爾會出現。

既然是她平常就會用的東西，那應該不會太沉重。我自己都覺得挑得不錯。

「如何？決定好了嗎？」

「託妳的福。」

「也就是說，『和人家一起來果然是正確選擇！』對吧？」

「妳明明都在逛自己想要的東西，真虧妳敢講。」

「嘿嘿，不好意思，好久沒出來玩了，不小心興致高漲。」

「看到那間房的時候我就這麼猜了。妳說別人是家裡蹲，但妳也一樣是屬於如果沒人約，就不會出家門的類型吧？」

「就是這麼回事。不，我並不是討厭外面喔？只是要解的任務太多……還有每日活動之類的……總之就是很忙啦！而且我積的動畫也還沒消化完，YouTube也是……你懂的吧？」

「那還真是辛苦。」我對那些遊戲沒興趣，不過後半我倒也並非不能理解。

「這就算了，你一直在說小琉，那織的真的不用買嗎？」

「她的我有在想不要緊，不需要擔心。」

「是嗎？明明前女友的禮物還要跑來問我。」

「妳的說法可真是帶刺。」

「我沒有那個意思啦，只是有點微詞。不過既然小琉的禮物候補已經有著落——」

「要去吃點東西嗎？」

「在那之前，我可以再看一下衣服嗎？畢竟要是吃太飽就動彈不得了。」

（神宮寺那織）

※　※　※

待我吹乾頭髮回到房間，社長正拿著我的內褲在自己身上比。就是那一件。

「妳妳妳……妳在做什麼！」

「抱……抱歉！不……不過，我可沒有亂翻喔！只是娃娃旁邊有一坨東西，我好奇是什麼才會拿起來──發現是超衝擊丁字褲……就不禁……」

糟了！我想說要是把它和其他內衣褲收在一起，要把洗好的內褲放回來的媽媽就會看到，於是煩惱起該怎麼收拾比較好，就放在那裡沒動了！我完全忘了這回事。

我從維持著比內褲動作的社長手上奪回丁字褲，並收到了書桌的抽屜裡。

這種突發事件，通常不是都是和喜歡的男生發生的嗎？這是令人既開心又難為情的突發事件才對吧？為什麼套用到我身上，對象會變成女性朋友？而且還是社長！

「白費突發事件了！」

「突發事件……？」

「算了，是我自言自語，妳別在意。我現在要化妝，妳等我一下。」

「好的好的。」

接著我邊化妝邊隨意地和社長聊天，聽到社長「要不要久違地去一趟新都心晃晃？」的提議，我馬上緊咬住這個點子不放。要是待在外頭，剛用浴盆淨化過的身體會冒出汗水。

好熱喔！要融化了！不是已經進入梅雨季了嗎？季節感太奇怪了吧！

沒多久我就對於出門這件事感到後悔，甚至懊悔自己同意了社長的邀約。不過雖然抱怨這麼多，我並不討厭社長這種作風。如果對象不是社長，我就不會讓對方進我家了。不對，如果對象不是社長我甚至不會接電話。

雖然現在的我們是能夠互相笑鬧的夥伴，但我們並不是打從一開始就意氣投合。能讓我以真心話對待的人，除了家人以外頂多只有純而已。

雖然小時候我也很常和周遭人一起玩，不過隨著年齡增長，我開始覺得各種事情實在太過幼稚，也變得話不投機，這是最讓我感到痛苦的。與其玩這些遊戲，我還比較想讀書。我不斷出現這種想法。最後甚至還被說「畢竟神宮寺同學腦袋這麼聰明……」、「真好，那織長得這麼可愛」之類的話。什麼跟什麼？想要好成績，讀書不就得了？想要變可愛，努力不就好了？關我什麼事？跟我講這些又能怎麼樣？

我很想這麼跟他們說，或許我也真的說了一點吧，畢竟也發生過古古那件事，所以我大概真的說了。我記得不是很清楚，那時候因為很多事情都讓我感到厭煩。

——那織和我們不一樣。

才沒有不一樣，只是你們逕自這麼想而已。你們就是像這樣被簡單的話語欺騙，並因擁有「我們不一樣」這層認知感到滿足，接著造出牆壁疏遠了我。

我原本是這麼想的，但一想到和大家聊天卻只有我感覺不到樂趣，便讓我痛徹體會到自己是個異類。所以我打造出比大家更加高大的牆壁。

我如此打造出的高牆，不會因為朦朧的寂寞這種程度的理由被打破。

升上了國中——畢竟好不容易都應考了，大家的程度應該多少有好一點。我抱著這般淡淡的期待，然而大家看起來雖然都很聰明，卻又讓我覺得好像不太對。

但我並不是笨蛋，我完全沒有想過要在完全中學放棄與他人交際這種事情。我會配合大家的話題，要我裝出笑容也行。既然琉實都做得到，我不可能做不到。

啊，運動是例外，這方面——對，我們身體構造不一樣，所以也沒辦法。

於是我便這樣展開了國中生活，雖然最一開始精神受到了相當程度的耗損，不過就在每天的重複之下感覺漸漸鈍化。這已經成了習慣。只不過我偶爾會嘆出大大的嘆息。

其實我想這麼說，其實我想這麼回應——但是因為他們無法理解，只好選擇別的言詞。沒辦法任意發表的難耐、無法恣意發言的焦急，漸漸地朝著純聚集而去。

所以我才會和他一起上學，放學後也會等到純的社團結束。他曾是讓我把在學校經歷的心煩意悶一吐為快的、重要的——珍貴的朋友。

就在這種國中一年級生活的某天，因為換座位我和有著像《砂之器》姓氏的女生分到了同組。雖然我們的座位本來就很近，不過之前是不同組別。在這之前，我記得我們僅止於稍微聊過天的程度，不過老實說我記得不是很清楚。她僅僅只是我的其中一位同班同學罷了。

表面上我算是和大家相處得不錯。我記得好像是理科的課吧，同組的男生在模仿搞笑藝人博取笑聲。我對搞笑藝人沒有興趣，當時為了配合話題而有在看電視，所以我看懂了他的哏。老實說，那個男生的模仿一點也不好笑，不過我假笑著，內心一邊瞧不起他，還想著他能不能消失在我眼前。

課堂結束後，在回教室的途中，有著像《砂之器》一樣姓氏的女生這麼對我說了。

——妳的臉剛剛在抽搐喔，妳得多練習一下才行。

這個人是怎樣？不可原諒。我心想自己一定要打倒她。

自那天起我和跟《砂之器》一樣姓氏的女生說話時，都會全神貫注在我表情肌的使用方式上，並讓每句話的角落都塞滿了棘刺。當我們意見不合，我會假裝同意她，然後一點一滴改變論調，有邏輯地說服她。察覺到我做法的她，漸漸地會用理論武裝，且開始會用冷門知識來進行對抗。

我們彼此都不服輸到不尋常的地步。

其結果就是誕生了一位除了純以外，能夠和我較勁的對象。

最後只要吵架，互相吐露真心話就結束了。

到了現在，我有時候還會和社長聊那時候的事情。

根據社長所說：「當時我是真心討厭老師呢，遇到任何事情都會隨意閃避，結果到最後卻把功勞全部拿走，那種感覺真的很討人厭。而且妳又有點做作，所以男生都會拍妳馬屁，就連班導大林老師對妳的態度都明顯不一樣。竟然連成熟男性都那樣對妳，真的讓我很不甘心。」

到了現在，就算社長這麼對我說，我也只會回她一句話：「對不起，我這麼可愛！」

雖然我當時心裡也這麼想，只是沒說出口罷了。

看著一邊歡笑，在購物中心裡歡騰的社長，便會讓我打從心底慶幸自己就讀現在這間學校。女高中生是被場面話和自尊包裝的生物，在我扮演一個女高中生時，便會體認到社長的珍貴。雖然我也有其他要好的朋友，不過基本上只會在學校和她們來往。不需要戴上營業用的面具，並在學校外面可以毫無顧忌說真心話的對象，就只有社長而已。

「喂，老師，妳在發什麼呆呀？來，妳看這個。」

「什麼？」

社長找到了一隻不精緻的海牛玩偶。

「不覺得和妳很像嗎？」

「什麼？我才沒有這麼醜，我應該更可愛吧！像這個之類的。」

舉起雙手威嚇的小食蟻獸。我拿起來之後才閃過「這個好像社長」的想法。

「咦？老師才沒有那麼嬌小呢，應該是更加厚顏無恥——」

「仔細一看，這個很像社長呢。」

「妳那是在說我可愛嗎？」社長的小臉一亮。

「拚了命讓身體看起來比較龐大，虛張聲勢的模樣和社長很像。」

「……唉，真想把老師的肚子剖開塞隻鳥進去，好想拿老師來做醃海雀喔。」社長特意地嘆口氣，遠目脫口說出獵奇的話。

醃……醃海雀？是那個將鳥塞進海豹肚子裡發酵的民族料理？她果然是瘋狂精神變態女孩！這不是會拿來對朋友說的台詞！

「……妳應該會負起責任全部吃完吧？」

「這就饒了我吧，我光是能做醃海雀就心滿意足了。」

「給我吃啊！一直到吸食完在我肚中發酵的海雀內臟為止，才是套完整的流程！」

「嘔噁！光是想像就讓我反胃。」

我要撤回各種前言。朋友？是我搞錯了吧？害我開始沒自信了。

「是妳自己說出醃海雀的！」

「抱歉抱歉，我只是突然想到如果有醃海雀的玩偶，感覺會很可愛吧？因為可以從肚子裡拿出小鳥玩偶。」

「……那是什麼獵奇的玩偶？不過我不討厭，我喜歡這種想法。」

「我就知道。」

我將手上的小食蟻獸放回去——真令人不捨，實在太像生氣的社長了。對了！這就列入社長的生日禮物候補吧。嗯，還不錯。我確認了一下價位。靠我現在身上的現金會破產，不過並不是非常昂貴，拿來當禮物算是最適合的價位。

小食蟻獸，你要好好倖存到冬天喔。

「嗳，接下來要去哪裡？要轉轉蛋嗎？還是要玩娃娃機？」

她今天真是興致高漲，這歡騰程度可不是蓋的。

「先去轉蛋再去Village Vanguard？」經典逛街方案。

「好主意！既然這麼定了——嗳，那是……」

我停下腳步，視線看向社長手戰戰兢兢指的方向——啊！

咦？

為何？

為什麼？

這不可能！

那是穿著傻里傻氣露肩上衣的布丁腦和——純。

「……那是白崎同學和慈衣菜對吧……呃，老師！您的臉變得像般若一樣了！」

「……殺人是刑法第幾條來著？初犯六年？」

「一九九條……呃，不可以！不可以殺人！妳冷靜點！」

社長牽起我的手想緊緊握住，我卻死死握緊了拳頭始終沒有鬆開。

我就說吧！那個女人，看我血祭妳！

※　※　※

（神宮寺琉實）

我在體育館的角落一邊擦汗，拿起水壺。沁涼的運動飲料漸漸侵蝕我的身體。

從包包裡拿出手機看了一下，發現那織傳了ＬＩＮＥ給我。

「緊急狀況。」

「笨女和純在約會。」

「好像有某個人說不會有問題是吧？」

純和慈衣菜在約會？怎麼可能？唯有那兩個人不可能會做這種事吧？應該只是為了透透氣才會出門……之類的？

「琉實，妳怎麼了？表情很嚴峻耶。」

麗良坐到了我隔壁。她屈膝坐著，手臂朝外大大地呼出一口氣。

「不，我沒事。話說回來，今天的練習真累人，我也覺得好累。」

「完全不是沒事，但是也不好讓我擔心，所以只好先說聲『我沒事』嗎？」

麗良的視線一邊跟著三年級生的動作，嘴上這麼說著。現在可不是能露骨聊天的氣氛。

「喂，妳別這樣啦，真的沒有到那麼嚴重。」我對大口灌著飲料的麗良說道。這件事情沒有嚴重到需要特地找她商量。目前來看。

「沒有到那麼嚴重，但是發生了點事情啊？」

麗良終於看向我的臉，她露出了帶點溫柔的眼神，胡亂揉了揉我的頭。「若妳想說，不用客氣地跟我說吧。琉實也是、可南子也是，憋太久可是壞習慣喔。」接著她站了起來。

「好了，我們也要再努力一下。走吧！」

麗良一邊大喊，回到了球場上。

真是敵不過她。

這種不著痕跡的溫柔，真的會讓人著迷。

我不能繼續這樣下去。好！

我鼓勵了一下扶著膝蓋大口喘氣的可南子。

「喝水了嗎？」

「還沒。」

「快去吧。」

好了，還差一點，得鼓起幹勁才行。那織的事情之後再說。

結束練習後，我到更衣室一邊換衣服，拿出了手機。顯示有通知的紅色圓形圖案出現在大頭貼的上方。有七則。我點了開來，有五則是那織，兩則來自小龜。

我點開那織的聊天框——

慈衣菜和純在類似飲食區吃飯的照片。

慈衣菜想吃純的冰淇淋，傾身向前的照片。

慈衣菜想分純吃冰淇淋，伸手要餵他的照片。

「哪裡沒有問題了？」

「看起來像親密的約會。」

她完全處於震怒當中。那傢伙應該不會衝去破口大罵吧？啊啊，害我開始擔心了。

確認了一下她傳訊息的時間，距離最後一則訊息已經過了兩個小時。

不過話說回來，這些照片……就算是我也頗有微詞，因此我也不是不能體會那織親眼看到的心情。不過正因為對象是慈衣菜，所以才存在著她是不抱任何意圖而做出這些舉動的可能性，她在這方面的基準和他人稍微有點不同……冷靜點。沒錯，要冷靜。

戳！

一根食指陷入了我的臉頰。

「妳的表情又僵硬了喔。是剛剛的後續？」

「呃……嗯，差不多就是那樣。」

「和白崎有關？」

「雖然和他多少有關……不過我對舍妹感到傻眼。」

在有些距離的地方換衣服的可南子此時叫道：「琉實——等等要做什麼嗎？」

聽到可南子的聲音，大家都轉向我的方向。

「抱歉，我今天先回去了！」

現在不是和大家吃晚餐的時候，得在那織幹蠢事之前去找她。

我也想和純聊聊。至於慈衣菜——大概沒有問題。我瞥了一眼可南子。

「噯，可南子。」

「嗯？」

「我下次再跟，今天就抱歉了。大家也是，抱歉！」

我再次跟大家打過招呼後，轉過來面向麗良。

「麗良妳……會嫉妒嗎？」

「怎……怎麼突然這麼問？」麗良難得看起來有些慌。

「比如說看到男友和其他女生聊天之類的。」

「那種程度的話應該不會吧，不過當然，要是他們看起來很要好地黏在一起，會有點嫉妒……不過大概也因為我們不同校，本來就不怎麼會看到那種場面吧。」

原來如此。

「那要是他和女生一起出門呢？」

「……要看理由吧。雖然不是百分百不喜歡……可能還是不太喜歡。要是做出讓女友感到不安的事，不管理由如何都出局吧。」

「也是。那假設雙方對彼此都沒有好感呢？就是他們彼此都不是那種關係——」

「這樣的話就更要看理由了……應該至少會希望對方事先告知。」

說的也是。要是不這樣做也太不公平了。

「謝謝妳寶貴的意見，幫大忙了。」

「這樣就好了嗎？」

「嗯，很夠了。」

好了，去找那織——她已經回家了吧？還是跟小龜在一起？該不會她們殺到慈衣菜和純那邊……這麼說起來，小龜也有聯絡我。我再次確認手機。

「我和那織要過去妳那裡。」

「我阻止過她了，可是她不聽。」

嗯？那織過來了？來學校？

得快點才行。我趕緊換好衣服，轉告麗良「鑰匙之類的就麻煩妳了」後，對大家說了句「那我有事先走了！」便飛奔出更衣室。看到學姊的身影，我稍微減緩速度打了聲招呼。總之先去正門？是正門對吧？啊啊，好遠喔！

我邊跑邊拿出手機，撥了電話給那織。終於看到正門了。

她不接。既然這樣就打給小龜——我看到那織雙手扠腰地站在正門。

那傢伙，給我接電話呀！

我掛掉電話，收起手機，並向保全打了聲招呼後出了正門。

「妳啊，電話要接！」

「既然這樣就別已讀不回。」

「那是……我當時在練習，這也沒辦法啊！」

「唔……那個，擁有神宮寺姓氏的二位，在這裡站著大聲嚷嚷恐怕會引來側目。這樣如何？要不要考慮換個地方？」

小龜從那織身旁探出頭來。

「說……說的也是。去哪裡好呢？」

「琉實要在家裡吃飯嗎？還是要在外面？」

「……我還沒想好。」

我忘記聯絡媽媽了！她說過如果要在外面吃飯要提早聯絡她。啊——唔……「小龜呢？」

「唔——嗯，我們還沒聊到這方面的事……老師，要怎麼辦？」

小龜一邊窺伺著那織的臉色，戰戰兢兢地詢問。

「在外面就行了，反正我有拿晚餐錢出門。」

那織雙手環胸，粗魯地說道。喂，妳這個態度也太差了吧？

處於這個狀態的那織非常地麻煩，照這樣來看似乎沒有辦法平靜地談話，給她吃點東西，她的心情或許會有好轉。不過至少讓我講句話。

「妳又來了，老是像這樣撒嬌要錢，妳也多少學會管理——」

「琉實！我懂妳的心情，不過先忍住吧。」

「抱……抱歉，那我也聯絡一下媽媽。」

我傳送「晚餐要和那織一起在外面吃」的訊息，媽媽便回覆「下次早點聯絡我啦，不過還好我還沒準備所以算了」。她沒有準備？那如果我說要回家吃，她打算怎麼辦？雖然這麼想，不過我就不過問了。我們家基本上就是這種感覺。

「要去哪裡？小龜有想吃的東西嗎？」

「什麼都可以～」

「去哪裡好呢？我肚子挺餓的——」

「喂！妳也問我一下啊！別這麼順地忽視了我！」

明明一直到剛剛還不悅地嘴角下掉，一提到食物的話題就變成這樣。

「反正妳只要吃到肉就滿足了吧？」

「老師只要張嘴就只會說肉呢。」

「妳們兩個別聯合起來把我講得好像什麼肉食獸一樣，我可不是總在吃肉，我偶爾也會吃吃草的！」

「草。」小龜重複了一遍這個字，做出不知道是不是在挑釁的反應。

我想大概是後者吧，畢竟小龜的挑釁技能可是點滿了。就我所知，可以把那織徹底逼到無路可退的就只有小龜了。比起純和爸爸，那織專攻戰明顯是小龜比較強。

再來就是媽媽，我們家的最強之人。那織的歪理對媽媽可不通用。

「我也肚子餓了，今天真的好累，家庭餐廳的話也有肉吧？」

「我吃什麼都可以。好久沒和琉實一起吃飯了。」小龜點頭。

「對啊，上次不知道多久之前。」

「……昨天也吃家庭餐廳……今天也吃家庭餐廳……我想去別的地方吃……至少選不同的家庭餐廳……家庭餐廳開始慢慢完形崩壞了……」走在後頭的那織開始不斷碎唸。啊啊，好囉唆喔。「妳有怨言就提出別的方案。」

「我有怨言，但沒有方案。」

這傢伙……正當我受不了時，小龜突然來了一記手刀。

「老師，這種回應留到國會答辯就夠了。來，快想吧，我來負責問問老師的肚子。」

小龜把耳朵抵在那織的肚子上，一邊說出：「老師的胃袋渴望什麼？嗯──妳說什麼？我聽不清楚耶，喂喂喂？妳聽得到嗎？」

「喂，妳別把耳朵湊到人家肚子上，很丟臉耶。」

「這點程度就讓妳覺得丟臉！好意外喔！」

什麼跟什麼？我也想加入。「怎麼樣？聽得到嗎？」

「妳們這兩個笨蛋！別兩個人都把耳朵壓到我的肚子上！」

那織按著我們的頭往後退。

「小龜，妳有聽到什麼嗎？」

「沒有耶，果然是脂肪的鐵壁太──呼哇！」

一記手刀飛來，接著小龜按著腦袋。

「喂！妳別打小龜啦！」

「誰教那個黃毛丫頭……抓著人家的肚子不放，還說出萬分失禮的話！」

「小龜，我們家那織真對不起。」我抱過小龜的頭，搓了搓。

「琉實，老師沒有錯，錯的是我，全都是一找到她的地雷，就會忍不住想要踩下去的我不好……老師對不起喔，如果是和妳一起吃飯的話，無論去哪裡我都會滿足，所以我願意陪妳去妳想去的店。」

「既然社長都這麼說了……好，那就選中間，今天要不要去吃義大利料理？」

那織露出了自信無比的——得意的表情說道。

「「中間？」」

我不禁和小龜異口同聲。

是取哪裡和哪裡的中間，才會得出義大利料理這個結論？

「別計較小細節了！這不重要，要在意的是那個布丁腦的事情！」

小龜點了海鮮蒜香橄欖油辣義大利麵，我點了鮭魚及鮭魚卵和風義大利麵，那織則是培根蛋麵。然後我們又點了沙拉和披薩，大家分著吃。我想義大利料理大概是選對了吧。

差不多在吃完的時候，一直沉默至今的那織開口：

「我差不多要進入正題了，可以嗎？」

「嗯。」

我端正了姿勢，用香草茶清洗了一下口腔。

「我就直接問了，看到那些照片後妳怎麼想？」

「要我毫不保留坦白的話，我覺得有點心悶，所以我也能理解那織的心情，不過我認為他們兩人沒有那個意思……我認為至少慈衣菜沒有那個意圖。」

我知道一件事。那孩子——慈衣菜不是這樣的。不過就算是自家妹妹，隨意談論別人的隱私也讓我感到牴觸。不過我不說謊，因此我說出的情報並非全貌。

作為朋友，我必須要先經過慈衣菜同意才能說出實情。

「妳為什麼可以這麼斷言？如果說明得太雜亂，我可無法接受。」

「因為……慈衣菜她……大概有喜歡的人，而且對方並不是純。」

那織看起來沒有驚訝的樣子，只是接連不斷說：「那是什麼時候的事？還有繼續喜歡對方嗎？」

「我和慈衣菜不是最近才聊這件事的，所以我也不能很確定說有沒有繼續喜歡……不過我認為……不存在那織擔心的事情。」

第三章　我偶爾也會吃吃草的！

那織托著腮幫子，眉心皺了起來並閉上眼。

「就是啊，老師，冷靜下來觀察一下情況不也很好嗎？」一直沉默到現在的小龜一邊摸著那織的手說著。

仔細一看，她在捏那織的手臂。小龜果然是很奇特的人呢，而且對此那織也沒說什麼，這大概是那兩個人的日常吧。

「今天看到白崎同學和慈衣菜的老師，讓我以為母夜叉降臨了呢！看起來好像隨時要撲上去咬人似的，害我安撫她可辛苦了。」

「那真是辛苦妳了，應該說謝謝妳。」

「怎麼？現在是要把我塑造成壞人？」那織瞪向我。

「我又沒說到那種程度，我也能理解妳說的話啊。」

「應該說，要是妳打從一開始就這麼對我說，我想我的對應應該多少會有些不同，關於這一點妳要怎麼辯解？」

「……抱歉，確實是我說的話不夠完整，不過我盡可能不想把朋友那方面的事情拿出來跟別人說。抱歉。」

因為我不希望別人這麼對我。

「結果妳還不是說了？」那織的話中混雜嗤笑。

「誰教妳不接受。」

「我現在也沒接受就是了。」

「老師別那麼生氣嘛，我理解妳想氣噗噗的心情，不過琉實說的話沒有錯，我想被夾在中間的琉實也煩惱過很多事。對吧？」

小龜轉向我，尋求我的附議。

「確實……是這樣。畢竟我也沒想過純會答應下來。」

「意思是純不好嘍？」

「老師，這件事情不是誰不好。既然知道慈衣菜沒有那個意思，今天到此為止不是很好嗎？好嗎？我們重振士氣，來吃點甜點吧！」

那織的感覺不像是不情不願地接受，她的臉上表現出全然的不悅，沉默不語。

「那織，對不起喔。」就算我這麼說，她仍絲毫不給我反應。不過那表情不像是我道歉的次數還不夠——我想她大概是感情上還感到難為情而已，只要有個契機讓她放開就沒問題了。雖然她是個麻煩的妹妹，不過比起當一個完美超人要好多了。她的成績優異，要是連性格都乖巧的話，我可不知道自己該怎麼辦。

「好了——要選哪個冰好呢？」

小龜大概是特意用開朗的聲音這麼說，並打開了菜單。

第三章　我偶爾也會吃吃草的！

「我也要吃。小龜要選哪個？」

「我……選這個布丁和義式冰淇淋好了。」

「看起來好好吃喔！啊，這個提拉米蘇和起司蛋糕也好難割捨……真令人煩惱。來，那織要選什麼？妳也要吃吧？妳要選哪個？提拉米蘇和義式巧克力蛋糕的組合也不錯呢。」

就由我來交棒吧。

「我應該會點妳說的那個吧。提拉米蘇和起司蛋糕……起司重複到了。」

雖然她沒有看向我，不過加入了話題。果然，已經不要緊了。

「那麼──」

「……可是起司蛋糕也令人難以割捨。」

老是馬上就這樣。不過也包含這種地方在內，這才是我的妹妹。

「老師，也有全套餐喔。妳看，這個如何？」

「既然這樣就選那個……可是這個沒有布丁和義式冰淇淋……」

「那就大家分著吃吧？」這種時候，這麼做是最好的。

「就這麼辦。老師，這樣可以吧？」

「真拿妳們沒辦法耶，既然妳們都這麼說了。」

為什麼是妳表現出那種莫可奈何的感覺啊──雖然我想這麼說，不過今天就算了。

「琉實。」

「嗯？」

「關於剛剛說的事──那麼我也去參加讀書會，是可以的吧？」

「只要不打擾她念書，應該可以吧？」

「怎麼可能打擾。我只是覺得既然會在意，不如跟去看看比較好。」

「老師會說出這種話，真是少見耶。」

「前陣子我也問過純，然後純就說沒關係……」

「看吧，只是妳自己太在意而已。」雖然只有一點點，不過我同時也在講給自己聽。

原來純曾這麼說過──聽到這句話，剛剛內心產生的煩悶也漸漸稀薄。

「好，決定了！明天純要去的話，我也要跟去！」

妳打起精神來是很好──但別鬧出騷動喔。

我還是很擔心，先跟純說一聲吧。

（神宮寺那織）

「這真是棟沒有看過舊約聖經、罪孽深重的人類會喜歡的建築物（金字形神塔）呢。」

在這彷彿隨時都會下起雨的陰天，我站在那個女生的公寓前。還有純也是。

這裡就是地獄的入口。我們已度過阿克隆河，維吉爾啊，請快帶路吧。

昨天我有看到純和那個女生進去公寓的畫面。當然，我沒有蠢到會把這件事情說出來，所以我以從容的態度，說出了像是第一次看到這間公寓的感想——我默默隱瞞自己早已知道這個地點的事實。雖然這句感想和昨天對社長講的完全一樣就是了。我也真是位了不起的演員。

因為純今天也要盯她讀書，於是我決定要試著去接觸觀察對象。雖然不知道琉實說的話究竟是真是假，不過這下我也能以我的標準來觀察她的反應。情報越多越好，不必要的是雜音和刻板印象。不過我之前的判斷均是來自直覺，麻煩各位不要誤會。

「若是以建築物的角度來看，雖然我喜歡高聳的建築，不過我能理解妳的心情，追求高度會讓人覺得是人類的罪孽。不過我沒想到妳真的會來，雨宮也感到很困惑呢。是有什麼心境上的變化嗎？」

「就是因為心境沒有變化才會來，你之前也問過了吧？」

「這麼說起來確實問過。還有，雖然這只是我的推測，不過雨宮可能不是妳想的那種類型的人。或許妳們意外聊得來喔。」

怎麼可能聊得來？你有什麼根據？不要亂說話。

「來，快點帶路，我得見證她有沒有好好在讀書。」

地獄的內部是個保全系統完善到令人無語的公寓，被攪亂言語的示拿百姓，若不做這點對策大概無法安心吧。我們突破了重重防護，終於抵達那女生居住的樓層時，我都以為日期要變了。真不想住在這麼麻煩的地方。

昨天我聽社長說布丁腦的父親是Nedetto設計師。這是個最近開始會常聽到的昂貴名牌，我曾在網路文章和YouTube的影片中看過。雖說還沒有廣為人知，不過支持者不少。這是我對這個品牌的印象。品味很好，不過是我買不起的價格，所以我沒有積極主動調查。

然後我也聽說她父母離婚之類的事了。這宛如《納瓦隆大炮》般的公寓，或許就是父親方才給得出的高額贍養費吧。老實說這種事根本無所謂，我沒有興趣。

純進行了些溝通後，房間的門便開了。我從後面觀察。

門的另一頭出現一位有著柔軟金髮的女生，衣服也輕飄飄的。是想誘惑人？不過下面穿的是褲子，所以不是嗎？和之前的服裝不同，裸露度不高。看起來不怎麼有潮妹感，打扮得有點像乖孩子。

「兩位！終於來了啊。」

「打擾了——」純感覺很熟練地走了進去。

我從後方窺伺著純脫鞋子的模樣。寬敞的玄關、大理石階梯，另外裝設的高聳鞋櫃，高度看起來還能掛衣服。這個玄關充滿了大家口耳相傳的藝人家庭感，意外地有些枯燥。和我們家亂糟糟的玄關大大不同。

「唔……叫妳那織可以嗎？大家都是怎麼叫妳的？告訴我、告訴我！」

「……差不多都叫那織或小織。」

雖然還有約一位惡徒，會用讓人摸不著頭緒的稱呼來叫我，不過不需要論及。

「嗯嗯嗯，話說妳今天的衣服超級可愛！裙子也好棒，輪廓好美，而且連帽衣也好可愛。那件連帽衣是哪家的？我不太適合那種打扮，所以很羨慕妳。好好喔，好好喔！」

布丁腦盯著我的衣服觀察著，雖然總比她沒興趣好，不過有種被估價的感覺，總之先說一聲：「……謝……謝謝。」營業模式，等級一。

「哎呀，沒想到喵織竟然會來，真讓人興致高漲。」

「喵……喵織？」

等等，喵織是什麼？會不會太自來熟了一點？喵織。我在嘴裡小小地重複一聲。真假……我沒被這樣叫過，發音聽起來可愛卻讓我感到複雜。

「啊，不可以這樣叫？」

「也不是不行……打擾了。」

喵織這個稱呼務必先審議！先暫時保留。我可沒有中意喔。絕對沒有。雖然這個稱呼可比某個傻蛋叫我暖被老師要好數百倍。

「房間在這裡。」和潮妹八七分像的女人邊說邊回頭，又加上一句話後走進了室內：「對了，妳就隨意地叫我小衣吧。」

我拉了拉先進屋純的襯衫。

「嗳，她基本上都是那樣嗎？真虧你都不會累耶。」

「我習慣了。不過她今天的比平時還興奮，很難得的不是穿運動服。」

「嗯？她平時都穿運動服？」

「對啊，而且還是學校的。」

我懂她的心情。若放在手邊，我也會很正常地拿學校的短褲來穿。畢竟穿起來很自在。而且我家有兩個同年齡的人，其中一個人還是運動社團，庫存比一般的家庭還要多出兩倍以上。也就是說，運動服會出現在手邊的機率很高，因此穿著率也高，屬於超愛用品。

不過男生來的時候打扮成那樣——就算是我也不會做……不會做嗎？

抱歉，我會穿，我在純面前也很正常地會穿學校的運動服……不過前提條件不同吧？我的話，可沒有那種第一次叫同學來家裡那種高興又害羞的感覺喔？畢竟他偶爾會來家裡吃晚餐，和我們家父母感情也很好。

別說我太大意！我才沒有放棄自我……沒有喔？就算被他撞見穿運動服的模樣，我也不覺得怎麼樣。等等，應該說穿運動服的模樣早就在體育課時被看過了，應該沒關係吧？咦？這樣的話就算穿運動服不也沒差？

不行，看來會導向不太好的結論。深究太危險了。

「穿學校的運動服太糟了，都掂得出幾斤兩了。」

「妳才沒資格說。真要說的話，妳的女子力也是地底等級的吧。」

「什麼？這我可不能裝沒聽見，你竟敢說本小姐的女子力很低——？」

我的女子力才不低！就不論運動服的事了，這件事要分開談，和女子力沒有關聯，至少在自家讓我自由吧！這不重要，我今天穿的是七分袖的防水連帽衣，這可是質感相當不錯的衣服，有種水手服的風格很可愛，剛剛布丁腦不是也說很可愛嗎？胸口的蝴蝶結也很棒吧？裡面的上衣也是小有價格的衣服，這件圓形喇叭裙也很可愛吧？就連美甲都有點上亮粉，甚至還有貼亮片呢！畢竟要去女生的家，更不用說對方還是布丁腦。甚至也因為不想被小看這層理由，我還花了時間化妝……但這些話說不出口。

我不想說出來。

要向男生解說自己穿的衣服是什麼地獄？這是屬於女生之間——先無視在玄關的互動，包含客套話在內女生彼此稱讚「那件不錯耶」的互動，男生才沒資格說什麼評語。

看我捏你，你這個大笨蛋！也給我稍微注意一下我的打扮！

我捏了一下純的側腹。

「——痛！幹嘛啦，喵織？」

「沒什麼。還有，下次你再那樣叫我，我就把你上次看色色影片的事拿去學校說。」

「就說那個不是——」

「噯，你們要待在玄關多久？快點進來吧。」

布丁腦說著，一邊從門探頭看過來時——一團毛球跑了過來。

是是是是是……是貓！！

牠快速狂奔而來，突然緊急煞車在地上滑了一下，隨後猛然用爪子抓了抓地面後回到了屋內。真是華麗的迴轉。

等等！

「牠看到不認識的人，嚇了一跳呢。」

不需要你這種解說！

我追著貓進入這大到像在挖苦人的寬敞屋內，彷彿捧起棒球般接住貓的布丁腦露出微笑，「喵織，妳喜歡貓啊？」

「嗯，是啊……」快點，快讓我觸碰那毛茸茸聚集體。

「來～」她遞出後腳在空中亂晃的貓。

我戰戰兢兢地接下……呼喔！毛茸茸就在我的懷裡！意外地很有重量感。我探頭看了看牠，濕潤的鼻子發出呼咻呼咻的聲響。牠的眼睛好美！好想戳戳長觸鬚的地方，好想捏捏牠的肉球。只是捏捏肉球而已——軟軟的！

真讓人欲罷不能。

好想帶回家。

「果然是雙胞胎，小琉也被迷得神魂顛倒。」

「是啊。」晚一步現身的純說完，坐到了沙發上。

「嗳，你快看！超可愛的吧？這個生物太不妙了！」

我把鼻子湊到牠的耳朵之間，有點動物的臭味，不過會讓人上癮。牠的耳朵一顫一顫地動，不斷拍到我的臉頰。就連這個動作都讓人疼惜。我的母性好像又要覺醒了！

「我承認牠很可愛，不過一個不留神衣服會沾滿貓毛喔。」

純說著，一邊從放在腳邊的書包裡拿出筆記和參考書。

那個潑人冷水的男人是怎樣？他沒有人心嗎？

神啊，請祢以神之名，賜與寂寞的他那飢渴心靈慈愛之水吧。

先不管貓咪大大用前腳推著我的臉，想和我保持距離這一點。討厭，竟然想遠離我，真是不坦率，再和我加深情誼嘛。來吧、來吧！我可是女高中生大姊姊喔～

「愛因看起來很不情願，妳就放了牠吧。」

「牠才沒有不想！我們只是在打鬧！」

我把臉壓到牠的肚子上蹭——被稱為愛因的貓咪大大用後腳狠狠踢了我的胸口一下，便逃到了椅子下面。喂，會不會太失禮了？這是我有生以來第一次被踢胸部耶！真是的，是不是像到飼主欠缺禮節？

「喵織，妳等等可以用這個。」布丁腦遞給我一支黏毛滾輪。

「貓毛甚至會黏到讓妳覺得不可思議的地方喔，讓人不禁心想『嗚哇！竟然連這種地方都沾到了』，真的要小心一點。像我之前可是被可喵子用膠帶黏到全身黏滴滴的。對了對了，那時候學校書包也很慘。愛因當時好像自己跑進書包裡，弄得全部都是毛，處理起來超級累人。啊，還有這個，可以拿來跟愛因玩。」

很會聊耶！話說回來可喵子是誰？

有些被她震懾住，我一邊接下了棒子前端垂著老鼠玩具的逗貓棒。

雖然腦袋有點問題，不過她或許不是壞人。但是我千萬不能疏忽大意。

「……謝謝。」

「反正那織這麼沉迷於貓，我們就開始來讀書吧。」

「ＯＫ。」

呼，正如我計劃的一樣。我早就設想好只要我顧著和貓玩，他們會自己開始讀書。

這些膚淺的人類啊，儘管露出馬腳吧。

好了，貓咪大大——愛因弟弟在哪處呢？

我玩了，澈澈底底玩樂了一番。我怎麼會如此大意呢？竟然會不顧兩人動向，不小心玩得太開心了。

真是惡魔。貓咪是會偷走時間的惡魔，必須小心為上。不過我們變得相當要好，說是摯友也不為過。我個人覺得啦。我一邊摸著玩累縮成一團的愛因，回過頭去。

我看向坐在廚房附近餐桌上的兩人，沒聽到他們在笑鬧，應該是很專心在用功。不不不，我可沒有吵鬧喔，在嬉戲的可是愛因。希望你們能停止那低俗的臆測。

我和翻著參考書的純對上了視線。

「進度如何？」

必須適時地也陪陪人類才行，不然就沒有來這裡的意義了。

「很順利，雨宮今天也難得沒有抱怨。」

「什麼意思？你講得好像人家老是在抱怨一樣！你這傢伙！」

布丁腦用雙手夾著純的雙頰。喂！也太會裝熟了吧！

果然不能大意嘛！琉實是騙子！

「妳平常老是在抱怨吧？就會說什麼膩了、睏了、肚子餓了。」純說著，一臉厭煩地推開布丁腦的手。看起來沒有演戲成分，是打從心底感到「好煩，別弄我」的感覺。也就是說，是布丁腦單方面在招惹他──？

「我才沒說那種話。而且阿奇，你剛剛有偷看喵織的內褲吧？」

「啊？妳突然說什麼傻話！」純驀地發出很大的聲音。

「剛剛喵織和愛因玩的時候有露出來一點點。正當我想著『是喵織的內褲呢，真幸運』的時候，往阿奇的方向一看，發現他死盯著妳。」

內褲？「什麼意思？」

「我才沒有死盯著她！」

「咦～你剛剛明明一直在看。」布丁腦吐嘈純後看向我，打了圓場：「不過妳放心，並不是全都走光了。」

是沒關係啦。事到如今這是沒關係。

這樣啊、這樣啊！雖然一邊盯布丁腦讀書，純還是在意我到不行呢。原來他在意我更勝於布丁腦，一直在看著我……我可以這麼解釋吧？他並不是沒把我當一回事，並不是對我失去了興趣。我沒有輸給布丁腦，不如說還贏了她。我的杞憂漸漸煙消雲散。

真慶幸有來，來這一趟有了價值。畢竟我確認到了這一點。

我坐到純身旁。「哦……？那麼是什麼顏色？來，告訴我吧？」

「誰知道！」

「騙人，阿奇肯定有看到。你明明散發出對那種事情一丁點興趣也沒有的氣質，不過果然還是男孩子呢。還是因為對象是喵織？」

「妳們兩個很纏人耶，我只是剛剛好看到那織的方向而已！沒有那之上或之下的意圖。好了，快繼續讀書——」

「你果然看到了，你這個性騷擾教師！」

我順著布丁腦的笑罵，也跟著湊到純的耳邊，混著吐息呢喃了一句：「（性騷擾教師。）」

「啊啊！妳們兩個到底是怎樣！應該說是那織不好，明明穿裙子卻還一直跳來跳去。是女孩子至少要注意一下裙襬吧！」

「惱羞成怒了。」

「確實是惱羞成怒。」布丁腦——應該說是「慈菜」，我和她對上了視線。至少在心裡我就用一半的名字來稱呼妳吧。

「順帶一問，你們現在在讀什麼？」

不顧正「呼咻」冒著空氣的性騷擾教師，我將些許注意力放到慈菜身上。

「古文，超級莫名其妙。『賜與』到底是尊敬語還是謙讓語？」

慈菜一邊轉著自動鉛筆，邊回答我。

「兩邊都是。妳看，這裡不是有寫尊敬語是四段活用（註：日文舊假名書寫法中的動詞活用詞類之一。現在則被歸類在五段活用中），謙讓語則是下二段活用嗎？」

「可是四段這裡不是重疊了嗎？應該說我本來就不是很懂什麼尊敬語和謙讓語的。」

要從這個等級開始教？尊敬語和謙讓語不是國中也教過了嗎？

對了！

「等我一下喔。」我回到沙發區，從包包裡拿出某樣東西。

呵呵呵，我為了今天帶了個祕密武器過來。

出來吧！

「怎麼樣？」

裝備眼鏡！

這在教人讀書的時候會用到吧？這正是所謂的女教師，雖然我本來沒打算教她的。嗯，真的，只是考慮到或許有個萬一，才會以備不時之需。對，只是以防萬一。

「喵織，超適合妳的！妳平常都會戴眼鏡？」

「沒有沒有，這是電腦用眼鏡，防藍光的。看起來頭腦很聰明吧？」

這是我從爸爸那裡要來之後，一直沉睡的祕密武器。雖說是防藍光眼鏡，不過鏡片也只有一點點顏色而已，就像太陽眼鏡一樣吧？但是戴上這副眼鏡會消滅螢幕的亮度，我根本不需要，所以一直沒拿來用，這下它終於重見天日了。

若說是平光眼鏡就會有種道具感，不過只要說是電腦用眼鏡，就會散發出實用感呢。

「看起來頭腦超聰明！不過喵織本來成績就很好。」

嘿嘿，當然好啊，而且我今天又附帶眼鏡。「然後……是什麼來著？尊敬語和謙讓語？」

「對對對。」

「尊敬語和謙讓語的意思都是一樣的，差別在於用在行為主體還是客體身上。」

「行為主體？客體？」

唔……要從這裡開始說明啊。啊啊，真是的，要從哪裡開始說明才好——

就在我鬆懈的時候，純從旁切入，高談闊論起來：「『行為主體』就是指『在做動作的人』。比如在進行吃、喝這些動作的人，也就是『誰做了什麼』的那個『誰』。把它當作是主語就行了；而客體嘛……粗略來說，就是指『對象』。『我對某人做了什麼事情』的『某人』。假如妳是上司，要描述『雨宮把逗貓棒給了那織』的時候，就要對妳使用尊敬語；反過來，如果是『那織給了雨宮逗貓棒』的話，就要對妳使用謙讓語。尊敬語和謙讓語的使用對象都是同一個人，這一點不會改變。所以在文中若出現要使用尊敬語或謙讓語的對象，只要去注意『那個人』就好，分辨他是『行為主體』還是『客體』，再去選出要用尊敬語還是謙讓語就行了。只是為了補考的話，直接把模式背起來比較快。只要把我整理在這裡的尊敬語和謙讓語記起來，就能應付了。」

喂，你別從中攔截。還有，為什麼慈菜比我位階還高？也太奇怪了吧？我無法接受。不過算了，白崎同學，我就心懷感激地收下你的功勞吧。

「簡單來說就是這樣。懂了嗎？」

「不愧是喵織！我好像懂了！」

「喂！說明的人是我吧！為什麼功勞變成那織的？」

「稍微給我點功勞有什麼關係？反正你都看到內褲了。」

「不……我剛剛也解釋過了，只是剛好——」

白崎同學，都到這個時候了，你說這話有些勉強喔。

純撇開視線正要低下頭，我伸手觸碰他的下巴，讓他轉向我的方向。

「你看到了吧？」我送了他一個至高無上的笑容。

「……是的。」

這是怎樣？超爽的！讓別人臣服於自己的感覺令人欲罷不能，真讓我興奮。

下次我去抓個教授——說到教授，他完全沒有派上用場嘛！我完全忘記他了，他不是意氣風發地說要妨礙慈菜嗎？結果他什麼都沒做吧？

看來要管教了。

確定要進行管教（DATURA），將邀請他到牢房來。

「阿奇好嫩。」

「囉唆！要不是妳說出去——」

「白崎同學，你能教雨宮同學『賜與』的動詞活用嗎？」

我一邊歪了歪頭，輕推眼鏡。為各位帶來那織女教師版。

「那織……妳這傢伙，等等給我記住……」

「你有說什麼嗎？」

「……小的不敢。」

「那麼剩下的就交給你了，白崎同學。」

※　※　※

（神宮寺琉實）

結束了上午的練習，比大家都還要早吃完午餐的我，走到自動販賣機區買了冰可可，並躲到有陰影的長椅上吹著偶爾拂來的風。

我突然不安了起來。不知道那織和慈衣菜有沒有吵架？假裝隨意地問一下純——一拿出手機，路過的瑞真便向我搭話：

「妳裝什麼感傷？」

「我想做什麼是我的自由吧？話說回來，今天男籃幹勁滿滿呢。」

「還好啦，這一點女籃不也一樣？」

「也是，我們彼此星期五都得加油。」

星期五是綜合體育大會——加上今天，距離比賽還有五天。突破第一輪，只要能留到第三輪就能成為縣代表。也就能前進所謂的全國大賽。

雙方的社團理所當然地都鼓足了幹勁，而這一點其他社團也是，所以今天的體育館氣氛一觸即發。甚至也有社團會去使用國中部的體育館來練習。

「嗯。話說回來，白崎在教慈衣菜功課嗎？」

明明不是棒球社，瑞真卻做出投球的動作一邊說著。

嗯嗯？為什麼瑞真會知道——我產生這個疑問，不過可能是聽純說的吧。

雖然我不知道緣由，不過他們很要好。我不認為他們是合拍的類型，但是所謂的朋友也並非全看這一點。我有印象似乎是針對某件事情，瑞真主動纏上純的。

「喂喂喂，別來把我們家琉實！」

我聽見背後傳來可南子的聲音，接著她隔著椅背抱住了我。

「瑞真他真的好纏人，還好可南子來了。」

「我才沒有把她，要追的話，我會選更端莊又讓我有保護慾的女生。」

「是是是，反正我就是不端莊。」

不像那織那樣——我差點脫口而出，趕緊吞回去。拿她來接話已經是固定模式，不過我不會再做了。先不管瑞真是不是如此，有一部分的男生完全誤會了那織的為人。應該說，他們都被騙了。

——怕生又不擅言辭，讓人想守護的可愛御宅女孩。

我第一次聽到這個形容時，甚至懷疑我的耳朵。也太扯了吧！

若是只看外貌下這句評語，我也並非無法了解……但是不擅言辭又讓人想守護實在太牽強了。結果那些不是很了解那織的男生，便很常對我說「妳和妳妹妹不同——」之類的話。一開始我都會回應「才沒有那回事」，不過不知不覺間開始覺得麻煩，不禁自己會主動拿出那織來比較了。

我也覺得這麼做不好，所以再也不會這麼說了。

順帶一提，那織本人或許沒注意到，不過女生都看得挺透徹的，還有我們班有幾個男生也都有發現。畢竟那傢伙在純和森脇面前，都會用原本的態度說話，看過這一面的人很常對我說：「原來琉實的妹妹是那種感覺的人啊。」

嘴上說自己裝乖裝得很澈底，實際上卻不夠周全這一點，也實在很符合那織的性格。

——雖然我也沒資格說別人。畢竟我和純交往過的事情都被發現了。

「琉實或許是不夠端莊，不過別看她這樣，她可是超級少女心喔。」

「喂！可南子！」

「是喔？琉實很少女？不錯啊，妳繼續用這種人設或許會很受歡迎喔？」

「瑞真好吵！你快點走開啦！」多管閒事。

「就是啊就是啊！別打擾我們女生聊天。」

「什麼嘛，明明妳才是後來的。」

對可南子說了句抱怨後，瑞真走往自動販賣機的方向。

「噯，我剛剛不小心聽到了。白崎在教慈衣菜念書？」

可南子坐到我的隔壁，接著她搶走我的冰可可喝了一口。

「喂，妳別全部喝完喔。」

「只是試試味道！我才不會喝那麼多——所以是真的？」

「嗯，聊著聊著就變成這樣了。一開始本來是打算拜託那織，不過她大概不喜歡教別人，正當我在煩惱該怎麼辦的時候——」

「白崎就獲得指名了？」

「就是這樣。純一開始好像也打算拒絕。」

「嗯，畢竟白崎好像不喜歡做這種事，這是我自己的感覺。不過慈衣菜竟然會想要請妳妹妹教她，這一點讓我感到意外，畢竟她們完全是不同類型的人。」

「對吧？雖然她的成績確實很好，不過她們是不會合拍的類型吧？」

「但真要這麼說的話，白崎不也一樣嗎？而且琉實妳不會感到介意？」

「嗯——畢竟對象是慈衣菜，我不會擔心。」

「那傢伙確實是如此，畢竟她對男生沒興趣。不過也有可能發生白崎喜歡上她這種情況吧？」

大家都會提到這一點，不過那傢伙沒那麼容易暈船……只有我這麼想嗎？確實，慈衣菜不愧是模特兒，長相美麗、身材姣好，性格也開朗又會配合氣氛——嗯，也不是完全不擔心吧。

不過我隱約覺得不會發生那種事情，唯獨這一點我沒有辦法明確解釋，大概是因為我們交情很深，所以我才會這麼想。那織也是，比起純會喜歡上對方這種可能性，她比較擔心要是慈衣菜去誘惑純的話要怎麼辦。不過這一點才是真的不可能發生的事。

「不知道耶，應該不會那樣吧？」

「妳那是什麼『我很了解他』的氣場啊？看你們似乎很了解彼此，真是令人羨慕呢。」

「畢竟我們交情很深，多少比較了解一點。」

「明明都分手了。」

怎……怎麼說這種話！稍微顧慮我一下！

「妳好囉唆喔，少管我。我可也是有很多煩惱的。」

「怎麼樣都好啦。不過話說回來，我都知道喔，所以妳不用客氣。」

「嗯？」

「我是在指慈衣菜的事。妳有聽她說了吧？」

可南子指的大概是剛剛那句話。

——慈衣菜對男生沒興趣。

這是我從本人口中聽到的。去年我們同班時，我看到慈衣菜被許多各式各樣的男生追求，曾經問過她：「妳為什麼不和任何人交往？」

雖然我早就聽聞慈衣菜很受歡迎，不過老實說，實況簡直超越我的想像。其中也有不敢向她搭話的男生，對象不分學長學弟，許多各式各樣的男生會搭訕她，當然也有帥氣的男生，然而慈衣菜卻沒有和任何人交往。

畢竟她有兼職，因此剛開始我以為是職場不希望她交男友。不過根據慈衣菜的話來看，她認識的模特兒都有男朋友，看來似乎不是因為職場的理由。

難道她有喜歡的人嗎？源自於這樣的好奇心，我向慈衣菜提出了疑問。

慈衣菜則露出有點害羞的神情，一邊苦笑著說：「因為對象是小琉我才說喔，人家沒有辦法把男生當成那種對象。從以前就是這樣了，雖然確實也因為我已經有在意的對象。啊，這件事不可以告訴任何人喔。」

「原來如此，這樣也只能拒絕大家了。」我記得我好像是這麼回應的。

我並沒有特別驚訝，但也不會因此改變和慈衣菜的來往。戀愛對象因人而異，而且健康教育和家政課也都是這麼教的。

所以我當下頂多只有「噢，原來是這樣」的感想。當然，這件事我沒有告訴任何人，因為對慈衣菜來說，告訴我這件事情應該也需要勇氣。我也對於自己刺探過多私事，並讓慈衣菜說出實情這件事做了反省。

當時因為我和純開始交往，高興得忘乎其形，對他人的戀愛八卦也前所未有地有興趣。自那之後，我便不再過於深入戀愛話題。若是像麗良這種會主動來找我商量的人，我會詢問許多細節，不過若非如此的人則不會主動探詢。

「我之前就聽慈衣菜說過。」

「嗯，我也聽慈衣菜說過，所以妳跟我聊這些也不要緊。」

可南子是在體貼我，讓我比較方便談話。

「謝謝妳還特地如此體諒我，不過沒事的。我剛剛也說過，不需要擔心那種事。唯有純和慈衣菜是不可能會演變成那種關係的。」

「只要妳接受就好。話說回來，前陣子練習的時候我流鼻血的事情，妳應該沒有告訴慈衣菜吧？」

「嗯，我沒說。」

「因為那傢伙特別會對這種事情生氣，我也不想給麗良添麻煩，幫我瞞著吧。」

只要事情牽扯上可南子，慈衣菜就會變得很較真。

一直到現在，我都在猜慈衣菜會不會是喜歡可南子。畢竟她們兩人時常有親密接觸，也曾好幾次用認真的表情對可南子說：「我們一起住吧，反正我父母幾乎都不在家，可行的。」話雖如此，這些舉動套用在女生身上，也有可能單純只是兩人感情很好，所以我也不敢確定，只是隱約猜測會不會是這樣而已。

不過既然可南子知道慈衣菜的性向，那我覺得應該就不是了。如果是的話，要對可南子坦白應該非常需要勇氣才對。

可以確定的是，對慈衣菜來說，可南子是非常重要的朋友。唯有這一點不會有錯。

「根本備受寵愛嘛。」

「才不是。我先聲明，我們並不是那樣喔。就算是妳——」

「不是那個意思，我只是在說她很愛妳這個朋友。」

「與其說很愛，不如那傢伙只是把我當小動物之類的在疼愛而已。就因為她身高比較高，所以愛戲弄我。」

「妳這個說法也實在太扯了吧。」

「是真的。以前她還帶過旅行包，說什麼『我今天就要把可喵子裝進包裡帶回家』之類的話，她根本就在胡鬧。」

她確實感覺會這麼說，而且也做得出來。

「什麼啊？那是什麼時候發生的事？我第一次聽說。」

「唔……國二的時候吧？結果其實是因為放學後她要去遠方拍攝，才會直接把要帶去的旅行包帶過來而已。而且那傢伙——這樣啊，原來是這麼回事。」

可南子說著，似乎想到了些什麼。

「嗯？什麼？」

「沒事，我自言自語。這就算了，妳才是，為什麼會和白崎分手？也差不多可以告訴我詳細情況了吧？」

「說來話長，下次吧。」

「嗯——？妳老是像這樣逃避。算了，我去問麗良，反正妳肯定跟麗良商量了很多事吧？畢竟我又沒有男友，就算找我商量或許也不值得參考。」

「並不是因為這樣……」就是這麼一回事。抱歉了，可南子。

誰教可南子一張口就會說想要男友，而且我又不想讓身邊的人知道，要是告訴別人就會沒完沒了，所以——我只有告訴有男友的麗良。

「妳們在聊什麼？」

看來麗良似乎也來買飲料了。這個時機也太剛好了吧？

「喔！說麗良麗良到。噯，我有點事情想要問妳。」

「真不知道妳在說我什麼。什麼事？」

「琉實為什麼會和白崎分手？妳知道吧？」

拜託妳們別在本人面前聊起來。不過我想麗良大概不會說，所以就算了。

「喔——那個啊。怎麼說呢？就是琉實犯傻了，明明現在還喜歡白崎——」

「等等，麗良！妳為什麼這麼正常地講出來！」

「反正社團的人都已經知道了，沒關係吧？」

——雖然是這樣沒錯……不能至少去我不在的地方說嗎？

「有關係！不是那種問題！」

※　※　※

（白崎純）

今天實在非常地難以教學。每當有事沒事就裝教師的那織出現，話題就會岔開，簡直礙事到不行。雖然我很想對她說「既然妳都準備好眼鏡了，不如乾脆妳來教」，但也不能這麼做。

那織從以前就很不擅長教人，她沒有辦法配合他人的等級。

恐怕她連對方哪裡不懂都不知道。明明那織也曾經歷過不懂的時候，但她凡事總會自己解決，接著不斷向前邁進，於是身邊的人就會離她越來越遠。

我和琉實之所以不推薦那織的其中一個理由，就是這個原因。琉實是真的不喜歡讓那織教她課業，因此每當她有問題，總是我負責教她。仔細想想，那段教學大概就成了我的複習吧。

我基本上是屬於較愚鈍的人，只不過是在課業上花了比一般人更多時間，以致於學會了有效率的讀書方式。我和那織就根本來看，是不同類型。

一如往常，吃過雨宮手工午餐後的下午，時間流逝的速度變得緩慢。

對雨宮做的湯漢堡排感慨萬千的那織，大概是因為肚子被滿足後，又被歡騰過頭的疲勞感侵襲，便躺在沙發上發出均匀的呼吸聲。看到她臉上還掛著眼鏡，我輕輕幫她取下，放到了桌上。那副黑框眼鏡的抗藍光鏡片反射著光，微微染上了藍紫色。

原來她有電腦用的眼鏡，我都不知道。自從小時候那織吵著說要戴我的眼鏡之後，就沒再看過她戴眼鏡的模樣了。意外地適合她──

「你很溫柔呢，而且喵織的睡臉超可愛。」

不知道從什麼時候開始看著我們，從廁所回來的雨宮這麼說。

「要是她翻身，可能會壓壞鏡框。」我沒有提及睡臉地回應她。

「啊──話說回來你國中時期也有戴眼鏡嘛。」

「是啊。」我是去年冬天才換成隱形眼鏡，所以嚴格上來說，國中部最後的日子沒有戴眼鏡。

不過這不重要，原來雨宮從國中時期就知道我了。畢竟她之前也提過我和琉實交往過的事情，大概就是因為這件事吧。去年我明明很少去琉實班上露臉，真虧她知道我戴過眼鏡。

「話說回來，阿奇你——」雨宮話說到一半。

玄關傳來了開門的聲音。緊接著便聽到「喀沙喀沙」的聲響，不久傳來了一位女性的大喊：「小衣——來幫我一下——」

是誰？

「是媽咪！」正當我想要詢問的瞬間，雨宮一邊叫著，跑出了屋內。

媽咪？雨宮的母親回來了嗎？

不妙，得叫醒那織才行。總不能讓她就這樣睡著吧？

「那織，快起床。」

「嗯～」我搖著那織的肩，她卻只是呻吟著不起床。熟睡的時候可沒辦法那麼輕易叫醒……但是現在不是說這種話的時候。迫於無奈——我捏住了那織的鼻子，摀住她的嘴。過了一段時間，那織便「嗯嗯！」叫著，開始掙扎。

「喂！你想殺了我嗎？要是血氧濃度過低——」

「等等再說，雨宮的母親來了——」

「你們好～」房門被打開，一位像是剛參加完宴會，穿著輕飄飄綴著蕾絲禮服的女子——雨宮的母親很隨意地打了招呼後，一邊解開頭髮走了進來。那是位一眼便會被震懾的美人。和雨宮不同，外貌再更加成熟一些，卻又蘊含了親和的氣質。若要用庸俗的方式形容便是很像藝人。

這位母親和那位父親的女兒——外貌簡直像早已掛好保證，讓人心服口服。

「這個男生就是慈衣菜說的人？妳請這孩子教妳讀書啊？哎呀，長相還挺可愛的呢。這個年紀的男生很棒呢～感覺有點自以為是，自尊心也很高，卻只要在女生的猛烈進攻下，簡簡單單就——」

「喂，媽咪，就算是開玩笑也別說這種話啦。」

來了個不妙的人。

她甚至不給我們報上姓名的時間。面對這性格過於鮮明的人物，那織也完全被震懾住。

「啊，抱歉、抱歉，我只要看到年輕小伙子就會忍不住這樣。那麼這位女生是？」

「她是喵織，阿奇的朋友。」

大概是母親帶回來的東西吧，雨宮將占滿了她雙手的東西放到角落並回答。

「哎呀，你可真行啊，竟然帶女生來？雖然年輕時或許靠體力有辦法支撐，不過上了年紀後可沒辦法靠這一點撐下去喔？你要趁現在多學點技巧——」

「媽咪，我就說了！」

「哎呀！真是失禮了，咳嗯！」稍微清了清喉嚨，雨宮的母親說道：「我是慈衣菜的母親慈穗，小衣似乎承蒙照顧了。對了，伴手禮！不知道有沒有什麼好東西。嗳，妳去看一下那個咖啡色紙袋裡面有沒有什麼可以拿出來招待。」

我望著聞言前去行李處翻找的雨宮，心想不能放過這個時機，便立刻打招呼：

「我是白崎純。我才受到雨宮同學許多照顧——」

「這點小事你完全不用在意，應該說那孩子是不可能會照顧人的，不要緊、不要緊。還有，麻煩你們叫我慈穗姊吧。」

真的都不聽人說話。我可是第一次遇到這種類型的大人，而且竟然要我用名字稱呼。

「不不不，沒那回事，我很常受雨宮同學的料理招待。啊，還有，我們就不勞費心——」

「媽咪，裡面放了些莫名其妙的東西耶。」

我正想說不需要伴手禮的時候，便被房間角落傳來雨宮的聲音打斷。

「嗯？沒有那回事吧？」

看到慈穗姊動身要走去雨宮身邊，我連忙從身後搭話：

「不，那個……我們完全沒關係，請別介意我們。」

「不可以，是我們家小衣承蒙你們照顧啊。」

「真的請不用在意。不如說我們就到此先——」

就在那織終於開口說話時，慈穗姊突然抱住了那織，一邊蹭著她的臉頰。「別說這麼讓人寂寞的話嘛～～來吧，我們一起吃些美味的點心！」

這完全是那織會感到棘手的類型，而且還超越了雨宮的級別。證據就是那織的表情死了。

「對了！我想起來有好吃的點心！小衣！」

突然被抱住導致感情滅絕的那織，現在又忽然被放開，讓她猛然倒向了沙發。見此，我連忙撐住她，總算是度過一劫。不行了，她完全失去了生氣。

「什麼～？」雨宮拖著幾個紙袋回到了這裡。

「今晚我們一家人一起吃飯！」

「一家人？」

「對，爹地也一起來日本了。雖然現在還在工作，不過晚上可以會合。我等等還要順便去哥哥那裡一趟，最後再去開一個會就結束了。ＯＫ？」

「爹地也來了？我知道了！」雨宮的表情一下子變得開朗。

看來這完全是我們要回家的走向。

我悄悄和失去了情感的那織咬耳朵：「（差不多該回去了。）」

「嗯，快點回家吧，我要死了。要是不逃離這裡，我會變成貝類。」

「我去一下廁所。」就在慈穗姊這麼說完並離席的時候，我便對雨宮說：「今天我們就先回去了。畢竟妳媽媽都回來了，外人還是不在比較好吧？」

「嗯……可是……」

「不用在意我們，對純來說，只要有讓妳讀到書他就滿足了吧？」

想盡快離開這裡的那織迅速打了圓場。

「那織說的沒錯，雖然我們要回去了，不過妳可要記得用功喔。」

「你那作為道別的台詞，可是最差勁的類別呢。」雨宮苦笑。

「雖然他是為了妳的將來才教妳讀書，不過妳對這個書呆子抱有那種期望也是沒用的。」

是是是，還真是對不起呀。

「哎呀，你們要回去了？」來到走廊時，慈穗姊也正好出來這麼問我們。不過我們找了些理由，飛也似的逃離了雨宮家。

她久違地見到了家人，不管怎麼想都要最優先家裡。如果我們在那裡她會不便行動，大概也會客氣吧。雖然我不認為雨宮是那種類型，不過最近幾天待在一起之後我了解到：那傢伙有好好在觀察四周，她有一個明確的界線，有些固定領域她絕對不會深入干預。

看來她和那織打成一片也只是時間的問題了吧。我有這種感覺。

「嗳嗳嗳。」

離開了雨宮的公寓後，那織拉了拉我的衣服。

「嗯？」

「要直接回家嗎？還是要順道去哪裡晃晃？」

「妳有想去的地方嗎？」

我們一邊說著，仍朝著車站方向走去。

「雖然沒有，不過回家會不會太早了？才四點喔。」

「這個嘛……原來現在四點了啊。我記得雨宮母親昨天人在約克郡呢。」

「咦？昨天在英國？會不會太快了？我記得我當初坐飛機花了半天耶？而且從倫敦到約克郡也要花不少時間喔？」

小學時期，那織曾去過一次英國。雖然叔叔也有邀請我，不過我們一家已經排好行程要和親戚去廣島旅行，所以沒能實現英國旅遊。儘管現在回憶起來仍讓我有複雜的心情，記得當時我還纏著父母，一直說「我也想去英國」，讓他們傷透了腦筋。雖然我也想去廣島的大和博物館，不過若以珍稀度來看的話，英國勝了一籌。

那織表面上雖然看起來沒有那麼開心，不過心裡應該很期待才對，畢竟當時她和琉實重複看了好幾次《哈利波特》系列，這一點準沒錯。她還讓我看過他們在國王十字車站，九又四分之三月台那個柱子旁拍的照片，當時她滿臉喜悅。

「我想也是，就算從機場直接來埼玉，應該也要花不少時間。」

「經歷這麼長的路程情緒還能那麼高漲，實在太不妙了，根本超越她女兒。看看我，因為她的來勢洶洶都要化為虛無了，簡直可說是null。如果沒有關掉情感開關實在難以應付。」

「妳根本就沒有應付她吧？剛剛看起來完全任憑她擺布。」

那織伸出手指抵在下巴，歪了歪頭。「嗯～算是在裝死？」

「還什麼裝死？根本就死透了吧。」

「討厭，你很愛斤斤計較耶！愛計較的男生——」

「會被討厭，是吧？」

「你知道就好，給我精進自我。」那織稍微督促了我。「話說回來，還好沒有下雨。不過真希望老天爺能把帶著傘直到現在的勞力還給我。雖然沒有下雨是件好事，我卻有種輸了勝負的感覺，超級複雜。」

「沒有用到總是好的吧？」

抬頭仰望天空，看起來雨水似乎就在不遠之處。從雨宮的家往外看的時候，山頂一帶已經細雨朦朧，看起來被塗上了一層白色。看來雨層雲來到這裡只是時間早晚的問題。

「話是這樣沒錯，不過單手拿物的這份壓力要怎麼處置？超級礙事的。」

「好了，我幫妳拿，妳別抱怨了。」

我從那織手上拿走雨傘。我就說吧！在出家門的時候，我看到那織帶了一個非常小的包包和直立式雨傘出現，我還建議她「換個更大的包包，改成帶摺疊傘如何？」，卻被她一句「那樣好醜我不要」拒絕——啊，早知道把那織的摺疊傘也放進我的後背包裡就好了，我完全沒有想到。就算她抱怨說我不夠貼心也莫可奈何呢，這就是我的缺點吧。最近總是發現自己必須反省的地方。

以往我究竟有多麼不體貼她們兩人呢——一想到這裡，我便感到羞恥。

「謝謝，這麼一來我的雙手就自由了。人類果然就該如此，我們就是為了能使用雙手，才會兩足直立。而且你看！」那織牽起我另一隻空出來的手。

「這樣也能牽手了，你不覺得這才是人類該有的行為嗎？」

那織像哈里遜・福特一樣勾起唇角，露出笑眯眯的表情。

「說的也是。」雖然猴子也會手牽手行動，但我可不說這麼煞風景的話。

「很快就會放晴的！」

她沒來由地說什麼莫名其妙的話——不過那織平時總是這樣。她現在有種完全回到正常發揮的感覺，這個樣子比較有那織的風格，也很好。

「才不會放晴，妳自己看看那厚厚的雲。」那可是人類行為之外的力量。

「真是無趣的反應。嗳，難得都來這裡了，我們順道去一下書店再回家吧。」

「嗯，可以啊。妳有什麼想要買的書嗎？」

「嗯～是沒有特別想要什麼書……去書店不需要理由吧？」

「確實，漫無目的的亂逛是最讓人開心的了。」

「對吧？那就這麼定了。」

和那織兩人一起去書店啊。這種時光讓我感到強烈的懷念，但明明不該是如此的。

在遇到雨宮母親隔天，也就是星期一，我和教授放學後來到LaLaport。是為了買生日禮物。

我事先跟雨宮說過今天不會去教她功課。對那傢伙來說這樣也比較好吧。難得家人齊聚一堂，我可沒有打擾他們一家團圓的權利。

「你可真是細心啊，這就是被那對雙胞胎喜歡的技巧嗎？」

「只是從小就一直持續到現在的習慣，錯失了停下來的時機罷了。」

一半是真的，另一半則是藉口。

我喜歡看到她們開心的表情，只是做特別的事情又會讓我感到難為情。若不是遇到這種特殊日子，我大概不會這麼正式送那兩個人禮物吧。我一點也不細心，只不過是因為生日作為固定要慶祝的特殊活動存在，我才能夠一直惦記此事。

「我也順便買點東西好了。」

「感覺不錯，那織也會開心。」

「很難說。以那傢伙的個性，可能會說『你有什麼目的？就算你想用禮物釣我，我也不會讓你得逞！可別小看我』之類的話吧？」

聞言不禁讓我笑了。「哈哈！她確實似乎會這麼說，我能輕易想像出來。」

「不過要像這樣認真挑選禮物送她，還真是難以選擇。身為能幹的男人該送什麼？」

「反正你不是能幹的男人，什麼都好吧。」

「哦？這麼快就想挑釁我？如果我不是能幹的男人，那麼像你這種人，就是久違打開的漫畫中夾帶的一根陰毛等級的小嘍囉。好髒，你走開。」

教授笑鬧著，呼呼朝我吹氣。

「你的比喻實在令人難以理解，到底是什麼樣的腦袋才想得出這種東西？」

「不過你懂吧？」

「懂是懂……雖然懂，不過那是腋毛吧？」

「那怎麼可能。怎麼想都是妖怪陰毛四散搞出來的——欸，雖然這只是我的猜測，不過女生應該也會發生一樣的現象吧？有可能吧？一定是這樣吧？」

這就是你不管怎麼樣，都想把它說成是陰毛的理由吧？若是照教授口中的陰毛論來看，或許是這樣沒錯——陰毛論是什麼鬼？連我的腦袋都變笨了。

「我哪知道？如果是腋毛的話，女生應該不會有吧？」

「你不是有去過那對雙胞胎的房間嗎？怎麼樣？有沒有掉在房間某處？算我拜託你告訴我吧！不，應該說拜託你告訴我有掉！可以給我夢想的就只有你了。算我拜託你！求求你！」

在購物中心的道路上停下，教授對我雙手合十，低下了頭。

「算我拜託你別鬧了，別因為這點事就拜我。」

「那至少賜與我期望的話語——」教授一邊抬頭，說出懇求的話語。

「放心吧，一次也沒看過。」

我並不是很常去她們房間，最近也幾乎沒有去拜訪——不過就我所知，沒有看過那種東西，我借來的書裡也沒有夾過那種東西。

……我可沒有在意這一點喔，絕對沒有。

「我……沒辦法再和你當朋友了。就以音樂方向性不同為由，解散吧。」

你幹什麼講得好像感情冷掉了？這是我要說的吧！

「只是對捲毛的認知不同罷了，不然你乾脆送那織除毛乳霜算了。」

「什麼？面對女生你沒有所謂的體貼之心嗎？也太扯了！」

教授瞪大了眼眨了幾下，呆愣地張嘴。

那是什麼反應！面對我的玩笑話，你就要認真以對嗎！

「好哇，解散吧，解散！從今天起你我就是陌生人，你給我回去。」

「聽好了白崎，你一定要聽仔細！在你找到陰毛之前，我絕對不解散！」

到底解不解散啊！隨便你吧。

我無視獨自說著無趣玩笑話的教授，走向販售運動用品的店家。要是太認真和他鬧，在辦完事之前我就會精疲力竭的。

「等一下！欸，雨宮是混血兒吧？聽說國外的人全都會剃光，是不是？該不會雨宮也全剃了嗎？你怎麼想？」

「……你要聊這件事聊到什麼時候？想知道就自己去問。」

「這種事情怎麼問得出口！你話說出口之前先想清楚。」

「這句話我原封不動地還給你。教授看起來這麼幸福，真的很令人羨慕耶。」

「少說蠢話，我也懷抱著數不清的煩惱，還因此每天被頭痛折騰。今天也是，我可是被神宮寺叫出去喔，卻還像這樣為了你——」

「那織叫你？發生了什麼事嗎？」

「我哪知道？我跟她說我有事，她說那下次再說。這不重要，你有問神宮寺嗎？我之前跟你說過了吧？」

「嗯？你在說什麼？」

「罩杯的尺寸啊！你忘了嗎？」

「自己去問。」

「你要我說幾次，我怎麼可能問得出口……等等，拿生日禮物要送她內衣的藉口去問她尺寸，不是就能合法問到了嗎？我可能是天才。」

「男生送內衣也太噁心了吧。」

「有道理，我可不希望她覺得我噁心，麻煩你忘了這件事吧。」

「有道理？你那話根本不是這種級別的事，我是絕對不會忘記的。」

「話說回來，你要買什麼？」稍微環顧了一下店內的商品，教授詢問。

我拿起此行的目的給教授看。

「這個週末要比賽了吧？買這個感覺她會用到，不覺得剛剛好嗎？」

「安全牌呢，實在太安全到讓我覺得無趣，不過正是這無趣之處才有你的作風，應該不錯吧。」

這傢伙每句話都讓人火大耶。

那織也好、教授也是，為什麼我身邊都只有些毒舌的傢伙？

我懷抱著對教授的煩躁，一邊結完帳後走向雜貨店。那織的禮物我已經從龜嵩那裡獲得提議，不過那東西實在有些怪異。她真的想要那種東西嗎？我帶著懷疑卻仍然尋找著目標物。不過到這裡，我還沒有結束我的採購。

我還有一樣必須找的東西。

第五章

TITLE

像以前那樣，吻我吧。

KOI WA FUTAGO DE WARIKIRENAI

（神宮寺琉實）

明天就是全國大賽。練習已經結束，該做的都做了。

純和那織明天也要去上課——雖說要去學校，不過似乎是名為複習的自習，我則要去比賽。不只是籃球社，運動社團大多都一樣，還有管樂社和啦啦隊、應援團都是。

為了明天的比賽，今天得早點回家才行。社團命令禁止大家在練習結束後出去吃飯，畢竟要是發生了萬一，會給人添麻煩。雖然我們還想繼續聊天，不過這也沒辦法。

在我和女籃成員一起離開社團教室時，操場上的照明仍輝煌無比。

無論哪個社團都鼓足了幹勁。不過這也是當然的吧。

在車站和大家道別後，我和麗良搭上了電車。我回家的路程到中途都和麗良走一樣的路線。

「麗良要掛在哪裡？」

我從包包裡拿出大家一起做的同款護身符。這是從國中時期一直傳承到現在的女籃傳統。

雖然是簡單的手工護身符，不過有沒有它在，感覺完全不同。

「真令人煩惱，總之應該會掛包包吧。不過掛在包包上，要是因為什麼事而斷掉又讓人覺得不祥。」

「對啊，我也很怕這一點，所以才會先收起來。」

「放包包裡也可以吧？總比搞丟要好多了。」

「也是。呼……真令人緊張。明天不要緊嗎？」

「一年級唯一的先發球員怎麼能緊張成這樣呢？妳要連同我們的份一起大肆爆發喔。」

「什麼爆發……說的也是，我去好好爆發一下。要是我被幹掉了，就換麗良去爆發吧。」

雖然麗良剛剛這麼說，不過她也拿到了球衣。

「包在我身上，我會幫妳撿骨的。」

「交給妳了。話說回來妳和男友怎麼樣了？你們姑且和好了吧？」

麗良的男友應該也是明天比賽。

「是啊，這次總算是他主動向我道歉了。雖然正常接受他的道歉也行，不過這時候如果又縱容他，就會和以往一樣，所以我講了很多挺尖銳的話。」

「真有妳的作風。不過妳要是讓他太沮喪，進而影響到明天的比賽，小心被怨恨喔？」

「反正我們都已經和好了，沒差吧？若他的精神力就這點程度，未來可是會撐不下去的。

畢竟我也是算是被他打籃球的帥氣模樣吸引才喜歡上他，所以對我來說，若他在這方面不努力一點，我就得好好重新考慮我們今後的關係。」

「不過現在已經不只是籃球了吧？他應該還有其他優點——」

「當然有，不過相對的也有很多討厭的地方。雖然我也說不上來，不過妳不覺得所謂的交往這回事，有點像是在衡量喜歡之處和討厭之處的平衡嗎？類似自己能忍受到什麼程度之類的。當然並不會容忍所有討厭之處，所以沒辦法忍耐的地方就要告訴彼此，正因為如此，我才會認為喜歡上對方的契機很重要。」

會不會太成熟了？她和我的差距也太大了吧？我們真的同齡？

不像我，我煩惱的是純不乾不脆——嗯，我和麗良的差距就在這裡。我沒有將自己的心情告訴純。擔心如果他討厭我……就算沒這麼誇張，也會怕他覺得我煩，所以一直將自己的情感闔上蓋子。好不容易成功交往卻又害怕分手，導致什麼話都說不出口。我那時候一直對純懷抱恐懼，也對那織懷抱畏懼。

就是這一點令我感到難受，才會下定決心要在純厭倦我之前——在他向我提出分手之前，自己先提出分手。

我催眠自己這麼做是在解放純，也催眠自己這是為了那織好。

我只是在逃避罷了。我老是不斷尋找藉口，害怕幸福，無法忍受失去各種東西，才會逃避純和那織罷了。

麗良真是厲害，我實在敵不過她。一丁點也敵不過她。

「麗良果然很厲害，令人尊敬。我都沒有像妳這樣去和對方硬碰硬。」

「要是一直硬碰硬也會累。不過妳那邊不也還沒結束嗎？畢竟妳妹妹都給妳機會了，就我的角度來看，妳們姊妹還比較厲害呢。」

「總覺得最後這一句好像不是稱讚——不過確實如妳所說，一切都還沒有結束，只要現在開始重來就好。」

我缺少的就是覺悟，我很清楚這一點。為了踏出一步，我的勇氣不足。

「就是這樣，再輕鬆點思考吧。就算曾分手過，妳和白崎仍還有來往，再加上你們又同班，家甚至還住隔壁，又不像我還得搭電車才能見到面。」

「說的也是。謝謝妳，我好像獲得了能量。希望妳男友他們也能贏下去。不過他們和我們不同是籃球強校，所以我想應該沒問題吧。」

「話雖如此也不能大意輕敵，畢竟他們實際上也沒當上種子校，我想他們大概壓力山大。不過我也沒有時間擔心他，畢竟明天就是初賽了。」

麗良稍微靠近我一點，小聲說了一句「雖然我實在無法對男友這麼說」後，露出笑容。

之後我們沉默了一段時間，在電車上隨著行進而搖晃。明天讓我感到不安、無依無靠，不禁握緊了麗良的手。她回握我的手，不久便到了麗良要下車的站。

「那麼明天見，一起加油吧。」

「嗯，妳也是。」

和麗良分頭後，寂寞、不安和焦躁一口氣全襲了上來。我有確實做好了準備，甚至也進行過好幾次意象訓練。儘管如此，卻還是有似乎忘了什麼的感覺，明明比賽就是明天了，我急躁的心情卻無法平靜。我拿出手機，想轉移注意力。

純傳了ＬＩＮＥ給我，這讓我感到心中的波瀾似乎稍微平靜。

我點開他的通知，滑動訊息。

「練習結束了嗎？」

「我現在在回程的電車上。」

「快要到車站了。」

「妳有空嗎？」

「有啊……怎麼了？」

要做什麼？是要為明天替我加油嗎？如果是的話可真讓人開心。

「不是什麼大不了的事。等妳到站再告訴我。」

「我知道了。」

我感覺到心跳飛快。好想聽聽他的聲音，我原本就打算在睡前打給他，現在反而更想聽了。剩下的幾站真讓我心急。每當電車靠站，等待打開的電車門關上，都讓我覺得好漫長。車門打開，人們上車下車，接著關上。還有一站。我沒來由地點開訊息，然後又關上。我不斷重複這個動作。看著電量減少，唯有焦急不斷增加。

電車到站後，我傳送「我到了」的文字訊息給他。終於可以按傳送了。下了電車，我小跑步走上階梯，最後一段甚至用跳的。回過神來，我已經狂奔了起來。直到剛剛明明還精疲力盡，此刻身體卻非常輕盈。書包隨著搖動拍打著身子，不過我完全不在意這一點。我的腳和呼吸連結在一起。距離公園還差一點。我慢慢減速，調整呼吸。

竟然一路狂奔而來，這實在太沒面子了，簡直像是在說我很想他一樣。

呼……我吐出一口長長的氣，再大大吸一口氣。簡直像是很久沒有呼吸到空氣般，就連纏繞著夏日氣息的沉重空氣，也讓我覺得新鮮又美味。我讓加快的心跳平靜下來。

好，我走慢一點，朝著公園前進。將意識放在速度上，我慢慢行走。

進入公園，我在老涼亭看見了人影。就從後面接近他，來嚇嚇他好了。我的心已經平復到甚至可以思考這種詭計。

我比剛剛更加意識自己的腳步，慢慢地將腳——喀沙！糟了！

聽到聲音的純回過頭。「真快。」

還差一點的說！

「是嗎？」我偽裝表情，感覺自己好像有點破音，便清了清喉嚨。我把包包放到長椅的角落，走到身穿T恤的純身邊——不過我還先不坐下來。

「有什麼事？」我用有些居高臨下的感覺看著坐在長椅上的純。

「先別問，妳坐下來吧。」

純沒有抬頭地說。

「嗯。」

我坐到純的隔壁，看向他的臉。

總覺得他的表情生硬，氣氛凝重，我耐不住性子主動開了話題：

「話說回來，今天有補考對吧？慈衣菜還好嗎？」

「她好像寫得還不錯，不久前有傳LINE給我。還剩下最後一科化學就結束，只要她平安過關就沒我的事，也不必再繼續照顧那傢伙了。」

純的語氣聽起來沒什麼厭煩的感覺，而是帶著一種必須要先聲明般，摻雜了義務感的說法。這傢伙也挺不坦率的。

「慈衣菜是好孩子吧？」

「確實比想像中好。我以為我不擅長和那種類型的人相處，不過雨宮該說是有點奇怪嗎？

她很獨特。看來無論何事，用刻板印象來進行判斷都不好呢。」

「是啊，你偶爾也陪陪她吧，我想她應該很中意你。」

「是嗎？先不論這一點，或許偶爾聊聊天也不錯。」

「說的也是。所以說，你找我有事吧？」

「是……啊。」

我等他繼續說下去，然而純卻陷入沉默。他散發出這種氛圍，會讓我不禁有點緊繃。怎麼了？我有做錯什麼嗎？沒有吧？

「那個……是難以啟齒的事……？」

「不是那樣的。呃……那個……明天妳要比賽了吧？」

「嗯。」

「妳會上場吧？加油。」

「謝謝。你就是為了說這個還專程——」

「這個。雖然還有點早。」純邊說著，從一旁拿出不小的包裹。

「該不會……是為了給我生日禮物？」

原來是為了這個才把我叫到公園來的。別這樣啦，會讓我太感動。

「我還沒有送那織，妳可別說出去喔。」

別說那種話，會害我有所期待的。

「我可以看嗎？」

「嗯。」

安靜的公園中，迴盪著我拆開包裹的喀沙聲響。裡面放了一個被包裝好的細長盒子，雖然我成功把盒子拿了出來，貼著包裝紙的膠帶卻撕不下來。為了比賽而修短的指甲讓我感到好焦急。拆不開會讓我想撕破包裝，但又絕對不想撕破它。我輕輕使勁，切斷了膠帶。在終於拿出來後，便看到裡面露出運動水壺的盒子。

「妳會用到這個吧？妳現在用的水壺是國中時期用到現在的，差不多也該換新——」

「謝謝你！我明天開始用，我一定會用這個的！」

我不禁想要緊緊抱住他……我可以不用忍耐吧？今天可以這麼做吧？

「噯，我可以抱住你嗎？」

「隨便妳吧。」

不行了，我好喜歡他。超喜歡他。

我把臉埋在純的胸口，手環住他的背，將他的身子用力拉向我。真想一直維持這樣。過去發生什麼事，現在又是什麼狀況，這些怎麼樣都好，這些事情都無關緊要。

唯有這個瞬間，我不會讓給任何人。不想讓給任何人，就連那織也是。

「我覺得對那織很不好意思，其實應該要一起送比較好，但是我無論如何都想在比賽之前送給妳，因為我只做得到這點事情。」

「沒那回事，我很高興。真的很高興。謝謝你。」

「雖然我明天沒辦法去觀戰，不過星期日我會去替妳加油，所以妳一定要贏喔。」

「嗯，我要贏，絕對會贏的。」

怎麼能輸呢。

護身符就別在這個水壺上吧。我覺得這樣會發揮最大效用。

「拜託你多說一點吧。」

「我想想……無論對手多強都別害怕，一定是妳比較強，我敢保證。」

「嗯。還有嗎？」

剛剛這句話有點微妙。雖然我很開心。

「還有嗎……這個嘛，我非常喜歡妳打籃球的樣子，看到妳打球的模樣，讓我覺得妳真的很帥氣。所以妳要是明天沒贏，我可就傷腦筋了，因為這樣我就沒辦法看妳比賽了。」

純是第一次說我很帥氣。

原來他是這麼看待我的。

為什麼我們交往的時候，他都不跟我說呢？真希望他能早點告訴我。

「我可以提一個任性要求嗎？」

覺悟——踏出一步的勇氣。我不能只是被動地等待，這和籃球是一樣的，必須要主動去搶球，不然比賽不會有變化。就算是我也想要好好比賽——再一次比賽。

「什麼？」

「像以前那樣，吻我吧。」……我說出口了。

「笨……笨蛋，妳在說什——」

「這麼一來我就能更努力。」

你和那織之前不是吻過了嗎？而且還是舌吻。雖然我有點想這麼說，不過我選擇不說。不能說這種話，而我也沒有這麼說的資格。我明白這一點。

神啊，請再給我一點勇氣，一點點就好了。

我知道就算我拜託他，純也不會主動吻我——我很清楚。

我伸手觸碰純的臉——所以，由我主動吻他。

回到家，那織正要走上二樓。

「啊，浪女終於回來了。因為妳實在太晚回家，我們就先吃飯了。」

什麼浪女……不過今天我實在無法反駁。

那織，對不——不，這樣就和之前一樣了。我不會再這麼想，至少今天不會。

「抱歉，我們在討論明天開會的事情，比較晚回來。」

那織下樓來到玄關。

「那還真是辛苦妳弄到這麼晚。妳明天也要早起吧？這種時候先把會議解決掉，我覺得比較聰明喔。」

「囉唆耶，這點小事有什麼關係？不重要，今天的晚餐——」

「豬排飯。問都不用問吧？」她的語氣像在說「根本是理所當然」。

我不禁照平時的習慣問了菜色。我們家從以前就會用豬排飯討吉利。

嗯，根本不用問。

「多虧我，妳才能吃到最喜歡的菜色，不是很好嗎？」

「也是啦，先感謝妳。還有……」

「嗯？」

「明天加油。」說完，那織再次踏上樓梯。

「……謝……謝謝。」

我吃了一驚，反應不禁慢了。不知道她有沒有聽到我的道謝。我聽見二樓門扉關上的聲音，真打亂人步調。果然不行，我不能當沒發生過。

我直接往那織的房間走去。我聽見客廳傳來呼喚我的聲音。

對不起，媽媽，等我一下。我在心中道歉，站到了那織的房門前。

「我要進去了。」打開了門，那織坐在位子上，托著腮幫子望著窗外。

「妳根本已經進來了。」

「妳在做什麼？」

「我只是在想身高這麼高的時候，我大概是幾歲。」

那織撐起身，讓身體靠在椅背上，轉向了我。

「真是的，把窗簾拉起來，不然從外面都看得到裡面了。」

代替不打算動作的妹妹，我拉上了窗簾。我真的不是很懂我的妹妹在想些什麼，不過這就算了——我得說出來。

「我說啊……」

「嗯？」

「剛剛我和純……那個……」

我本來想一鼓作氣說出口，卻不禁語塞，導致沒能說出後續的話語。

「什麼？話說原來你們見了面？」

「嗯。他要我明天加油……」

「那不是很好嗎？這種事情妳不需要向我一一報備。」

「可是……因為那織剛剛也……幫我加油了。」

「什麼都不說也實在太冷情了吧？這不重要，妳快去吃飯吧。」

「唔……嗯，我去吃飯。」

結果我還是沒能說出口。不，我沒有說出口。

不過至少——「那織。」

「嗯——？」

「謝謝妳。」

「嗯。」

這份稍微早了一點的十六歲生日禮物，我必須要一直收藏好才行。

※　※　※

（神宮寺那織）

午休時間，我把教授叫了出來。我想針對在關於慈菜的事情上，完全沒有起任何作用這件事好好教訓那個男人一頓。他明明說會妨礙純去教慈菜功課，卻幾乎沒有派上什麼用場。當我自己揭露事實，純已經在教慈菜功課，而我也跟進做了實地調查。沒有遵守和女生做好的約定可不是件好事。光看結果，我根本不需要教授的幫助，不過該說的話還是得事先聲明才對。

虧我是這麼想的，虧我本來打算再更早點說，結果教授星期一不僅拒絕我的邀約，還因為感冒而請假了。這個軟腳蝦，你的毅力不夠！我積了滿腹對教授的詛咒，都快要胃潰瘍了。

我伸手摸上平時沒有在用，已經儼然變成倉庫的第三會議室門把。打開一點門縫往裡面看去，裡面放了白板和幾個隔板，在那前方還有會議用的一張長桌，桌上擺著各式各樣大小不一的瓦楞紙箱，布滿了薄薄一層灰塵。雖說是中午時刻，不過似乎沒有人會在這裡吃午餐。如我所料。

「喂。」

呼喔！

「我不是老是跟你說我會嚇到，要你別在我背後說話嗎！」

「那可真是抱歉，我沒想到妳會嚇成這樣。所以有什麼事？竟然把大病初癒的人叫到這種到處都是灰塵的地方，難道妳要對我愛的告白嗎？」

「你傻了嗎？就算你轉生一兆次也不可能。」

我走進教室，選了一張算是比較乾淨，海綿沒有露出來的摺疊椅。因為椅子是折起來靠在牆上的，椅面沒沾到什麼灰塵。

「那第一兆零一次呢？」

沒有像我那樣進行確認，教授一邊拉了眼前的椅子邊說道。

「煩死了，小時候不是常說『那地球轉第幾圈的時候可以？』之類的話嗎？要是你拘泥於次數，不管過多久資料都搜集不完喔。你知道組內相關係數這個詞嗎？至少知道標準差和共分異數──」

「知道了、知道了！是我不好！」

「真是的，別說些無謂的話。這不重要，關於上週說的事──」

「等……等一下。在妳開始談話之前……這個給妳。妳明天生日對吧？送妳。」

教授說著，遞出了一個小小紙袋。真虧你記得耶，該不會是純的主意？

「怎麼？難道你有什麼事想拜託我？」

「才不是。好了，妳就乖乖收下吧。」

算了，既然是人家送的我就收吧……「謝謝。我可以開嗎？」

「嗯，妳快開吧。」

「你為什麼這麼有自信──這是什麼？」

我從袋子中拿出來的，是一條毛巾質地的染血花樣手帕。等等，你那自信滿滿的臉是怎樣？你那自信是從哪裡來的？

「看也知道吧？這不管怎麼看都是肉。妳喜歡吧？」

完完全全不需要。這種手帕在根本沒辦法在別人面前使用。你要我拿著這個彷彿鮮血四濺的手帕，邊說「今天好熱」還一邊擦汗？喂，這根本就是連環殺手吧？這宛如塔倫提諾般充滿胡鬧的品味是怎樣？我確實喜歡肉，但是這又不能吃，我對不能吃的肉可沒有興趣——我是不會說啦。在本人面前，我不會說這種話。

「你原本預想我收到這個會有什麼反應？」

「在我的意象訓練中，會是『哇！是肉肉！看起來好好吃喔！這樣我就能有隨時在吃烤肉的感覺了，謝謝你教授，最喜歡你了！』呢。如何？收到很開心吧？」

不行了，我已忍到極限。

「你蠢不蠢啊！還意象訓練？根本完全沒做好嘛！你這根本就體現了『廢柴』這個詞！喂，你的腦袋是幾位元的？我看到這個手帕，怎麼可能會說『哇！是肉肉！看起來好好吃喔！』這種話！太瘋狂了，我單純覺得你好不正常。假如你看到同班的女生拿出這個花紋的手帕出來用，也會懷疑她的精神狀況吧？然後對方甚至還會說『噯，不覺得這個看起來很好吃嗎？』，到處問人，這行動也太奇怪了，完全是可疑人物嘛！」

「我知道了啦，我承認是為了搞笑才買的。沒關係，我拿來用。來，還我。」

第五章　像以前那樣，吻我吧。

「我不要，這已經是我的了，沒辦法退還。」

「也太讓人摸不著頭緒了，妳這是喜歡還是不喜歡，能說明白點嗎？」

「雖然沒有喜歡，但感覺能用在別的地方。」

社長看到似乎會很興奮，而且若無其事地丟到洗衣機，藉此觀察媽媽的反應也不壞。我就好好拿來用在搞笑上吧，雖然在學校我絕對不會用。

若要買奇特花紋的手帕，還不如買個印有吉格爾（註：瑞士知名超現實主義畫家）畫作的手帕——雖然我沒看過這種手帕，不過若有的話還真想要。這種設計還比較撩撥我的慾望。

「那我解釋成妳樂意接受了這份禮物，可以吧？」

「隨便你。不過我接受了這份禮物，就表示教授生日的時候我也得準備點東西啊。這一點最讓我感到鬱悶，肯定會成為我頭痛的要因。」

去年因為話題剛好聊到生日之類的，所以當時只是順勢收了點心而已，這種程度的禮物在心情上是最輕鬆的，畢竟只要回敬點心就好了。這下我必須去找能夠對抗肉肉手帕，這種感覺沒人需要的搞笑品才行……呃，這樣我是不是就和教授陷入同樣的思路了？

不不不，但是應該要以笑料回擊吧？以笑料還笑料。

「就算妳這麼想，也別把什麼鬱悶說出口啦！不過我很期待喔。」

教授露出爽朗到可憎的笑容。

「你那表情真令人火大。我到時候一定會給你怪東西！」

「我會期待的。所以妳要說什麼？抱歉啊，先占用了時間。」

「算了，我開始覺得無所謂了。」

「什麼啊？妳都把我叫出來了。」

「反正就結果來看是好的吧？所以你生日什麼時候？」

「啊？妳不記得嗎？我們都當這麼久朋友了耶！」

我是知道啊，只是不想讓你知道我知道。

「我是二月九日，妳也差不多該記住了。」

「我記住了，絕對沒有錯，很完美，臨終前也想得起來，到時候再拿來當辭世之句吟誦給你。」

「妳越說這種話就越讓人覺得可疑。」

「好啦好啦，多少也相信我一下。順帶一問，這個肉肉手帕是什麼時候買的？」

「啊啊，這是前陣子和白——」教授連忙捂住自己的嘴。

愚蠢的傢伙，竟然這麼簡單就上當。要是你沒辦法練就在毫無準備的情況下能應付我的技術，不管過了多久都無法超越我喔。無法瞬間對應的撲克臉，根本就沒辦法拿來當作武器。不過多虧於此，讓我多了一項情報。他們果然是一起去買的。

「教授是沒辦法搞婚外情的呢，瞬間就會露出馬腳……不過你也沒那個膽，而且你又不受女生歡迎。」

「這我可不能裝沒聽見。聽好了，我可不是不受歡迎，只是不交女友罷了。」

是喔？節哀順變。不知道你能說這種話到什麼時候，真是值得一見。

「妳那是什麼眼神？」

「我什麼都沒說吧。」

「妳的眼神說了！妳別再露出『這個人好可憐』的眼神了！」

「好，話就到此為止。那就這樣，掰掰，再——」

「道別等於死去一點點——對吧？」

竟然會從教授口中聽到馬羅？（註：菲力普．馬羅。美國著名推理小說作家瑞蒙．錢德勒長篇小說中的角色）

「原來你還記得。」教授聞言，露出了得意的表情。

真是臭屁。

「你可得好好感謝法國人。愛德蒙．安洛克勒」（註：十九世紀法國詩人。瑞蒙．錢德勒曾在其名作《漫長的告別》引用愛德蒙．安洛克勒的詩句：「道別等於死去一點點（Partir, c'est mourir un peu.）」。那織在這裡特別強調「法國人」，是因為在《漫長的告別》中，馬羅在引用這句詩之前也加了一句：「法國人有一句話形容那種感覺。」）說完，我離開了會議室。

放學後，我和社長簡單聊了一下明天的事情後分頭，並踏入了純的班級。我的視線轉向窗邊的座位，視網膜捕捉到慈菜在和他說些什麼。

好懶。不想和她扯上關係。雖然跟她聊過天之後，確實比較不會覺得她很棘手——不對，說棘手並不適當，聽起來簡直像是我輸了似的。只是因為我沒有必要和她扯上關係，所以才沒有接近她。畢竟我把她視為智能與無法溝通的海蛞蝓同等級之生物。

前陣子去了慈菜的家，我了解到她具備可以對話的智能，因此這一項情報有了更新。雖然更新，但並不代表我和慈菜成為了朋友。我沒有辦法理解只不過是稍微聊了天，就說得出「我們可是朋友」這種話的人在想什麼。朋友的概念是什麼！是對自己親切的人？那麼親切的定義又是從哪裡到哪裡？我想從這一步開始問個透徹。

慈菜只是一個我認識的人。可以聊天，不過仍不是我會想主動攀談的對象。

就在我考慮稍後再過來時，慈菜發現了我，並朝我揮手：「喵織～～」

留在班上的同學們視線瞬間集中到我身上。

別這樣，好麻煩。

「雨宮同學也在這裡啊。」我莫可奈何地說道，用力忍住各種情緒溫和地回應她。既然受到眾人矚目，這麼做才是正確解答。我悄悄瞪了一眼純那慈祥的眼神。這樣就好，要是你敢說多餘的話，我就讓你嚐嚐地獄業火的威力。我可是握有你的把柄！

「喂～妳為什麼要叫我『雨宮同學』啊？叫我小衣就好了。」

慈菜跑過來猛然抱住了我。討厭！太火熱了！

「呃——妳怎麼會在這裡？今天不是補考嗎？」

我緩緩拉開慈菜，稍微展現出尖銳的態度，簡單來說就是要她滾開。

「對啊！所以在那之前，我有點事情想向阿奇確認。」

「這樣啊，那確認好了嗎？」要是確認好了，就快點給我離開。

「嗯——唔，糟糕！要開始了！掰掰，喵織！阿奇也是！」

說完，慈菜便跑著離開了。我的真言起作用了！

「那是怎樣？」

「別問我。不過光是她有幹勁就算是有成果了。」

「哦——？那真是值得嘉獎呢。」

「好了，回家吧。」開始做起回家準備的純說了這句話，拉上了書包的拉鍊。

「嗯。」

今天早上，純很難得地主動說要一起回家。雖然我們很常一起回家，不過很少會特地事先約好。若是和生日有關的各種事情而邀我回家倒是無妨，不過昨天的事情卻一直來擾亂我，將我的思緒拉往沉重的方向。

——昨天琉實隱瞞了些什麼。她猶豫著沒有說出口。

發生了什麼事？我一邊懷抱著猜疑，卻沒有對她提出疑問。我沒有薄情到會在她比賽之前逼問她，卻也因為這樣讓我心情煩悶。純又在這種時機邀我一起回家，這讓我無法抹去疑慮，不禁懷疑純是不是準備要說些我不想聽的話。不過另一方面，心底某處也覺得不能夠就這樣無知下去。我不喜歡在毫不知情的時候，某些事情開始推動的感覺，唯有這一點我絕對不要。

朦朧的不安——我不是芥川，所以不會尋死。嗯，沒有到不安那麼嚴重。我懷抱的是一種「或許會得知一件我不知情的事件」的鬱悶感，以及對塵封的淒涼情感將要再度被挖掘出來的抵抗。

這或許已是十足的朦朧不安吧。

離開了學校，在抵達車站之前，我們也沒有進行什麼像樣的交流。外頭下起蒼白的大雨，打在傘上的雨聲太過喧囂，令人聽不清楚說話的聲音。在等紅綠燈時，我詢問慈菜昨天的補考如何，純則說本人告訴他大概沒問題。我並不是真的在意，只是覺得這個對話不會引爆任何危險，正好可以拿來聊罷了。不過老實說，根本無所謂。這段對話沒有任何意義。

「那個……等等要不要去平常那間咖啡廳？」

到了車站在等待電車的時候，純突然正經地說道。他大概打算在那裡告訴我為什麼會邀我一起回家吧。純究竟要說些什麼，又是懷著什麼想法這麼邀約，我全都不知道。

明天明明是我的生日，為什麼我非得這麼心悶不可呢？

吹進月台的暴雨打濕了我的身體，衣服緊緊貼著我的肌膚。

社長，現在的我根本就沒有不穿胸罩只貼ＯＫ繃的心情。

雖然咖啡廳也好。

不過，我卻這麼說道：「要不要來我房間？」

（白崎純）

我多久沒有進入那織房間了呢？儘管時常叨擾這個家，不過到了這個年紀，我幾乎不會拜訪她們兩人的房間。交往時期我曾進入過琉實的房間幾次，不過除去前陣子的事情，我有段時間沒有踏進去了。應該說我來到這個家的時候總是和叔叔在聊天，因此正如字面上所示，幾乎不會拜訪她們房間。那織的房間就更不用說了。

「還算整潔吧？」那織坐到了書桌前。

房間裡到處堆滿了書，置物櫃和書架上方隨意地擺放著玩偶這一點，倒是和以前的印象一樣。在我的記憶中，那織的房間是衣服到處散亂，書本和漫畫隨意擺放的模樣。現在只是衣服沒有散亂在地，或許算是整潔吧。

不過這個狀態不會持續太久。我敢斷言。

「是啊。」

我不說多餘的話，坐到了地上。回程我們遇上了豪雨，使我長褲的褲管濕得一塌糊塗。我向那織借了毛巾，一邊擦拭身體，並將書包放在附近，確認禮物是否平安。還好我以防萬一先把它放進塑膠袋裡，真是做對了。

我沒有將書包的拉鍊拉上，做好隨時可以從中取出禮物的準備。

她們的生日在明天，不過我已經先將禮物送給了琉實。雖然對那織感到不好意思，但是我無論如何都想在琉實比賽之前送給她，其中也包含了勉勵她的意味。

因此，我也想早一點送給那織。實在等不到當天了。我無意偏心琉實，不過類似偏心的罪惡感正催促著我。就算沒有那種意圖，無論理由為何，另一個我仍指責著我：「你只先給了琉實。」

「不過話說回來，這場雨真是大，我的襪子都濕透了。」

一進家門立刻脫掉襪子的那織說著，一邊用毛巾擦著裸露的雙腿。雖然她翹著腳還不至於春光外洩，不過隨著動作有好幾次差點走光，讓我只得低頭專心抓著長褲的褲管，用毛巾拍了拍並夾著布吸水。那織被雨打濕的上衣理所當然地緊緊貼在肌膚上，不過我可沒有意思要一直盯著她看，但也不打算出聲提醒。

「我的褲管也挺濕的。」

我說道，一邊矇混自己剛剛的視線。我甚至開始覺得，乾脆現在直接把禮物送給她或許比較好。比起錯過時機後難以送出去，不如早點送才是上策。就這麼辦吧。

「那織，這個。雖然有點早，不過祝妳生日快樂。」

我從兩個禮物中，拿出一個綁有蝴蝶結的袋子遞給她。

「謝謝。」稍微彎腰，那織接下了禮物。「我可以打開來嗎？」

「嗯。」

隨著包裝紙拆開的聲響，那織從袋子裡拿出了玩偶。

「海豹？真可愛。」

「太好了，妳一直很想要這個吧？」

「嗯？我想要海豹？我有說過這種話嗎？不過這個很可愛，眼睛是×，嘴巴還是波浪狀

——我喜歡這種被擊倒的感覺。」

她該不會沒有發現？反應比我想像中還要冷淡。

「那隻海豹肚子不是有拉鍊嗎？」

「真的耶，這是什麼？」那織拉開了拉鍊。「裡面有幾隻小小的鳥……等等！咦？這個該不會是醃海雀？真的有這種玩偶？」

那織的聲音高了一度。我就是在等這種反應。

醃海雀——這是住在北極圈因紐特人的民族料理。他們會將海豹肚子裡的內臟挖出來並放入海雀，埋在土中讓牠發酵。埋在土裡的期間從數個月到數年不等。這是一道和瑞典鹽醃鯡魚齊名，以具備強烈氣味聞名的料理。在龜嵩告訴我之前，我完全想像不到市面上竟然會販售醃海雀的玩偶。

「對，這就是醃海雀的玩偶——」

「這是社長的主意吧？這個品味一定是社長！」

「我確實覺得自己違反規則，不過我覺得既然要送禮，還是送妳想要的東西比較好。妳很想要醃海雀的玩偶吧？」

「該說是想要嗎？只是和社長聊著聊著就——不，我很想要。沒想到竟然真的有這種玩偶，讓我稍微感動了一下呢。我很高興喔，謝謝你。」

那織一邊將海雀拿出來又塞回海豹肚子裡，一邊笑了。因為一開始的反應太淡，讓我擔心她是不是不想要。看她這麼開心，真是太好了。

「其實還有一樣禮物。」

我拿出了另一樣禮物。這並不是因為先送給琉實感到愧疚，才會又準備了另一樣禮物。我打從一開始就打算送那織兩個禮物了。硬要說的話，這一個禮物才是重點。

第一個禮物我確實有從龜嵩那裡獲得了提示，不過第二個禮物是我自己經過思考後選擇的東西。

「咦？還有一個？」那織接下了禮物，戰戰兢兢地慢慢解開包裝。

「謝謝。這是……眼鏡盒？」

那織拿出來的是金屬製眼鏡盒。這不是貴重物品，設計也很常見，並不是值得一提的東西，不過也正因為如此找起來可辛苦了。

「妳之前不是有拿電腦用眼鏡出來嗎？雖然妳現在用的應該是別的眼鏡盒。」

那織定定地注視著眼鏡盒，喃喃說道：「嗳，這個是……」

「對，和我的是同一款眼鏡盒。」

老實說，這樣有點裝模作樣，也讓我感到有些難為情。不過在煩惱要送那織什麼禮物，並找龜嵩商量時，我無論如何都忘不了她當時說的一句話。

——你也送那織成對的東西如何？

在聽到她這麼說之前，我從來沒有想過這種點子。我不記得自己有和那織買過什麼一樣的東西。我和琉實在交往的時候曾買過些小東西——比如同款不同色的自動鉛筆，還有鑰匙圈之類的。一開始只是這種程度的東西。之後一鼓作氣，曾買過唯一一樣醒目的東西。

那就是鞋子。雖然分手後覺得有些尷尬變得不常穿，而且那之後也沒見過琉實穿那雙鞋。不過我最近偶爾會看到她穿那雙鞋，不久前也有看到。

龜嵩大概是察覺到這一點吧。我不知道龜嵩和那織之間是否有聊過這方面的事情，但是和琉實住在一起的那織不可能會沒有注意到這一點。

「也就是說，這個是成對的？」

「嗯，雖然不是什麼高級物品。」

「琉實有嗎？」

「不，她沒有。」

「只有我嗎？也就是說這是只屬於我的成對物品？」

「是啊。」

那織撇開了臉。有瞬間，我彷彿看見那織露出了笑容。或許只是看起來像而已。

房間內暫時被寂靜籠罩。我果然做了不符自己作風的事情嗎？

「那織，如果妳不需要的話，換成鉛筆盒之類的也——」

「沒有那回事！」

她彷彿吶喊般脫口而道，接著那織整個身體轉向了我。我迅速將視線移開她張開的腿，看向那織的臉。她並沒有生氣也沒有哭泣，硬要形容的話簡直像是被勒令看家的孩子般，露出略帶陰霾的寂寞表情。

「嗳，你老實告訴我，你昨天先送了禮物給琉實，對吧？比我還要早送。是不是？」

原來她發現了。或許是因為她在晾碗架那裡看到了陌生的水壺。我不知道這種事是否足以讓她察覺，然而追究這一點也無濟於事。問題恐怕不在這裡。

「抱歉。我無論如何都想在她去比賽之前先給她。不是因為琉實比那織重要之類的，只是我希望她今天的比賽可以努力——」

那織自椅子上站了起來，坐到了我面前。

「果然是這樣啊。嗳，你為什麼不老實告訴我？為什麼要隱瞞我？」

我說不出話。我不知道該怎麼說才好，因此沒能接話。

「我早就知道了，你和琉實有幾個成對的情侶小物。你們兩個一直偷偷摸摸的，但畢竟當時你們還在交往，所以這也莫可奈何。雖然我不喜歡，但能夠理解，因此我才不吭一聲。就算你們兩人單獨做了些什麼，我也沒有辦法說些什麼。不過現在不一樣了吧？你們兩個並沒有在交往吧？既然如此，為什麼事到如今還是將我排除在外，偷偷摸摸做事呢？」

「抱歉。」

那織緩緩逼進，指尖描繪著我的唇形，「你真的感到抱歉？」

「……真的感到抱歉。」

幾乎在我說完的同時，那織緊緊抱住了我。人的重量和體溫，傳遞到我冰冷的身上。我還以為她會感到高興。再膚淺也該有個限度。我到底在會錯意些什麼──

「既然這樣，就多關心我一點，多陪我一點吧。以往你用在琉實身上的時間，也用在我身上。不要去教莫名其妙的女生功課，不要和琉實單獨兩人決定那麼多事情，也叫上我吧。算我拜託你，不要再排擠我了。我們多聊點和興趣相關的事情吧，就像之前一樣聊些書籍和電影的話題。黃金週假期的時候不是聊了很多嗎？我考慮到琉實、考慮到你，我考慮到很多很多事情才那麼做的，結果我又要被排除在外嗎？為什麼？是我做錯了嗎？那麼當初該怎麼做……才是對的？」

那織的聲音透過身體傳來，也刺進了我心裡。

我完全沒有想到她竟然是這麼想的。那織既強韌，總是勇於說出想說的話，能夠有效率地推進事務，恣意妄為地做自己想做的事──我逕自這麼認為。

不對。是我一直在依靠那織。

想和戀愛保持距離──我把這句話當作擋箭牌，恃寵而驕。

──聽好了白崎，你並不是選擇了不做選擇這個選項，只是放棄了選擇這個行動本身。

──這一點你可別會錯意。

我漸漸明白教授的話中之意了，我根本什麼都沒搞懂。我仗著自己說的話，以為自己駐留原地。我認為我已經做出宣言，所以其他一切與我無關。

但是她們兩人並非如此。她們並沒有佇立原地。

「真的很抱歉。」──我沒有那個意思──我將這句話吞了下去。

我不禁抱著那織的頭。我讓那織說出了這種話，這已經不是體不體貼的等級了。因為自己輕率的決定，把從小和我一起長大的重要女孩──把那織逼到無路可退。我傷害了她。我到底在做些什麼？

「你們兩個都聯合起來忽視我，別再繼續欺負我了。」

那織這麼說著，並隔著衣服往我肩上咬下。那織的牙齒摩擦著濕漉的衣服，發出宛如動物小聲嗚叫的聲音。我不禁低喃：「好痛！」

「這是報復，我可是更痛喔。其實我想狠狠把你咬到滲血甚至留痕跡，我想留個會存在一輩子的傷疤，不過我忍住了，就這樣饒過你。你也稱讚我一下吧。」

被那織咬過的肩膀漸漸熱了起來。我可是更痛……啊。說的也是。

真的很抱歉，那織。對不起。

「我們多出去玩吧，也要多多聊天。」

「約好了喔。」

「嗯。」

「要是你打破約定，可就要阿部定喔。（註：日本妓女，於一九三六年將情人絞殺後割下其陰莖和睪丸而聞名）」

「這就饒了我吧。」被「喀嚓」掉實在太——我差點想像了。

「只要你遵守約定不就沒問題了？為什麼還要說這種話？」

撫過我的手，那織望進了我眼裡。

「也是，這完全是我的失言。抱歉。」

「你今天會一直在家裡陪我嗎？」

「這個……」我家媽媽大概已經準備了晚餐，要我從現在開始一直待在這裡可能有點……

「哦——你不敢秒答啊？來，給我剪刀和菜刀——」

「等等、等等，妳冷靜點。那個，明天！明天的話——」

「我不是說過，明天我跟別人已經先約了嗎……說笑的啦，我不會在試用之前就先切掉的。」

「什麼試用，妳……」

「嘿嘿，我會期待那一天到來。」

那織終於打從心底笑了，瞇起的雙眼像新月一樣細。

「對了，晚上我可以打給你嗎？」

「嗯，當然可以，我會第一個對妳說生日快樂。」

「一定喔。」

EPILOGUE

（神宮寺那織）

「老師，祝妳生日快樂！」這對我發出的祝福話語，迴盪在社長的房內。

沒錯，今天是偉大的同志，那織大人的生日！要盛大地慶祝一番！

「謝謝妳幫我找來這麼豐盛的餐點！」

桌上擺著蛋糕店的盒子、果汁、各形各色的零食，還有等待迎接它們的盤子及杯子。啊啊，快點設宴！必須讓盤子盡它們的義務才行！

「是吧？上將，看來您終於發現小的珍貴之處了吶。」

「社長最棒了！最喜歡妳！」

我說完便抱住社長，接著她邊說著「小寶寶妳今年幾歲歲了呀？」一邊摸我的頭，還趁亂揉了揉我的胸——拿她沒轍，今天就允了。

「我可是比社長大一歲喔。是學姊喔。要尊敬我喔！」

「我討厭靠年齡欺壓別人的人～」

「我也討厭妳說的那種人。」嗯，真的討厭。

社長拉開了我，說了句「既然這樣就不可以這麼說啊，就是因為妳這樣，白崎同學才會說妳的性格像軟爛濃稠的痂！」。真是失禮——真的好失禮！

「他肯定沒這麼說！是妳剛才編的吧？」

「咦？他沒說過嗎？這不重要，來吃蛋糕吧。妳在家裡應該會吃大蛋糕，所以我準備了好幾種小蛋糕喔。」

雖然她直接忽視了我的話，不過今天就算了，我也付諸流水。因為我想快點吃蛋糕！

社長打開了盒子，裡面有蒙布朗、夏洛特蛋糕、法式千層酥、羅馬生乳包、法式乳酪和可麗露佇立其中。呼哇～～閃閃發亮、華麗輝煌！心境簡直宛如眺望著滅星者號艦隊的銀河皇帝（白卜庭）。

「老師，妳要選哪個？」

「怎麼辦？怎麼辦？每個看起來都好好吃，讓人好煩惱喔！我想想……蒙布朗！」

「來，請用。那我就選這個法式乳酪吧。啊，對了老師，這個！」

社長從小小的紙袋中拿出某樣東西。喔喔！本命登場了，是生日禮物（死星）！

「謝謝妳。我可以看嗎？」

「可以呀。」

我將開口的貼紙割開，裡面有個白色盒子。「我有在網路上看過，這是洗澡用的？」

「對，保濕入浴劑，它有不同香味——這個幫我送給琉實。」

說完，社長又拿出另一個紙袋。

「咦？連琉實妳都有準備？兩個的要價應該不菲吧？」

「畢竟也不能只送老師呀，沒關係、沒關係，妳別在意。」

好棒喔、好棒喔！這下就可以泡不同香味的澡了！雖然琉實是急性子，進浴室都洗戰鬥澡，大概沒什麼享受香氣的雅致，不過若有了這個她或許會想泡久一點澡——還是希望她不要好了。嗯，因為很給人添麻煩，這樣我享受泡澡的時間就會減少。希望她能好好把身體洗乾淨，聞一下味道就乖乖交出浴室。她沒有泡澡的那段時間，就由我來慢慢泡澡！柔嫩肌膚可不能等。真是太期待泡澡讀書會了，也得加入防水音響才行！

「社長生日的時候，我也會要琉實準備禮物的，要加倍奉還！」

「要十倍奉還或是百倍奉還都行……不過應該加不了倍吧？」

「確實呢，我是一鼓作氣說的，抱歉。」

「話說回來，琉實昨天的比賽如何？」

「好像贏了，她心情很好。」

「什麼好像……不過贏了就好。那麼下一場比賽在明天？」

「對，她現在也在學校練習。很慶幸她沒有輸掉比賽，進而陷入消極沉重模式。」

這可是多虧了我的強韌精神力，沒有在她比賽之前逼問她諸多事情。真希望琉實好好感謝我。

「也是，要是她輸了，妳們的生日就會變得有點灰暗。太好了、太好了！」

在日期變換的同時，我獲得了純的祝福；琉實出門之前，我們彼此也祝福了雙方，並一如往年互相交換禮物；接著也獲得了父母的祝福，還有爺爺和奶奶也稍來了祝福的聯絡。真的很慶幸這麼幸福的生日沒有出現瑕疵。

要是琉實輸了比賽，就不會是這樣了。既然她先收了純的禮物，那就有獲勝的義務，我可不容許她輸掉比賽，要是輸了我會把她趕出家門。

而且把我的生日打造成為美滿的一天，可也是作為姊姊的職責呢。

「好了，那我就來好好享受社長為我準備的抹茶蒙布朗吧。」

舀起綠色的頂端——嗯嗯嗯嗯！好好吃！甜度恰到好處！「超好吃！」

「妳剛剛的表情非常棒耶，早知道就該用手機拍下來。看到妳露出這麼幸福的表情，不枉費我準備了這些。您看如何？味道甚好？」

社長將吸管當作麥克風，遞向了我這裡。

「甚好！」

「恭喜獲得讚譽！其實我一直很想吃吃看這家蛋糕，網路上的評價也很好，我一直很好奇味道，心裡想著總有天一定要買。好，我也來吃！」

接下來我們兩個暫時都忘我地專注在攝取糖分。我們試吃了彼此的蛋糕，也吃了布丁，抓了各種零食，可說是狼吞虎嚥般絲毫沒有停下品味的腳步，簡直處於聚集在人類身邊的喪屍狀態。我很滿足，獲得了無與倫比的滿足感。

而且今晚，我們家也有大餐在等著我。我可能會因吃太多而撐死。

會胖啊！這樣會胖呢！不過只要明天開始節制就能打平了。

我只是先預支了卡路里而已，沒有任何問題。敢說我不知節制的人，你們一個個都DATURA。永別了，去那邊的世界也請保重。

「話說回來，妳看這個。」

我從口袋中拿出沾血的手帕。

「那是什麼噁心的手帕？啊，該不會那是肉？」

「嗯，觀察力入微，我想妳應該已經看出來了——」

「這個品味，看來是教授同學呢。」

「正確無誤。社長送保濕入浴劑，教授則是鮮血淋漓的手帕，這是什麼差距？如今我像這樣秀給妳看，那麼這條手帕的存在意義就幾乎等同於消滅了。」

「很有教授同學的作風呢，看來他似乎很了解老師的喜好。」

「不能吃的肉我一點也不想要！」

「送禮看的是心意，對吧？雖然我也懂妳的心情……嗯，這個花紋真的太扯了，沒人會需要，畢竟平常根本沒辦法拿來用。」

社長咬著酥炸義大利麵條，發出清脆的聲響。

「對吧？是不是？」

「不，但身為肉肉老師的妳平時可以用……應該。畢竟妳只要一閒下來就會嚷著要肉嘛，這種時候把那條手帕塞進嘴裡咀嚼，多少可以舒緩——」

「怎麼可能解飢！可以欺騙的範圍只有視覺！而且靠手帕連視覺都騙不了！這不管怎麼看都只是布！還有，別若無其事地叫我肉肉老師。」

「不是有句話說『Hunger is the best sauce.（飢餓是最好的調味）』嗎？」

好的又來了，再次無視我的話。

「才不是那種問題！就算肚子餓，布也還是布！」

「也是，嗯，妳說的沒錯。不過實際上，我們像這樣拿它來當笑柄才是正確的使用方式……不過教授同學也以他的方式在體貼妳吧？要是送太認真的東西也會很沉重。」

我也理解這一點，我有了解他這項意圖。正因為如此，我才會好好拿來當作笑料使用。雖然現在它已經結束了使命，不過既然我都已經用了，應該夠了吧？教授，這樣你滿意嗎？

「不過被拿來當笑料，大概也符合教授的期待。」

「是啊，這就算了。白崎同學那邊如何？他有送妳什麼嗎？」

「有啊，算是不少。應該說社長，妳不要亂出主意啦！那個醃海雀是怎樣？」

「啊，白崎同學說出來了啊。」

「不用說我也看得出來！那很明顯就是社長的品味。就算純再怎麼怪，也不是會買醃海雀這種玩偶的類型！」

「妳不是說不討厭嗎？妳不是說妳喜歡那種想法？」

「嗯，我說了……」

「很可愛吧？」

「很可愛。」

「那就沒問題了，看到我精確的建議派上用場真是太好了。說到白崎同學，他和慈衣菜的那些事情最後怎麼樣了？妳知道嗎？」

「嗯——好像很正常地通過補考了喔，所以已經結束了吧？」

「哎呀，意外地乾脆。我可是膽戰心驚地擔心妳和慈衣菜會不會吵起來呢。能夠平安結束，真是太好了。」

「我怎麼可能會吵？我又不是不懂事的小孩。」

「咦？」

社長伸向酥炸義大利麵條的手停在了半空中。

「啊？妳那是什麼反應？」

「老師，妳剛剛說自己不是不懂事的孩子？」

「我確實說了……不不不不，我不是吧？我是聰明、睿智又可愛、水靈靈的女高中生啊！就是可愛和療癒的化身！別把我和隨處可見的小丫頭混為一談。」

「聰明、睿智又可愛、水靈靈的女高中生？可愛和療癒的化身？老師，妳自己說都不感到害臊嗎？要去哪裡才能得到妳這厚顏無恥的神經？告訴我吧。」

「抱歉，我灌了點水，我自己也覺得說過頭——才怪！這可是事實！」

「《源氏物語》中不是有說到『所有女人都是柔軟而心美的佳人』嗎？對女性來說最重要的，就是美麗的心喔。妳又怎麼樣？自己手按在胸口摸摸良心想想。」

手觸碰到的胸部很大所以心臟離我有點遠，因此我也不知道。

社長，對不起喔。

「紫式部也寫道『女人均會成為罪孽的源頭』呢。我對於自己是罪孽深重的女人這一點有自知之明，這樣還算好的吧？我並非毫無自覺嘛！是故意為之！」

「說的也是，老師就是這樣呢。嗯，今天畢竟是妳生日，我就多多稱讚妳吧。從現在開始我會肯定妳的一切！老師是聰明睿智又可愛、水靈靈的女高中生！光滑又豐滿！」

「妳馬上就篡改台詞了！」不過……是事實？我光今天一天，豐滿度又要上升了？

我死死盯著自己的腿。嗯，柔軟有彈性，肌膚的狀況也不差。以下省略。

「這是稱讚喔，老師♡」

「唉，算了，我就當作是稱讚吧。嗳，話說回來我想了一下。」

「什麼？」

「我在考慮創個社團，妳覺得怎麼樣？把純也加進來。我想這麼一來，搞不好就不會出現像之前那樣的麻煩事了。」

最近我一直在想這件事。只要打造出一個地方，可以讓我們一直暢聊喜歡的事物，這樣不就好了嗎？這麼一來就能公開占有純放學後的時間了。

我們學校有許多社團和同好會，也存在看起來拿不到學校預算、甚至活動內容看起來都很可疑的社團。有像是調查道路傾斜度的坡斜社，還有創作虛構時間表的排行社等等，這種甚至不知道他們是怎麼找到顧問老師的社團在。若是以同好會這個等級的集團來看，甚至還有提神飲料同好會、家庭餐廳同好會這種東西。既然這種社團的存在都能被允許，那麼只是單純暢談喜歡事物的團體應該也能獲得允許才對。也就是說，門檻非常地低。私立萬歲。

「社團啊……我都沒想過呢。不過妳想創什麼社——」

社長的手機發出了吵鬧的聲響，打斷了她的話。「抱歉，我接一下電話。」

電話流傳出來的聲音是女聲，大概是社團的某個人吧。我也拿出手機，將桌上充滿幸福的美景拍成照片——雖然我是因為覺得很豪華才拍照的，不過拍完後檢查才發現，看起來只像杯盤狼藉的慘狀。算了，就傳給純吧。

「老師抱歉，剛剛聊到一半。」

「嗯，不要緊。」好，傳送。

「我離開一下，馬上回來。」

「好——」

怎麼了？去廁所嗎？

好了，不知道已讀了沒有？不過應該是還沒有已讀吧。我接著繼續拿著手機上網亂逛，不久便聽到玄關處傳來聲音，然後是「打擾了」的講話聲。

咦？那個聲音不是——「喵織！生日快樂！」

門一被打開，慈菜就一邊大喊著走了進來。

這是怎麼回事？為什麼這個女人會在這裡？

我對出現在後方的社長投以蘊含煩躁的哀嘆眼神要求她說明，接著她便露出笑容回應：

「慈衣菜說也想幫老師慶祝生日。」

等等，我完全沒搞懂。為什麼她會知道我們要在社長家慶生會？慈菜和社長認識？感情很好？由於實在太缺乏情報，讓我感到混亂。

「來，這個送給喵織！」

坐到我身旁的慈菜遞出了一個寫著GELISTA字樣的紙袋。這是前陣子社長說想要的化妝包品牌，但是這個牌子的價位，不是高中生有辦法送朋友的價格。

應該只有袋子是GELISTA這個品牌的吧？就算是我，也不能收下關係沒有那麼深厚的人送的高級品。

我戰戰兢兢地看了看內容物，裡面放了兩個小盒子。

「裡面有一個是要給小琉的。」

「呃……嗯，謝謝妳。」

我拿出了一個小盒子，綁了蝴蝶結的盒子上也有GELISTA的字樣。

「快點打開吧！」

「這麼高級的東西，我不能收。」我對催促我的慈菜這麼說。

我從盒子的大小看得出來，內容物是戒指或項鍊這類的飾品。

「好啦、好啦，妳別介意。來，快打開吧！」

我聽從她的話，迫於無奈之下解開了蝴蝶結，打開盒子——裡面擺了一條項鍊，墜子是貓咪在睡覺的模樣。不妙，超級可愛，簡直像左甚五郎的眠貓一樣。（註：「眠貓」也譯「睡貓」，是裝飾在日光東照宮走廊上的建築雕刻）

「好可愛！這個好可愛喔！」

「對吧？對吧？那是人家設計的喔！」

「設計的是什麼意思？是怎麼連上線的？工作關係？」

「慈衣菜的媽媽是GELISTA的設計師。」

嗯？爸爸是Nedetto的設計師，媽媽則是GELISTA的設計師？那位把我的生命值削減到極限的奇葩阿姨是設計師？所以設計師果然是怪人專門從事的職業嗎？我可以這麼理解嗎？從慈衣菜出現在這裡一直到此刻，各種情報都來得太過突然，讓我至今仍然沒能全部理解。

「那個啊，GELISTA是媽咪先建立的全新品牌，也就是Nedetto旗下的子品牌，客群比較偏年輕世代。雖然拿來比喻等級還差得有點多，不過拿Prada和miu miu的關係來說明會比較好懂吧？」

因為父親的品牌價位較高，所以又新創了一個以年輕人為客群、價位調降的品牌啊。這用來拓展品牌並滲透人心是妥當的戰略——雖然我是聽進來了！不過突然發生太多事情，思緒一時追不上……還是別思考了吧，這麼認真談話害我都累了。

「咦？什麼意思？Prada和miu miu有什麼關係嗎？」

「miu miu是Prada創辦人的孫女——繆西婭．普拉達創建的品牌。」

「原來是這樣，我都不知道，被老師領先一分了。」

「這就算了，剛剛說到這條項鍊是慈……慈衣菜設計的，是真的嗎？」

「對啊！這竟然是慈衣菜設計的，超級厲害！」

「很厲害吧！這是以愛因為原型設計的。如何？很可愛吧？」

「雖……雖然很可愛……不過很貴吧？我實在不好收下來……」

「這是還沒有商品化的東西——沒錯，也就是所謂的試作品，所以妳不用介意。不過話說回來……」

慈衣菜的斂下視線，嘴巴支支吾吾地喃喃著。

「什麼？怎麼了？」

「……妳第一次用名字稱呼我呢。」慈衣菜以仰望的視角，忸怩地這麼說道。

這是什麼剛交往情侶的反應！拜託別這樣！害我都開始覺得難為情了。畢竟她都送了生日禮物給我，我只是覺得也必須要對她親切一點才行罷了！沒有超越這之上的意圖！只是認為可以讓妳升格到「認識的人到朋友之間的等級」而已。喂，社長！不准一臉笑瞇瞇地看著我！

「對了，我還特別準備了另一個禮物要給喵織！」

興奮的聲音和剛剛判若兩人，慈衣菜窸窸窣窣地翻找著包包。慈衣菜握在手上的是貓耳髮箍——她竟然完全沒有任何招呼，用異常的速度將髮箍硬是往我頭上戴……我根本沒有阻止她的機會。

等等等等、等等！妳別擅自幫我戴上那種東西！

「喵織超級無敵可愛！我要來拍照！」

「社長！不准給我偷笑，快說明！」

我彷彿在趕蒼蠅一樣，用手驅趕著拿起手機連拍的慈衣菜，並向社長抗議。雖然我因為氣氛走向，差點接受了慈衣菜的存在，不過追根究柢她為什麼會在這裡！要從這裡開始說明吧？不管怎麼看，社長都有說明的責任吧！

「老師真的好可愛，我也來拍照——」

「拍什麼拍！讓我先整理一下狀況！為什麼慈衣菜會來這裡！」

「我不可以在這裡嗎？會造成困擾？」

與其說是困擾……她這麼說，會害我語塞……呃，不是這樣！我的意思是，我完全搞不懂為什麼慈衣菜會來慶祝我的生日！

「不會，慈衣菜不會造成困擾的，妳放心吧。話說回來，老師，我有件事情必須向妳坦白，若妳願意傾聽我會感到很欣慰。我可以說了嗎？」

「當……當然。不過為什麼這麼正式……」

「那個啊，其實是慈衣菜來找我商量，她說想要認識妳、和妳變要好。不過妳對沒有興趣的人就是澈澈底底的沒有興趣，對吧？所以我才會對慈衣菜這麼說——我說：『那妳去找琉實商量，請老師教妳功課怎麼樣？』」

什麼————！！！！！？？？？？

等等，我完完全全沒搞懂意思，也就是說這一切都是社長的鬼主意？幕後黑手是社長？這是怎樣？怎麼回事？到底是怎樣才會變成現在這樣？不行了不行了，真是莫名其妙。

社長看起來開始像帝國皇帝（白卜庭）了。

「當然，我有預料到琉實可能不會老實地介紹老師，並把這件事情導向白崎同學那邊去——不出所料，事情發展確實變成這樣了。」

「抱歉，讓我稍微整理一下。也就是說，打從一開始就和社長想的一樣？」

「要是白崎同學教慈衣菜功課，妳一定會感到在意嘛。比起突然去找妳聊天，這樣成為朋友的機率比較高。妳想，我們兩個一開始關係不是很差嗎？所以我才會覺得如果要和妳加深情誼的話，這麼做會比較好。」

妳根本是惡魔。這女人是怎樣？很可怕耶！不過我又還沒和慈衣菜變成朋友。妳的預測出錯了呢！真是遺憾啊！誰要乖乖照妳鋪的路走！

「這種事情，妳打從一開始告訴我不就——」就算是我也……

「不可能的，妳絕對聽都不會聽。」

「喵織，整件事情變得好像在騙妳一樣，對不起喔。」

「還好像？根本就在騙我啊，這完全不止是好像！」

社長站了起來，移動到慈衣菜身邊。

慈衣菜的視線追著社長，一邊責備她：「喂，璃璃咪，妳看喵織這不是生氣了嗎！所以我當初才說，用不一樣的方法會不會比較好嘛。雖然人家確實也有點得意忘形了……」

璃璃咪？等等，說真的妳們是什麼關係？

「呃……社長，應該說妳和慈衣菜到底——」

「我們是網路遊戲的好友。別看慈衣菜這樣，她其實相當御宅，她大概和老師、白崎同學和教授同學會很聊得來。畢竟她和我都聊得來了，這一點不會有錯。所以說老師，今後慈衣菜也請多多關照嘍！」

這發展太峰迴路轉，害我的腦袋完全跟不上！該不會GELISTA化妝包什麼的那件事，就是連到這個禮物來嗎？也就是那個時候已經設計好了？就只是為了介紹個人給我，就準備了這麼兜圈子的方法？

可怕，社長真的是太可怕了。她做到這種地步反而會讓我很老實地表示尊敬，我實在瞠目結舌。雖然有很多話想說，雖然有非常多話想說，不過至少讓我說一句吧。這次是我輸了，我承認。社長這種地方真讓我欲罷不能，讓人感到興奮。不愧是我的嘴砲友（摯友）。我下次可不會輸。

「喵織，請多指教！還有因為阿奇的反應太有趣，我忍不住多戲弄了他幾下，這件事也對不起喔。」慈衣菜雙手合十。

這個女人是故意做那麼多親暱舉止的嗎！雖然我也懂純的反應有趣這一點！

這個人也是不可小覷的女人！真是的，怎麼每個傢伙性格都這麼惡劣！

「噯噯，喵織喜歡什麼動畫？」

什麼動畫？嗯？這個場合該回答什麼才是正確解答？該配合什麼區域選擇什麼才好？要是隨便舉一個太舊的動畫，她不知道的話也很微妙。如果是這一季的——

「聽到這種問法她會傷腦筋的，因為她會忍不住去思考該回答什麼比較好。」社長一邊玩著慈衣菜的頭髮，並直搗黃龍。

「我懂！我也很喜歡以前的動畫，就會煩惱不知道對方懂不懂！現實中我只會跟璃璃咪聊這些，不過網路的話畢竟不知道真實年齡。」

沒想到慈衣菜能理解我的心情——也就是正如社長所說，我們是同類？

真是討厭！至今為止那一切都算什麼啊！

「那妳喜歡什麼？告訴我吧，作為參考。」

我會拿來更新認知資料。

「唔——最喜歡的果然是《星際牛仔》吧。」

「啊——貓的名字就是從那裡取的？」

「對對對，喵織果然知道。啊！對喔，阿奇也說過，喵織的爹地很喜歡這些嘛。」

「……是啊。」

原來她和純聊過這方面的話題啊，沒想到連爸爸的事情也說了。哼～這樣啊。

「而且慈衣菜就是嚮往《星際牛仔》的茱莉亞，才會染成金髮的嘛。」

「喂，璃璃咪，妳別說出來啦！」

染成金髮？咦！這不是原生髮色？「那是染的？」

「妳看吧，討厭！都是璃璃咪多嘴……嗯，其實是我染的，不過不說沒人知道，畢竟我從國中部就一直是金髮。應該說我小時候確實是金棕色沒錯，後來髮色就漸漸越來越深，我覺得很不甘心就染了偏白金的顏色，我覺得這個顏色還算自然。」

好奸詐！我也想要讓髮色更亮一點！但是我們學校在這令和時代，對髮色還是會斤斤計較！

「我也想染頭髮！好好喔，妳都在哪家髮廊染？」

「老師染髮一下子就會被發現，所以不行喔。」

「……只有暑假期間呢？」這樣的話可以吧？

「喵織維持現狀比較好啦，妳的現狀已經是完全體了。」

「真的嗎？是嗎？維持現狀也——呃，不對啦！我就是想要試試看嘛！」

「好！完成了！」幫慈衣菜編髮的社長突然開口。

「嗯？什麼？」

「《紫羅蘭永恆花園》！如何？」

所以妳才在編髮啊！雖然很不甘心……很適合她，而且再加上瞳色，重現度好高！

「咦？薇爾莉特？鏡子呢？我想照鏡子！」

我在一旁看著慈衣菜大喊，接著將綁在項鍊盒子上的緞帶綁到了慈衣菜腦後的頭髮上。

「《紫羅蘭永恆花園》的話，應該要這樣才對吧？」

「老師做得好！我正好在找緞帶。」

「啊，好厲害！側邊的編髮好有模有樣！」一手拿著鏡子的慈衣菜興奮地說著。她站了起來。「璃璃咪，妳有沒有輕飄飄的裙子？」她開口詢問，一邊穿著和《紫羅蘭永恆花園》相去甚遠的牛仔短褲裝轉圈圈。

若有相應服裝真的就完美了。雖然我不想承認，不過她的長相重現度非常高！

明明是半路殺出來的人！可惡的模特兒！

「慈衣菜。」既然是社長的朋友，既然社長都說到這個份上，我也稍微敞開心胸一點。

「什麼？」

「下次妳要不要真的來Cosplay？我覺得妳來角色扮演，完成度應該會很高。」

「在談慈衣菜的什麼角色扮演之前，妳有自覺頭上還戴著貓耳嗎？」

「這……這是慈衣菜擅自——」

「嘴上這麼說，明明也沒有不喜歡。妳也有點想試試看吧？Cosplay。」

唔……唔嗚！「一……一點點啦。」

「那麼下次大家一起來玩角色扮演吧！只要把我家有的衣服搭配一下或許可以用，不然要去買也可以！」

慈衣菜的家……又可以見到貓咪大大了！我沒有異議！

「真拿妳沒轍，既然妳都這麼說了，那也行吧。」

就算是我，只要認真起來也可以扮演可愛系角色！

明天再認真吧！生酮飲食從明天開始，我今天已經排定了爆吃的行程，還請見諒。

「萬歲！喵織答應了！」

「老師，妳坦率點吧，為什麼要散發出這種迫於無奈的氣場？才不是一點點，妳根本想認真角色扮演吧？」雖然社長小聲地這麼說，不過我無視她。不理妳。

「對了，我為了今天有烤點心帶來喔，國王派！雖然時節有點不太對，不過反正要慶祝生日，我想說應該沒差。」

慈衣菜從盒子裡拿出點心放到了桌上，桌面頓時出現一塊中央畫了月桂樹圖樣、看起來美味的派。國王派——好像是慶祝新年的點心來著？

「這是我為了今天鼓足幹勁做的。其實我從國中時期就一直覺得喵織好可愛，一直很煩惱該怎麼樣才能和妳拉近關係，可是我們又沒有同班過，雖然我和小琉變成了好友，可是小琉又不願意介紹喵織給我——不妙！我一鼓作氣說出來了，好害羞！抱歉，我沒有什麼奇怪的意思！妳不要誤會喔！」慈衣菜一邊扭動著身體，雙頰泛紅。

等等，那是什麼反應？什麼意思？

（白崎純）

※　※　※

我坐上了叔叔的車，並一起前往琉實比賽的會場。看向身旁發出均勻呼吸聲的那織，我回想起兩人生日那晚的事。

被叔叔叫過去的我，中途參加了神宮寺家的派對。話雖如此，到頭來我也只是過去陪叔叔聊天。坦白說每年都是一樣的模式。看著女生們在一旁圍繞著餐桌聊天，我則在現場陪叔叔聊著平克．佛洛伊德（註：在倫敦組成的英國搖滾樂團）的專輯《The Dark Side of the Moon》。

而當時播放的音樂當然就是平克．佛洛伊德。

一直到剛剛還和阿姨在聊天的那織，刻意呼出了一口大大的嘆息，大剌剌地坐到我旁邊。

「可以不要在別人生日的時候，播這種陰沉的曲子嗎？」

「什麼陰沉？這可是在歌頌生存方式的專輯啊！這才符合生日的主旨。」

那織抱怨、叔叔反駁。被夾在中間的我。

我不禁想逃離原地，那織卻抓住了我的手逼問我：「純，你聽了這首曲子會覺得心情輕鬆嗎？在談論生存方式之前，你有辦法感受到開心？」

「會吧。因為純和妳不同，能夠正確地接收到這種訊息性。」

饒了我吧！算我拜託你們，別把我捲入你們的親子戰爭之中。

「我個人是不覺得聽起來開心啦。」正當我身陷困境之時，琉實從客廳支援了那織。這也沒辦法，現在就先聽取兩人的意見，並一邊幫叔叔打圓場……雖然我打著這樣的如意算盤，然而阿姨又從旁接話：「那個人的性格本來就很陰沉。」

「媽媽說的沒錯，每次到我們生日，爸爸老是會說什麼是太宰的忌日。一般人會在女兒生日談什麼櫻桃忌嗎？（註：太宰治的遺體於六月十九日被發現，便將那天訂為太宰的忌日，又名「櫻桃忌」。命名取自他逝世那年的名作《櫻桃》之名）」

難得獲得掩護射擊的那織緊接著連珠炮進攻。

就這樣，神宮寺家的慶生會就在直言直往的狀態下閉幕。這也一如往年。

那之後大家歡騰了一陣子，看準差不多該收尾的時機，我準備要回家。我將裝滿了料理的伴手禮放在一旁，站在玄關穿鞋子時，琉實突然從旁搭話：「原來你還留著那雙鞋。」

「妳最近不是也很常穿嗎？」

「你果然發現了？雖然發生很多事，不過那雙鞋穿起來還是很舒服。」

那織搭上了琉實的肩，拍了拍琉實的臉頰說：「喂，能麻煩妳別這樣敘舊嗎？雖然偷偷來我也不喜歡，但在我眼皮下炫耀讓我更感到討厭。」

簡直像是打哪兒來的不良少女。不久前才聽過那織的心聲，現在不禁讓我認真體會她的言詞。這也讓我對於和琉實有一點互動都會產生罪惡感。

「不然那織下次也要去買一雙嗎？」

我不再將那織排除在外。我現在沒有和琉實交往，所以不想讓那織感到寂寞，雖然確實也因為我已經和那織約好不排擠她，不過這份情感重量，是優柔寡斷的我必須要背負的。在談論喜歡或討厭、交往或不交往之前，我和隔壁雙胞胎兩家人從小就生活在一起，我們是一起長大的。

至少不可以忘記這一點，也不能迷失這一點。

「我不要畫了大叔臉的鞋子。」

這個傢伙！在這種狀況下，虧妳說得出那種話！

妳以為我是抱著什麼心情——不過她就是這種人。很有那織的作風。

「對了！下次要不要三個人一起去買東西？反正我們也拿到零用錢了。」

琉實推開那織的手，提議道。

「我贊成。」

去找個那織喜歡的東西，買同款不同色的吧，這樣比較好。就像之前那織做的一樣，我們要重新開始。只要從今以後三個人一起開始就好，全部從頭再來，慢慢花時間。

「既然你們約我，我也不會不去啦……」

她也真是的，還是個不管過了多久都不坦率的傢伙。妳的臉上根本寫滿了「我想去」喔。

「那麼今天就當排練，要不要現在三個人一起去便利商店？」

「排練是怎樣啦。」

雖然那織本就無厘頭，不過琉實也有這樣的地方。琉實有時也會說出些不明所以的話，和那織是不同領域。不過琉實是自然而然說出來的，對於自己說的話很奇怪這一點她不會有自覺。我也並非不懂她的語中含意，今天當排練的意思就是，她將三人出遠門購物當作正式上場。

「對啊，一整個不明所以，妳以為是兒童第一次上街買東西還是什麼的嗎？真的是……四肢發達的人老是動不動就會說要練習啊、正式上場之類的話，真讓人討厭。妳如果總是把人生當作一個有練習和正式上場的套組，以後一定會後悔。有得練習的事情比較少啦！居安思危，思則有備──處於安樂之時，要想到危險可能會隨時出現。雖然後面接有備無患，不過不可能凡事都準備得完善。老實說，迎頭就得正式上場的情況還比較多。」

「一般人會引用那部分嗎？通常都是說有備無患──不過我也能理解那織的意思，畢竟做準備也一定會有限度。雖然我是屬於盡可能會想做好準備的人，不過就算是這樣，我也覺得『排練』這個講法有點──」

「你們兩個好囉唆喔！也沒必要碎唸這麼多吧！不用管我說什麼了！在我去拿錢包的時候，快點做好準備！」

琉實打開了通往客廳的門說了句「我們三個人去一下便利商店」後，氣勢洶洶地跑上了樓。

「不用這麼急吧……要是跌倒可不得了。」

「這也沒辦法啊，畢竟她的神經元全部都是肌肉。」

「這樣腦袋似乎會很重呢。這就算了，妳不用拿錢包嗎？」

「兩個人用一個就夠了吧？反正我們是雙胞胎，本來是一個人。」

「妳們是異卵雙胞胎，才不是同一個吧。」

「是這樣嗎？我們是異卵來著？是你的錯覺吧？假如——假如我們是異卵雙胞胎好了，因為生日我們剛拿到錢，爺爺他們也給了零用錢，只是多我一個人的份，琉實也會照顧我的，因為她是我的姊姊嘛！是我驕傲的姊姊嘛！我超級無敵喜歡她。」

「就只有在對自己有利的時候才說什麼姊姊，這樣琉實太可憐了吧。」

「純，我可以說句話嗎？」

「什麼？」

「若你說『我來買單』會大大加分喔。」

我什麼話都無法反駁，腦中完全沒有出現這種想法。教授口中「能幹的男人」在這種時候，大概就有辦法若無其事地說出這種話吧。話雖如此，在這種場合說這句話也有點滑稽……

正當我不知該回什麼話時，琉實在這剛好的時機走了下來。

「好了，走吧！」

我一邊感謝琉實，接著三個人走在熟悉的道路上。不知道還有多少機會能像這樣並肩走在一起。大學要去哪裡就讀？將來想做什麼？雖然談論過年幼時期夢想的延續，但是卻從未將其看做現實的狀態來討論過。

我們學校是附屬高中，能夠直升大學，也可以更上一層樓將目標定在更好的選項。身在升學班的我基本上會選擇的是後者，若要內部升學，我大概會選擇和媽媽一樣的醫學系吧；不過若要考外部大學，還有國立、私立等選項，依照每個人的想法不同也可以考慮國外大學。在這充滿了各種升學之路的選項中，我想我們三人大概不會選擇同樣的道路。

時間看似充裕，卻在有了自覺之後才發現幾乎所剩無幾。

為這搖擺不當的心情下決斷的日子，也不是那麼遠了吧。

在我隔壁座位睡著的那織迷迷糊糊地睜開了眼。車子正開下高速公路。

「早安。」那織帶著還沒完全睜開的雙眼說道。

「嗯，現在剛下高速公路，就快要到會場了。」

「純，你靠過來一下。」

「什麼？」

我的上半身靠向那織。畢竟身上綁著安全帶，無論如何身體都會變成斜的。

「（慈衣菜想要有人看她讀書那件事，原來是社長的主意。）」那織在我耳邊細語。

「（龜嵩嗎？什麼意思？）」

「（那兩個人好像是網路遊戲網友，然後……好像是因為什麼慈衣菜想跟我拉近關係，她們兩個討論既然這樣，請我教她讀書比較好之類的。這好像就是起源。）」

我完全不知道雨宮和龜嵩是朋友。不過既然是透過網路遊戲建立的關係，我也不可能會知道吧。這麼一來，雨宮和那織、教授或許處得來這種想法，原來早就在雨宮和龜嵩心裡成形了嗎？真是的，就會找事做。

等等。

該不會從雨宮逃走一直到御宅隱情曝光，全部都是經過計算——不會是我想太多了吧？若真是如此，那她可真是了不起的演員。不只是模特兒，她可能也有當演員的才華。若有機會我再來逼問她。一直被玩弄於股掌之間我可無法釋懷。

話說回來，之前的那織也好，這次的事情也是，為什麼每個人都會用這種謀略的方式啊！不能更直截了當一點嗎？女生都喜歡用這種方法做事？到底有多難搞啊？也太彆扭了吧！真是的。

「那麼如何？和雨宮有辦法變好嗎？」

「誰知道呢？唯有這一點要靠時間來驗證，現下沒有辦法做判斷。」

「說的也是，無論何事都要花時間，否則不知道結果吧。而且有時候回過神來就會發現已經變要好了。有時候要花上好幾天，有時候一瞬間就會知道。」

「日期是很煩人的東西。而且數量繁多。」

「艾勒里．昆恩的《多尾貓》啊。就妳來說還真是引用了難得的類別。」

「偶爾也要貼近一下純的品味。這麼說起來，純有讀過霍桑的《紅字》嗎？我本來想讀但還沒有讀。」

「嗯，我讀過。」

「那個……你還記得『妳浪費了本性中的……』這句台詞嗎？」

「如果我的記憶準確的話，應該是接在『如果妳早點遇到比我更好的愛人，說不定這些罪惡都不會出現』後面的話。」

雖說這本來就是令人印象深刻的部分，不過真虧我有辦法一下就說出來。我都想稱讚自己了。

突然，在我身旁的那織低下了頭，肩膀微微顫抖並流露出笑聲。

「怎麼了？」

「純，社長果然最棒了。我不認為我能遇到比她更棒的女生。雖然有點沉重，不過……嗯，對象是社長的話，沒有關係。邪惡正合我意！我現在可是愉悅無比。果然『友誼就是一切』，《教父》沒有出錯的時候。」

「我不懂妳的意思，怎麼回事？」

「祕密。」

真是的，女生就是充滿了祕密。不過看她好像很滿意，那就算了。

好了，今天是琉實的第二場比賽，我得專心為她加油。

※　※　※

（神宮寺琉實）

六號站到我的面前，擋住了我的去路。直接運球——我不認為有辦法過人。要是現在被斷球，比賽就會輸。

我要把球傳到右邊的穴水學姊手上。我這麼催眠自己。穴水學姊的射門成功率留給對方很深的印象，是必須防守的對象，其證據就是高大的十號緊緊盯房著她。不過穴水學姊的速度比較快。我能看到傳球路線。

已經沒有時間了！板凳區傳來聲音。

我組合出動作。視線、頭、上半身、手的位置。我控制住一切能成為對方判斷材料的部位。沉住氣，冷靜下來。我要傳球的對象不是穴水學姊。

我用眼睛給了穴水學姊暗示，製造出走向。這是賭局。我的身體完全沒有去意識在左邊的飯田學姊（隊長）。我用視線的邊角確認她的位置——我沒有看向飯田學姊，便把球傳了過去。

上吧！

盯防飯田學姊的七號跑去斷球——飯田學姊的反應比較快。

到她手上了！

六十五比六十六。

再這樣下去會輸……不要緊，飯田學姊做得到。這麼想也不過瞬間，盯防我的六號前去阻止飯田學姊運球——我瞬間確保傳球路線。發現這一點的飯田學姊將球傳給了我。我比六號的動作要快，迅速拿下了球。走向變了，現在沒有時間猶豫。

只能由我射籃。

我做出射籃動作——視線的角落映照出十號——要趕上啊！

膝蓋、手臂、指尖，我意識著力量的流動，將心意灌注在球上——投出。

嗯，這球進了，能成功。

球描繪出拋物線飛了過去，距離籃框還差一點距離。

拜託，就這樣進籃吧！

——比賽結束的警示音迴盪在球場上。無論進與不進，這場比賽到這裡便劃下句點。

在警示音彷彿就要停下之時——球沒有撞到籃框，穿過籃網而去。一瞬間的寂靜襲來，接著籃球落地反彈。

太好了，贏了！

萬歲——————！！！

學姊們一起衝向了我身邊，隊員們抱在一起，一邊維持快崩塌的平衡，大家互相推擠擁抱。太好了，總算是拿到下場比賽的門票。

明天明明也還有比賽，我卻遲遲無法入眠。明天才是真正重要的比賽，白天的熱度卻仍然盤據在我的全身。我們隊伍以我投進的射籃贏下了比賽。這個事實直到現在仍不讓我入眠。今天純和那織都有來為我加油，因為他們兩人看著我——因為有爸爸媽媽看著我，我才能比平時還要更加努力。

真的太好了，我很慶幸能夠獲勝。明天也得加油才行——

叩叩。我的門被敲響。「妳還醒著嗎？」

是那織的聲音。

「嗯。」

那織走進房間，坐上了床。

「一想到明天的事情，我就遲遲無法睡著。」我老實坦白。

「我就知道。」那織的手放到我頭上。

「今天辛苦了。妳的射籃很帥氣喔，明天也要加油。」

「嗯，謝謝妳。怎麼突然這麼正經？」

「我不了解籃球也沒有興趣，甚至也沒有想要了解的念頭，不過妳——從妳小時候開始打籃球，我就知道妳一直很努力，所以我會為妳加油。畢竟我有推薦妳的責任，至少會支持妳。」

「原來妳還記得。」

「正確來說是想起來了。雖然我當時沒想到妳竟然會當真。」

——既然妳這麼喜歡球類運動，那乾脆開始練點什麼吧。籃球那類的感覺很適合妳。

小學生的時候，那織這麼對我說，這就是我開始打籃球的契機。當然，我也有邀請那織。

我當時說「一起打吧」，卻被她一句「不要」拒絕。

她不需要覺得有責任感。不管契機為何，我是喜歡才會打下去。雖然練習很累人，但要是我沒有喜歡籃球，就不可能持續到現在。不論經歷過幾次球進籃的瞬間，都還是讓我覺得痛快，獲勝的時候也有無可比擬的快感。

「我是自己喜歡才會打籃球，妳別覺得自己要負責任。」

「我知道了，到今天我就會收回。還有關於別件事情，和慈衣菜有關……」

「嗯？」從那織口中聽到「慈衣菜」這個名字，讓我有某種異樣感。

啊，對了，是因為她用名字稱呼慈衣菜。我慢了一步察覺。

「生日那天，我不是說她有來社長家嗎？然後我聽社長說，慈衣菜要教課業那件事是被設計好的，妳有發現嗎？」

「被設計好是什麼意思？」

生日當天晚上，為了針對項鍊和入浴劑這兩份禮物道謝，我個別聯絡了慈衣菜和小龜。我原先不知道她們兩個人認識，後來知道慈衣菜和小龜是朋友還嚇了一跳。接著聊著聊著，我才聽說慈衣菜原來也有跟小龜商量過課業的事情，不過「被設計好的」這種說法，聽起來不怎麼平靜。

「好像是慈衣菜想和我變朋友，才會說想要我教她讀書。不過她們也知道我不會答應，甚至猜到最後恐怕會由純來教學，而這麼一來我的注意力就會轉向慈衣菜——社長好像打從一開始就這麼設計。」

「什麼意思？我不是很懂。原來慈衣菜之前就想認識那織了嗎？」

「好像是這樣吧，我也不是很懂。」

難道——是這麼回事嗎？慈衣菜之前說過很在意的對象，就是那織？就是在指那織嗎？不過我從沒看過她有表現出這種感覺……這麼說起來，前陣子休息時間，可南子很莫名地表現出理解某件事情的模樣——那個時候，就是在談論慈衣菜找人教自己功課的話題，對吧？真假？真的是那織嗎？

那織不行啦！絕對會是苦戀！！！

那織有發現這個狀況嗎？不，還是不要深究了，就算胡思亂想也沒有好下場。不過話說回來，為什麼她會對那織——啊啊！不行，我明明叫自己不要去想，卻無論如何都會在意起來。冷靜點，深呼吸吧。

呼……我什麼都不知道，什麼都沒聽說。

「不過她說想和妳當朋友不是好事嗎？妳和慈衣菜聊得來？」

「比我想像中還算可以對話。我還以為她是更恣意妄為，認為社會常識根本是該捨棄之物的不妙女人，因此比預期要好——不過比起她，我想說的是事情發展被社長控制在手心這一點，感覺很……」

哦——那織也相當認同慈衣菜嘛，這種說法表示她算有一點興趣，我聽得出來。就算聽起來不像，不過這就那織來說也算是相當的稱讚了。畢竟沒有多少人可以獲得那織還算可以對話的評價。

再加上那織剛剛說話還支支吾吾的，不過她想表達的大概就是如此。

「很不甘心嗎？」

「該……該說不甘心嗎……嗯，很不甘心，充滿了被擺一道的感覺。畢竟社長她……覺得若想增進情誼——不，算了！反正社長好像也注意到自己很邪惡了。」

「邪、邪惡是指什麼？」

突然出現了危險用詞。小龜不會是邪惡的人吧？如果小龜很邪惡的話，那織又會是什麼級別？用魔王根本不夠形容吧？

「邪惡就是邪惡！心術不正又壞！琉實，唯有這一點我要先聲明，妳可不能被社長那種模範生人設給騙了，社長可是位不得了的謀略家。」

「什麼意思啊？簡直莫名其妙。」

算了，反正肯定是她平常就會說的那些莫名其妙的話吧。那織和小龜的談話內容真的讓我摸不著頭緒，實在令人難以相信同樣是國語。但她們看起來很開心就算了。

「妳總有一天會了解我話中的含義……對了對了，這就先不提了。關於明天的事情，妳有和純談過了嗎？」

「談什麼？」

「我換個說法——妳有要他為妳加油了嗎？」

房間仍然昏暗，雖然不知道那織現在露出了什麼表情，不過我能明白她的意思。

如果平時她都用這種態度和我溝通，我們根本就不會起衝突。雖然她嘴巴很壞，性格也很彆扭，不過我很清楚那織是很溫柔的。

「有在電話裡說過，但是沒有面對面說。」

「那妳直接要他對妳說吧。妳不是喜歡這種互動嗎？這麼一來就有動力了吧？」

「雖然是這樣沒錯……但被妳這樣認定，讓我莫名有點火大。」

「畢竟我也一樣。」那織小聲地喃喃。

我還是看不見她的表情，不過我能了解她的情緒。

妳也有可愛之處嘛。真是的，我還在想我都快比賽了，妳還要來找我說些什麼話呢！不過我很慶幸能和那織聊到天。雖然有很多讓我火大的地方，但是和那織聊天會讓人心情平靜下來。

「妳想怎麼辦？現在叫他出來嗎？」

那織打開了房間裡的燈。屋內瞬間變明亮，我的視覺一時跟不上。

我用漸漸恢復視力的雙眼，再次確認過自己的服裝。

「我穿這套衣服沒辦法出門。」

這套是實打實的居家服啊，畢竟我本來要睡了。

「不用在意這種事吧——抱歉，我也一樣呢。」

「妳穿那樣才更不能出門。妳這件衣襬的長度，是以穿內褲為前提選的吧？還是看得到內褲喔，好好把褲子穿起來吧！我不是常告訴妳，肚子著涼對身體不好嗎？」

「囉唆，等感冒我會考慮啦。」

「那樣就太遲了！妳真的很傻耶。」

「在妳還沒拿到比我好的成績之前，我可不認同妳那句發言。等妳獲得說這句話的資格再來找我！這不重要，我現在叫把他叫出來喔？我們彼此都去換一套衣服，如何？」

「在這種時間嗎？都已經十一點了耶？」

「不要緊，他還醒著啦。而且只是在家門前也算不上半夜跑出門。只要不離開庭院就沒問題。」

「問題在那裡嗎？肯定不是吧。」

「沒差啦！這種時候怎麼能不利用地理優勢？他人就在隔壁呢。」

聽到那織這麼說，我也漸漸產生那種興致。我完全沒有想到她竟然會對我說這種話。我本來想忽視的罪惡感再次冒出頭來。關於那個吻，我有過好幾次想告訴那織的念頭，但是我卻沒能說出口。

正因為有罪惡感，我才說不出口。而且那正是屬於我的努力，所以我選擇不說。

我不想說出來。

「說的也是。反正我們比鄰而居，只要走出玄關一下就好了！」

畢竟我們可是青梅竹馬啊。

TITLE

〈神宮寺那織的獨白〉

KOI WA FUTAGO DE WARIKIRENAI

名為「我」的現象，既非宛如直流電一般固定，也非被抑制的交流電那般能用正弦曲線來表現。感情不斷上下起伏，隨著時間出現變化，漸漸錯開的晃動化為巨大的沉澱物不斷積蓄，並一點一滴變得無法輕易動搖。

然而沉澱物化為了憂慮。我的所作所為——我懷疑其意義是否從根本產生了動搖。

對琉實懷抱的猜疑。對純懷抱的猜疑。

我沒有詳述這些感受，一路走來僅僅只是吐露出最低限度的情緒，便讓自己成功接納了現實。就算有人批評我是奸詐的女人也無妨，我不想要坦露心中所有一切，毫不保留地去戰鬥。

我本來是這麼想的，但是我卻做不到。我沒能忍下去。

Ask me no more : what answer should I give?
不要再繼續過問。你還要我回答些什麼？

我沒有回答的義務。我和之前一樣，仍然恣意妄為。

可以命令我的人只有我自己。

創立社團——連我都覺得這是不錯的點子。我要將純困在我創造的時間與組織中。我沒有辦法再繼續忍耐下去，嚴重程度可不僅僅只是對身體不好！

我會用父母賦與我的這副身體、這個頭腦……以及這惹人憐愛的臉蛋，想辦法解決。

反正對手僅有和我分享血緣的親人而已。就身材來看、就頭腦來看，我都比較有利，這是無法推翻的事實。奇怪？既然如此為什麼我和琉實——難道是體力之差？

該不會還要考驗運動神經？

不不不，怎麼可能會有這麼愚蠢的事——不會有的吧？還有呢？還有其他比較項目嗎？

性格？性格不是彼此彼此嗎？我實在不認為琉實的個性很好，她可是我的姊姊呢。

咦？照這個講法來看，不是簡直像是在說我的性格很差似的嗎？我只是忠於自我，並不是性格惡劣。我的性格絕對不惡劣！只是自我肯定感很高罷了。

這麼推斷下來，琉實果然敵不過我。

乾等在原地的戰鬥方式不適合我。這一切都是那個路人不好，要是沒有慈衣菜，純應該就有更多時間能和我相處……不過事往日遷，現在也於事無補。嗯，反正慈衣菜對純沒有私心，這一點我給與肯定，我也更正我的暴言。就來展現我的雅量吧。相對地，我可會要她支援我的計畫，還有社長也是！

好了，裹足不前到此結束。我沒有時間在這種地方慌了手腳，必須進行下一步才行。

我不懂要怎麼向雙胞胎姊姊道別。不過，我們可以走上各自的道路。

噯，琉實，在比賽前一晚我提議要一起去純家，那算是我的一種餞別。
從今以後，我對妳可不會像以往那樣溫柔了喔。姊姊。

（待續）

後記

本集發售的時期大概會是夏季吧。夏天是我很喜歡的季節，我一面感到興奮與雀躍，卻又莫名感到寂寞。或許是因為夏天還有盂蘭盆節吧。

炎熱太陽曝曬的街角，一股線香的氣味混雜在熱氣中飄蕩，積雨雲宛如噴發柱般直衝雲霄。身穿喪服的婦人佇立在灰色花崗岩前，取出白色蕾絲的手帕拭汗，而搞不清此行目的的孩子們，絲毫不顧大人們的感傷，用力汲取夏天的氣息並到處奔跑……差不多就是這種印象吧。不過若讓意識遠飄到山上，能看見風吹在樹木的縫隙間；來到海邊，能望見在滄海與白沙的鮮明對比前方，那水平線——到極限了。我已經寫不出來、掰不下去了。

我心中並不存在歌頌夏季的詞語，而努力硬擠出來的結果正如上述。

對，沒錯，我不喜歡夏天也不喜歡炎熱，我討厭流汗。冷氣最棒了。

我最喜歡描繪在平面上的夏天。以夏天為題材創作的各種作品，每一個都十分有趣！

不過冬天也是——打招呼晚了，我是高村資本。非常感謝您購買第二集。多虧各位讀者，我才有機會出第二集小說。我打從心底由衷地致上感謝。

好了，我想應該也會有人對於「為什麼高一要學古文的敬語？」這一點感到疑問，不過這種細節就別計較了吧！因為是私立完全中學，所以沒關係——那個，要我老實說的話，其實古文中我就只記得這個部分而已。

說真的，不只是古文，在學校學過的許多事情都不知道消失到哪兒去了呢。多少留一點知識在腦中不是很好嗎？在學校生活的期間明明也算不短吧？該不會只有我忘了嗎？單純只是因為我的記憶力太殘破而已？

要說到這永無止盡的文章到底該怎麼做結尾……當我們要傳達某些事情時，總是需要仰賴語言。這件事情實在令人感到窘困、艱難，正因為如此，偶爾若碰上能不透過語言便能夠順利溝通的時候，就會讓人感到很開心呢！以上就是我想表達的。

嗯？沒解釋到？那是你的錯覺。因為《雙生戀情密不可分》貫徹始終，均是在描寫因溝通不良而產生的誤會和複雜情感……嗎？本作是這種故事來著？

總之，大大小小、各式各樣情感的錯過日積月累後，或許能夠加深彼此的理解！

好像做出個結尾了！那麼期待能再見到各位的那一天！

【特別感謝】

責任編輯大人，總是給您添麻煩，我真的感到非常抱歉。您如此有耐心地陪伴，我的心中充滿了感謝。非常謝謝您；あるみっく大人，繼第一集，感謝您繪製美好的插畫。您畫的插畫們實在太出色，無論我用多麼華美的詞句來形容都相形見絀；還有包含編輯部在內，所有參與本書出版的人員、句中提及的各種作品、購買本書的各位讀者……在此對各位致上我的謝意。

明日，裸足前來。
3
Tomorrow, when spring comes.
岬 鷺 宮
Misaki Saginomiya
illustrations Hiten
Kadokawa Fantastic Novels

聲優廣播的幕前幕後 1～7 待續

Kadokawa Fantastic Novels

作者：二月公　插畫：さばみぞれ

雖然嚴厲且嘴巴很壞，但其實比任何人都還要溫柔！
夕陽與夜澄也要為了可愛的前輩而挺身相助！

由於粉絲心態作祟，導致芽玖瑠無法在試鏡發揮實力。儘管因為沒有爭取到角色而將廣播節目作為主戰場，但此時的她開始注意到自己作為聲優的極限。芽玖瑠被一直支持著自己的搭檔花火所說服，從一名「聲優粉絲」畢業。然而，她的眼神卻失去了光輝──

各 **NT$240~250/HK$80~83**

國家圖書館出版品預行編目資料

雙生戀情密不可分/高村資本作；都雪譯. -- 初版. --
臺北市：臺灣角川股份有限公司, 2024.07-
　冊；　公分. -- (Kadokawa fantastic novels)

譯自：恋は双子で割り切れない
ISBN 978-626-400-228-8(第2冊：平裝)

861.57　　　　113006557

Kadokawa
Fantastic
Novels

雙生戀情密不可分 2

（原著名：恋は双子で割り切れない 2）

2024年7月25日　初版第1刷發行

作　者：髙村資本
插　畫：あるみっく
譯　者：都雪

發 行 人：台灣角川股份有限公司
總 編 輯：蔡佩芬、朱哲成
主　編：林秀儒
設計指導：陳晞叡
美術設計：郭虹吟
印　務：李明修（主任）、張加恩（主任）、張凱棋、潘尚琪

發 行 所：台灣角川股份有限公司
地　址：104台北市中山區松江路223號3樓
電　話：（02）2515-3000
傳　真：（02）2515-0033
網　址：www.kadokawa.com.tw
劃撥帳戶：台灣角川股份有限公司
劃撥帳號：19487412
法律顧問：有澤法律事務所
製　版：巨茂科技印刷有限公司
ＩＳＢＮ：978-626-400-228-8